DIE WELT DES CHRESTOMANCI

Zauberstreit in Caprona

Diana Wynne Jones

DIE WELT DES CHRESTOMANCI

Zauberstreit in Caprona

Aus dem Englischen von
Friedl Hofbauer und Anna Melach

CARLSEN

Außerdem bei Carlsen erschienen:
DIE WELT DES CHRESTOMANCI
Neun Leben für den Zauberer

Unter dem Titel »Die Zauberer von Caprona« 1983 in gekürzter Fassung im Cecilie Dressler Verlag erschienen.

4 5 6 05 04 03

Originalverlag: Macmillan Children's Books, Great Britain 1980
Originaltitel: The Magicians of Caprona
Deutsch von Friedl Hofbauer und Anna Melach
Umschlagtypografie: Doris K. Künster
Umschlagillustration: Sabine Wilharm
Lektorat: Gabriele Dietz
Satz: Dörlemann Satz, Lemförde
Druck und Bindung: Pustet, Regensburg
ISBN: 3-551-55212-6
Printed in Germany

Erstes Kapitel

Zaubersprüche sind das Schwierigste auf der Welt. Das war eines der ersten Dinge, die Montana-Kinder zu lernen hatten. Einen Zauberspruch auswendig lernen kann jeder, aber wenn's dazu kommt, ihn anzuwenden – ob man ihn nun aufschreibt oder ausspricht oder singt –, dann muss das genau richtig geschehen – oder es passieren die unmöglichsten Dinge.

Ein Beispiel dafür ist die kleine Angelica Petrocchi, die ihren Vater leuchtend grün hexte, indem sie einen falschen Ton sang. Ganz Caprona – besser gesagt, ganz Italien – redete wochenlang davon.

Die besten Zaubersprüche kommen immer noch aus Caprona; sie werden trotz der jüngsten Unstimmigkeiten und Kräche vom Haus Montana oder dem Haus Petrocchi geliefert.

Wenn irgendwer irgendwo Zauberformeln verwendet, die tatsächlich funktionieren, zum Beispiel um den Radioempfang zu verbessern oder um Tomaten zu züchten, dann kann man wetten, dass er im Urlaub in Caprona gewesen ist und die entsprechenden Zaubersprüche von dort mitgebracht hat. Die Alte Brücke in Caprona ist mit kleinen steinernen Buden gesäumt, wo schmale, farbige Briefkuverts, Handschriften und Schriftrollen an Schnüren hängen wie bunte Fähnchen und Wimpel. Man kann dort Zaubersprüche aus jedem Zauberformel-Erzeugungshaus Italiens kaufen. Jedem Spruch ist eine Gebrauchsanweisung beigelegt und jeder einzelne trägt den Stempel der Casa, des Hauses, von dem er stammt. Will man herausfinden, wer den Zauberspruch gemacht hat, muss man sich nur das Kuvert genau ansehen. Findet man eine längliche, kirschfarbene, mit einem schwarzen Leoparden gestempelte Handschrift, dann kommt sie aus der Casa Petrocchi. Findet man ein laubgrünes Kuvert, das ein geflügeltes Pferd trägt, hat das Haus Montana ihn hergestellt. Die Zaubersprüche beider Häuser sind so wirksam, dass unwissende Leute meinen, sogar die Kuverts hätten Zauberkraft. Das ist natürlich Unsinn. Denn wie man Paolo und Tonino Montana immer wieder und wieder erklärte: ein Zauberspruch, das sind die richtigen Worte, zur rechten Zeit, am rechten Ort, in der rechten Weise gesprochen.

Die großen Familien Petrocchi und Montana reichen bis in die Zeit der Gründung von Caprona (vor tausend oder mehr Jahren) zurück. Und die beiden Familien sind erbitterte Gegner. Sie stehen nicht einmal auf Grußfuß. Wenn sich ein Petrocchi und ein Montana in einer der engen, mit goldflimmernden Glimmersteinen gepflasterten Gassen begegnen, schauen sie weg und gehen mit gerümpften Nasen aneinander vorbei. Ihre Kinder werden in verschiedene Schulen geschickt und davor gewarnt, auch nur ein einziges Wort mit einem Kind aus der anderen Casa zu sprechen.

Manchmal freilich passiert es, dass Gruppen junger Burschen und Mädchen aus dem Haus Montana und dem Haus Petrocchi aufeinander treffen, wenn sie am Abend auf der breiten Straße, die der Corso genannt wird, bummeln. Sobald das geschieht, suchen andere Bürger Deckung. Wenn die jungen Leute mit Fäusten und Steinen aufeinander losgehen, ist es schon schlimm genug, wenn sie aber Zaubersprüche gegeneinander schleudern, ist das fürchterlich.

Der schneidige Rinaldo Montana zum Beispiel ließ einmal drei Tage lang Kuhfladen auf den Corso regnen, was besonders für die Touristen sehr ärgerlich war.

»Ein Petrocchi hat mich beleidigt«, erklärte Rinaldo mit seinem strahlendsten Lächeln. »Und ich hatte zufällig einen neuen Zauberspruch in der Tasche.«

Die Petrocchis behaupteten dagegen, Rinaldo hätte im Eifer des Gefechtes die eigenen Worte durcheinander gebracht. Wusste doch jeder, dass alle Zaubersprüche Rinaldos Liebeszauber waren.

Die erwachsenen Mitglieder beider Häuser klärten die Kinder niemals darüber auf, was eigentlich die Montanas und Petrocchis dazu gebracht hatte, einander so zu hassen. Es war eine der Aufgaben, die man traditionsgemäß den älteren Brüdern und Schwestern, Cousins und Cousinen überließ. Paolo und Tonino hörten die Geschichte immer wieder, und zwar von ihren Schwestern Rosa, Corinna und Lucia, von ihren Cousins Luigi, Carlo, Domenico und ihrer Cousine Anna, und dann auch noch von ihren Cousins und Cousinen zweiten Grades, Piero, Luca, Giovanni, Paola, Teresa, Bella, Angelo und Francesco. Selber erzählten sie es sechs jüngeren Cousins und Cousinen weiter, als diese in das richtige Alter kamen. Die Montanas waren eine sehr große Familie.

Zweihundert Jahre zuvor hatte Ricardo Petrocchi – so wurde berichtet – sich plötzlich eingebildet, dass der Herzog von Caprona bei den Montanas mehr Zaubersprüche bestellte als bei den Petrocchis, und er schrieb dem alten Francesco Montana diesbezüglich einen äußerst beleidigenden Brief. Der alte Francesco war darüber so wütend, dass er sogleich alle Petrocchis zu einem Fest einlud. Er hätte, wie er sagte, ein neues Gericht, das er sie gern würde kosten lassen. Dann zerriss er Ricardo Petrocchis Brief in Streifen, rollte sie zusammen und schleuderte einen seiner saftigsten Sprüche darüber. Und das Ganze verwandelte sich in einen Berg Spaghetti. Die Petrocchis aßen gierig und kriegten Bauchkrämpfe, vor allem Ricardo – denn nichts bekommt einem Menschen schlechter, als wenn er seine eigenen Worte schlucken muss. Er vergab Francesco Montana nie und seit damals waren die beiden Familien verfeindet.

»Und«, sagte Lucia, die die Geschichte am häufigsten erzählte, obwohl sie nur ein Jahr älter war als Paolo, »und so wurden damals die Spaghetti erfunden.«

Lucia war es auch, die ihnen flüsternd alle schrecklichen heidnischen Gewohnheiten und Bräuche der Petrocchis berichtete: dass sie nie zur Messe gingen oder zur Beichte; dass sie nie die Wäsche wechselten; dass noch nie einer von ihnen geheiratet hatte, und trotzdem - noch leiser geflüstert - kriegten sie Kinder wie die Kaninchen; und dass sie unerwünschte Babys gern ersäuften. Man wusste auch, dass sie ungeliebte Onkel und Tanten verspeisten; und dass sie so dreckig und ungewaschen waren, dass man die Casa Petrocchi schon die ganze Via Sant' Angelo herauf riechen und dazu noch die Petrocchischen Fliegen summen hören konnte.

Es gab noch Tausende andere Schauergeschichten, sogar noch schlimmere, denn Lucia hatte eine lebhafte Fantasie. Paolo und Tonino glaubten ihr jedes Wort und hassten die Petrocchis von Herzen. Als sie noch klein gewesen waren, hatten Tonino und Paolo sich eines Morgens aufgemacht, die Via Sant' Angelo hinunter, beinahe bis zur Neuen Brücke, um sich die Casa Petrocchi anzusehen. Aber es gab keinen Geruch und auch keine Fliegen, die sie hingeführt hätten, und ihre Schwester Rosa fand die Jungen, bevor diese das Haus fanden. Rosa, die acht Jahre älter war als Paolo und sogar damals schon recht erwachsen, lachte, als sie ihr die vergebliche Suche gestanden, und führte die beiden zu der Casa Petrocchi. Sie stand gar nicht in der Via Sant' Angelo, sondern in der Via Cantello.

Paolo und Tonino waren schrecklich enttäuscht. Das Haus war genau wie die Casa Montana. Es war weitläufig, wie die Casa Montana, und aus denselben Glimmerquarzsteinen gebaut und vielleicht ebenso alt. Das große vordere Tor bestand aus altem Holz mit Astknoten, genau wie das eigene Haustor, und sogar die gleiche goldene Engelsfigur stand in der Nische über dem Tor. Rosa erzählte ihnen, beide Figuren stünden dort zum Gedenken an den Engel, der den ersten Herzog von Caprona aufgesucht hatte, um ihm eine Partitur-Rolle Himmelsmusik zu bringen; aber das war den Jungen bekannt. Als Paolo darauf hinwies, dass es in der Casa Petrocchi anscheinend nicht stinke, biss Rosa sich auf die Lippen und sagte todernst, dass es nach außen nur wenige Fenster gäbe, und außerdem wären sie alle geschlossen.

»Ich nehme an, dass alles sich rund um den Innenhof abspielt wie bei uns daheim«, sagte sie. »Vielleicht zieht der ganze Gestank dorthin.«

Die Jungen fanden das durchaus wahrscheinlich und wollten warten, bis ein Petrocchi herauskam. Aber Rosa sagte, sie halte das für sehr unklug, und zog sie fort. Die Jungen blickten über die Schulter zurück, als sie sie wegschleppte, und entdeckten dabei, dass die Casa Petrocchi vier Türme aus Glimmerquarz hatte, einen Turm an jeder Ecke, während die Casa Montana nur einen Turm besaß und zwar über dem Tor.

»Das ist nur, weil die Petrocchis angeben wollen«, sagte Rosa und zerrte die Jungen weiter. »Kommt endlich!«

Da jeder der Türme mit einem kleinen Hut roter Dachziegel gedeckt war, genauso wie ihre eigenen Dächer und die Dächer aller Häuser in Caprona, hielten Paolo und Tonino sie nicht für besonders großartig, aber sie wollten nicht mit Rosa streiten.

Enttäuscht ließen sie sich von ihr zur Casa Montana zurückschleppen und durch das eigene große, alte Tor, das auch aus altem, astknotigem Holz bestand, in den lärmerfüllten Innenhof ziehen. Dort ließ Rosa sie stehen, rannte die Stiegen zur Galerie hinauf und schrie:

»Lucia! Lucia! Ich habe mit dir ein Hühnchen zu rupfen!«

Türen und Fenster zum Hof öffneten sich rundum. Die Galerie mit ihrem Holzgeländer und dem ziegelgedeckten Dach lief um drei Seiten des Hofs und führte zu den Zimmern und dem oberen Stockwerk. Onkel, Tanten, große und kleine Cousins und Cousinen und Katzen waren überall; sie lachten, kochten, besprachen Zauberformeln, wuschen Wäsche, sonnten sich oder spielten. Paolo seufzte vor Zufriedenheit und hob eine schnurrende Katze hoch.

»Ich glaube nicht, dass es in der Casa Petrocchi so zugeht wie bei uns!«

Bevor Tonino ihm beistimmen konnte, liefen sie Tante Maria in die Arme. Sie war dicker als Tante Gina, aber nicht so dick wie Tante Anna. »Wo seid ihr denn, meine Herzchen! Mindestens eine halbe Stunde warte ich schon mit dem Unterricht!«

Alle in der Casa Montana arbeiteten sehr hart. Paolo und Tonino wurden bereits in den ersten Zauberspruchregeln unterrichtet. Wenn Tante Maria anderweitig beschäftigt war, gab ihnen ihr Vater Antonio Unterricht. Antonio war der älteste Sohn des Alten Niccolo und er würde das Haupt der Familie sein, sobald der Alte Niccolo starb. Paolo war überzeugt, dass diese Aussicht seinen Vater belastete. Antonio war ein magerer, ständig bekümmerter Mensch, der weniger oft lachte als die andern Montanas. Er war anders als sie. Statt es zum Beispiel dem Alten Niccolo zu überlassen, ihm eine Frau aus einem Zauberformel-Erzeugungshaus in Italien auszusuchen, war Antonio nach England gefahren, um sich das Land anzusehen, und war mit Elizabeth verheiratet zurückgekommen. Elizabeth unterrichtete die Jungen in Musik.

»Wenn ich diese Angelica Petrocchi unterrichten würde«, bemerkte sie immer wieder vergnügt, »dann hätte sie niemals irgendetwas oder irgendwen grün gezaubert.«

Der Alte Niccolo behauptete, Elizabeth sei die beste Musiksachverständige von ganz Caprona. Und deshalb, erklärte Lucia den Jungen, hatte Antonio sie geheiratet. Aber Rosa sagte ihnen, sie sollten sich darum nicht kümmern. Rosa war stolz darauf, eine halbe Engländerin zu sein.

Paolo und Tonino waren vielleicht noch stolzer darauf, Montanas zu sein. Es war schon etwas Großes, zu wissen, dass man aus einer Familie stammte, die weltweit als das bedeutendste Zauberspruch-Erzeugungszentrum in Europa bekannt war – wenn man die Petrocchis nicht zählte. Es gab Zeiten, da Paolo es kaum erwarten konnte, erwachsen zu sein und so wie sein Cousin, der schneidige Rinaldo. Er hatte sieben neue Zaubersprüche geschaffen, bevor er mit der Schule fertig gewesen war. Alles flog Rinaldo zu. Die Mädchen verliebten sich scharenweise in ihn und neue Zauberformeln flossen ihm nur so aus der Feder. Und heutzutage war es doch, wie der Alte Niccolo sagte, nicht leicht, einen neuen Zauberspruch zu erfinden. Es gab schon so viele. Paolo bewunderte Rinaldo über alle Maßen und erklärte Tonino, Rinaldo sei ein echter, ein wahrer Montana.

Tonino, der mehr als ein Jahr jünger war als Paolo, bewunderte diesen. Paolo war so flink wie Rinaldo. Er konnte lernen, ohne Zaubersprüche zu Hilfe zu nehmen. Tonino war ein Langsamer. Er konnte sich Dinge nur merken, wenn er sie andauernd wiederholte. Es kam ihm vor, als ob Paolo mit einem Instinkt für Zauberei geboren war, den er selber nicht besaß.

Tonino war manchmal tief unglücklich, dass er so langsam war. Niemand anderen störte das wirklich. Alle seine Schwestern, sogar die wissensdurstige Corinna, brachten Stunden damit zu, mit ihm zu lernen. Elizabeth versicherte ihm, er sänge niemals einen falschen Ton. Sein Vater schalt ihn, weil er zu viel arbeitete, und Paolo versicherte ihm, er würde in der Schule um Längen besser sein als die anderen Kinder. Paolo war eben erst zur Schule gekommen. Er war in den Grundfächern so schnell wie in Zauberspruchkunde.

Als Tonino zur Schule kam, war er dort genauso langsam wie zu Hause. Die Schule verwirrte ihn. Er verstand nicht, was die Lehrer von ihm wollten. Am ersten Samstag war ihm so hundeelend, dass er von daheim wegrennen musste und heulend rund um Caprona lief. Er blieb Stunden aus.

»Ich kann doch nichts dafür, dass ich schneller bin als er!«, sagte Paolo und heulte gleichfalls.

Tante Maria rannte auf Paolo zu und schloss ihn in die Arme. »Schon gut, schon gut! Fang du nicht auch noch an! Du bist genauso klug wie mein Rinaldo und wir sind alle schrecklich stolz auf dich.«

»Lucia, geh Tonino suchen«, sagte Elizabeth. »Paolo, du musst dich nicht so aufregen. Tonino ist wie ein Schwamm, er saugt die Zaubersprüche auf, ohne dass er es weiß. Mir ist es in der ersten Zeit hier genauso gegangen. Soll ich das Tonino erzählen?«, fragte sie Antonio, der von der Galerie herbeigestürzt war. In der Casa Montana kam immer gleich die ganze Familie gerannt, wenn einer von ihnen Kummer hatte.

Antonio rieb sich die Stirn. »Vielleicht solltest du. Fragen wir den Alten Niccolo. Komm mit, Paolo.«

Paolo folgte seinem mageren Vater durch die Muster, die der Sonnenschein in die Galerie warf, in die blaue Kühle des Scriptoriums, des Schreibsaals. Dort standen seine beiden anderen Schwestern, Rinaldo und fünf Cousins und Cousinen und zwei seiner Onkel an den hohen Schreibpulten und schrieben aus großen ledergebundenen Büchern Zaubersprüche ab. Jedes Buch hatte ein Messingschloss, damit die Familiengeheimnisse nicht gestohlen werden konnten. Antonio und Paolo gingen auf Zehenspitzen durch den Raum. Rinaldo lächelte ihnen zu ohne seine Arbeit zu unterbrechen. Während die anderen Federn kratzend über das Papier schlichen und immer wieder Pausen machten, raste Rinaldos Feder nur so dahin.

In dem Raum hinter dem Scriptorium waren Onkel Lorenzo und Cousin Domenico damit beschäftigt, geflügelte Pferde auf laubgrüne Kuverts zu stempeln. Als sie vorbeigingen, blickte Onkel Lorenzo sie scharf an und entschied, der Alte Niccolo könnte mit dieser Sache alleine fertig werden. Er zwinkerte Paolo zu und drohte ihn mit einem geflügelten Pferd zu stempeln.

Der Alte Niccolo befand sich in der warmen, modrig duftenden Bibliothek. Er stand mit Tante Francesca über ein Buch gebeugt. Sie war seine Schwester und deshalb eine wirkliche Großtante, sie war dick wie ein Fass, doppelt so fett wie Tante Anna und noch leidenschaftlicher als Tante Gina. Sie sagte heftig: »Aber die Sprüche der Casa Montana haben immer eine gewisse Eleganz. Der da ist ohne jeden Charme! Und der ...«

Die beiden runden, alten Gesichter wandten sich Antonio und Paolo zu. Die runden Augen des Alten Niccolo blickten mit dem gleichen neugierigen Staunen in die Welt wie ein neugeborenes Baby. Tante Francescas Kopf war sehr klein für ihren umfangreichen Leib und ihre Augen waren klein, klug und schlau.

»Ich wollte gerade kommen«, sagte der Alte Niccolo. »Ich hätte gedacht, Tonino braucht Hilfe, aber du kommst mit Paolo.«

»Paolo hat Kummer«, sagte Tante Francesca.

»Paolo«, sagte Niccolo, »wenn dein Bruder sich kränkt, ist das nicht deine Schuld.«

»Nein«, sagte Paolo. »Ich glaube, die Schule ist schuld.«

»Wir haben daran gedacht, dass vielleicht Elizabeth Tonino erklären könnte, dass er dort keine Lernzauberformeln verwenden darf«, sagte Antonio.

»Aber Tonino hat Ehrgeiz!«, rief Tante Francesca.

»Hat er nicht. Unglücklich ist er!«, sagte sein Großvater. »Und wir müssen uns überlegen, wie man ihm da am besten hilft. Ich glaub, ich weiß es.« Sein Gesicht strahlte. »Benvenuto!«

Obwohl der Alte Niccolo das nicht laut sagte, schrie plötzlich jemand in der Galerie: »Der Alte Niccolo braucht Benvenuto!« Es begann ein Gerenne und In-den-Hof-Hinunterrufen. Jemand hämmerte mit einem Stock auf eine Regentonne. »Benvenuto! Wo steckt denn dieser Kater schon wieder! Benvenuto!«

Selbstverständlich ließ Benvenuto sich Zeit mit seinem Erscheinen. Benvenuto war Oberkater der Casa Montana. Es dauerte fünf Minuten, bis Paolo seine kräftigen Pfotenschritte über das Galeriedach tappen hörte. Dann folgte ein kräftiger Plumpser, als der Kater auf der Galerie landete. Gleich darauf erschien er an einem der offenen Bibliotheksfenster.

»Da bist du ja«, sagte der Alte Niccolo. »Ich wollte schon ungeduldig werden.«

Benvenuto ließ ein zottiges schwarzes Hinterbein

vorschnellen und setzte sich nieder, um es zu lecken, als wäre das der Grund, warum er gekommen war.

»Oh nein, bitte«, sagte der Alte Niccolo. »Du musst mir helfen.«

Benvenutos große gelbe Augen wandten sich dem Alten Niccolo zu. Er war kein schöner Kater. Sein Kopf war ungewöhnlich breit und plump, mit großen, narbigen Flecken darauf, die von vielen Kämpfen herrührten. Diese Kämpfe hatten es mit sich gebracht, dass ihm die Ohren über die Augen hingen, so dass Benvenuto immer aussah, als trüge er eine zerrissene braune Mütze. Seine Ohren waren von hunderten Bissen eingekerbt wie ein Stechpalmenblatt. Über seiner Nase hatte er drei weiße, kahle Flecken, die seinem Gesicht einen gerissenen, schrägen Ausdruck gaben. Diese Flecken hatten nichts mit Benvenutos Rang als Oberkater in einem Zaubererhaus zu tun. Sie waren das Ergebnis seiner besonderen Vorliebe für Steaks. Benvenuto war einmal unter Tante Ginas Fuß geraten, als diese beim Kochen war, und Tante Gina hatte ihm heißes Fett über den Kopf geschüttet. Deshalb übersahen Benvenuto und Tante Gina sich demonstrativ, wenn sie einander begegneten.

»Tonino ist unglücklich«, sagte der Alte Niccolo. Das schien Benvenuto wichtig genug, um ihm seine Aufmerksamkeit zu widmen. Er zog das ausgestreckte Bein zurück, sprang auf den Fußboden und von dort auf das oberste Bücherregal, all das mit einer einzigen Bewegung und ohne dass es schien, als hätte er einen Muskel bewegt. Und dort stand er, höflich mit dem wedelnd, was schön an ihm war: mit seinem buschigen Schwanz. Der Rest seines Pelzmantels war zu braunen Lumpen zerrissen. Außer dem Schwanz zeigte noch etwas, dass Benvenuto einst ein herrlicher schwarzer Perserkater gewesen war, und das war der flauschige Pelz an seinen Hinterbeinen. Und wie jeder Kater von Caprona am eigenen Leib erfahren hatte, verbargen diese flauschigen Hosen Muskeln, die einer Bulldogge Ehre gemacht hätten.

Paolo starrte seinen Großvater an, der da von Angesicht zu Angesicht mit Benvenuto redete. Paolo hatte Benvenuto selbstverständlich immer mit Respekt behandelt. Jeder wusste, dass Benvenuto sich niemandem auf den Schoß setzte und dass er fürchterlich kratzen würde, sollte jemand versuchen ihn hochzuheben. Paolo wusste natürlich auch, dass Katzen sehr hilfreich sind beim Zaubersprüchemachen. Aber er hatte noch nie bemerkt, dass sie so viel verstanden. Und er war sich ganz sicher, dass Benvenuto jetzt dem Alten Niccolo antwortete, und zwar merkte er das an der Art, wie der Großvater Pausen einlegte, um zuzuhören. Paolo blickte seinen Vater an, um zu sehen, ob das wirklich stimmte. Antonio sah unbehaglich drein. Und aus dem bekümmerten Gesicht seines Vaters las Paolo, dass es überaus wichtig war, Katzen verstehen zu können, und dass Antonio selbst es nicht konnte. Ich muss anfangen die Katzensprache zu lernen, dachte Paolo. Er war ganz durcheinander.

»Wen würdest du vorschlagen?«, fragte der Alte Niccolo. Benvenuto hob die rechte Vorderpfote und leckte sie nachlässig. Niccolos Gesicht verzog sich zu einem strahlenden Lächeln. »Hört euch das an! Er will sich selber drum kümmern!«, sagte er. Benvenuto schlug mit der Schwanzspitze. Dann war er weg. Er sprang zum Fenster zurück in einer fließenden und schnellen Bewegung – er hätte ein Malerpinsel sein können, der einen dunklen Strich durch die Luft zieht. Er ließ Tante Francesca und den Alten Niccolo glückstrahlend, Antonio mit kummervollem Gesicht zurück.

»Um Tonino kümmert man sich«, bemerkte der Alte Niccolo. »Wir sollten uns nicht mehr sorgen, außer er gibt uns neuerlich Grund dazu.«

Zweites Kapitel

Tonino tauchte in das lebhafte Treiben in den goldgesprenkelten Straßen von Caprona und fühlte sich bald nicht mehr so unglücklich. In den engen Gassen balancierte er auf dem Sonnenstreifen in der Mitte, über seinem Kopf flatterte Wäsche, und Tonino spielte, er müsste auf der Stelle tot umfallen, sobald er in den Schatten träte. Tatsächlich erlebte er eine ganze Anzahl von solchen Toden, bis er endlich auf dem Corso anlangte. Einmal drängte ihn eine Schar Touristen von seinem Sonnenbalken. Ein andermal zwei Karren und ein Fuhrwerk. Dann brummte langsam ein großer, schimmernder Wagen daher, der sich laut den Weg frei hupte. Und plötzlich hörte er einen Touristen auf Englisch sagen: »Schaut, Hanswurst und seine Margarita!«

Glühend vor Stolz, dass er die Worte verstanden hatte, tauchte und stieß und bohrte Tonino sich durch die Menschenmenge, bis er ganz vorne stand und den Hanswurst sehen konnte, wie er oben auf seinem kleinen gemalten Bühnchen Margarita prügelte. Tonino klatschte und schrie Hurra.

Als jemand in der Menge ihn keuchend und schnaufend beiseite drängen wollte, war Tonino so aufgebracht wie die anderen auch. Er hatte seinen

Kummer ganz und gar vergessen. »He, Sie! Stoßen Sie nicht!«, schrie er.

»Habt doch ein Herz«, protestierte der Mann. »Ich muss sehen, wie der Hanswurst den Henker drankriegt!«

»Dann halten Sie den Mund!«, brüllte es rundum und Tonino brüllte mit.

»Ich sag doch nur –«, begann der Mann. Er war ein riesiger Kerl mit feucht glänzendem Gesicht und er benahm sich einfach unmöglich.

»Ruhe!«, brüllte es rundum.

Der Mann japste und grinste und schaute mit offenem Mund zu, wie Hanswurst auf den Polizisten losging. Er führte sich auf wie der kleinste Junge. Tonino betrachtete ihn erstaunt von der Seite und entschied, der Mann sei vermutlich ein liebenswürdiger Wahnsinniger. Bei den dümmsten Witzen stieß der Kerl ein bellendes Lachen aus und er war auch ganz wunderlich angezogen. Er trug ein glänzend rotes Seidengewand voll blitzender Goldknöpfe und glitzernder Orden. Statt der üblichen Krawatte hatte er ein weißes Tuch um den Hals geknüpft; es wurde von einer Brosche zusammengehalten, die wie ein Tränentropfen glitzerte. An den Schuhen hatte er funkelnde Schnallen und an den Knien goldene Rosetten. Wenn man die Schweißtropfen auf seinem Gesicht und die beim Lachen aufblinkenden Zähne dazurechnete, glitzerte der ganze Mann von oben bis unten.

Der Hanswurst bemerkte ihn auch. »Oh, was für ein intelligenter Bursche!«, krähte er und tanzte auf seinem hölzernen Bühnchen herum. »Was seh ich denn da? Goldene Knöpfe! Das ist wohl der Papst persönlich?«

»Nein, nein, ist er nicht!«, rief der Glitzerich hocherfreut.

»Oder vielleicht der Herzog höchstselbst?«, krächzte Hanswurst.

»Nein, nein, auch nicht!«, schrie der Glitzerich und alle anderen schrien mit.

»Doch! Er ist es!«, krähte der Hanswurst.

Während alle noch brüllten: »Oh nein, er ist es nicht!«, drängten sich zwei besorgt dreinblickende Herren durch die Menge auf den Glitzerich zu.

»Euer Gnaden«, sagte der eine, »der Bischof ist schon vor einer halben Stunde an der Kathedrale angekommen!«

»Zum Kuckuck!«, rief der Glitzerich. »Müsst ihr mich dauernd tyrannisieren? Kann ich nicht hier bleiben, bis es aus ist? Ich will dem Hanswurst und seiner Margarita zusehen!«

Die beiden Herren blickten ihn tadelnd an.

»Also gut«, sagte der Glitzerich. »Gebt den Puppenspielern ein Trinkgeld. Gebt jedem hier eine Kleinigkeit.« Er wandte sich um und hüpfte fort zum Corso, keuchend und schnaufend.

Tonino hätte gern gewusst, ob der Glitzerich wirklich der Herzog von Caprona war. Aber die beiden Herrn machten keinerlei Anstalten, den Puppenspielern Geld zu geben und auch niemand anderem. Sie trotteten nur ernst und steif hinter dem Glitzerich her, als hätten sie Angst, ihn zu verlieren. Daraus schloss Tonino, dass dieser Glitzerich wirklich ein Wahnsinniger war – und zwar ein reicher – und dass sie ihn gewähren ließen.

»Wie gemein!«, krähte der Hanswurst auf der Bühne und begann listig auf den Henker einzureden, so dass dieser sich schließlich selbst erhängte.

Tonino wartete, bis der Hanswurst sich verbeugte und mit Triumph in die kleine bemalte Villa im Hintergrund der Bühne verschwand. Dann ging er und ihm fiel wieder ein, wie unglücklich er war.

Er hatte keine Lust, zur Casa Montana zurückzugehen. Er hatte auch keine Lust, irgendwas Besonderes zu tun. Er schlenderte weiter, bis zur Piazza Nuova oben auf dem Hügel am Westende der Stadt. Dort saß er dann auf der Brüstung und starrte düster über den Voltavafluss zu den reichen Villen und dem herzoglichen Palast hinüber und auf die weiten Bögen der Neuen Brücke.

Die Piazza Nuova war zur selben Zeit gebaut worden wie die Neue Brücke – über siebzig Jahre war es her –, damit jeder den wunderbaren Ausblick auf Caprona genießen konnte, den Tonino nun vor sich hatte. Der Blick war wirklich großartig. Aber der Jammer war: Alles, was Tonino sah, hatte etwas mit der Casa Montana zu tun.

Zum Beispiel der Herzogspalast, dessen Türme scharfe Silhouetten in das reine Blau des Himmels schnitten. Jeder der goldschimmernden Türme wurde nach oben hin breiter, so dass die Soldaten auf der

Brustwehr, unter den knatternden rotgoldenen Fahnen, von keinem erreicht werden konnten, der den Turm hinaufzuklettern versuchte. Tonino konnte deutlich die Schutzschilde sehen, die in die Brüstung eingemauert waren, immer zwei pro Seite, einer kirschrot, der andere laubgrün. Sie zeigten, dass sowohl die Montanas als auch die Petrocchis einen Zauberspruch zur Verteidigung des Turms gesprochen hatten.

Auch die große, weiße Marmorwand darunter war mit Intarsien in allen Farben des Regenbogens geschmückt, darunter kirschrote und laubgrüne Steine. Jede der weitläufigen Villen an der Hügelseite unter dem Palast hatte ein laubgrünes oder kirschrotes Wappen an ihren Mauern. Manche der Schilder waren halb versteckt von den spitzen Wipfeln der Bäume, aber Tonino wusste, dass sie dort waren. Und auch von den steinernen und metallenen Bögen der Neuen Brücke, die sich von ihm weg zu den Villen und dem Palast hinüberschwangen, trug jeder eine Emailleplakette, abwechselnd eine rote und eine grüne.

Die Neue Brücke war mit den stärksten Zaubersprüchen versehen worden, die das Haus Montana und das Haus Petrocchi hervorzubringen imstande waren. Jetzt, da der Fluss nur ein schmales Rinnsal war, schienen die Zaubersprüche unnötig zu sein. Im Winter aber, wenn im Apennin Regen fiel, wurde die Voltava ein wilder Strom. Die Bögen der Neuen Brücke waren dann gerade noch zu sehen. Die Alte

Brücke – Tonino konnte sie sehen, wenn er den Hals reckte – stand dann oft unter Wasser, und die kleinen Häuser am Ufer waren unbewohnbar. Nur montanaische und petrocchische Sprüche tief in den Fundamenten verhinderten, dass die Alte Brücke fortgeschwemmt wurde.

Tonino hatte den Alten Niccolo sagen hören, die Neue-Brücke-Sprüche hätten damals die Kräfte der gesamten Familie Montana beansprucht. Der Alte Niccolo hatte bei ihrem Bau mitgeholfen. Damals war er so alt gewesen wie Tonino jetzt. Tonino hätte so etwas nicht fertig gebracht. Wie ein Häufchen Elend saß er da und schaute auf die goldenen Mauern und die roten Dachziegel Capronas hinunter. Er war ganz sicher, dass jeder einzelne Ziegel wenigstens einen laubgrünen Zauber hatte. Tonino hatte mitgeholfen das geflügelte Pferd auf der Außenseite zu stempeln. Er hatte sein Bestes gegeben und war überzeugt, dass er niemals zu mehr als solchen Handlangerdiensten taugen würde.

Tonino hatte plötzlich das Gefühl, dass ihn jemand rief, und schaute sich um. Niemand. Trotz der schönen Aussicht lag die Piazza zu weit abseits, als dass Touristen herkamen. Alles, was Tonino sehen konnte, waren die mächtigen eisernen Greifvögel, die sich rundum auf der Brustwehr in Abständen hochbäumten und mit eisernen Klauen nach dem Himmel griffen. In der Mitte des Platzes waren noch mehr Greife zu einem kämpfenden, unentwirrbaren Knäuel verschlungen und formten einen Brunnen. Und sogar hier konnte Tonino sich seiner Familie nicht entziehen. In den Stein unterhalb der eisernen Klauen des nächsten Greifen war ein kleiner, metallener Teller eingelassen. Er war laubgrün.

Tonino merkte, dass er heulte.

Unter Tränen glaubte er einen Augenblick lang wahrzunehmen, dass einer der weiter entfernten Vögel seinen steinernen Sitz verlassen hätte und rund um die Brustwehr auf ihn zugetrottet käme. Er hatte entweder keine Flügel oder trug sie eng an den Körper gefaltet.

Tonino wurde sogleich – ein wenig von oben herab – belehrt, dass Katzen keine Flügel brauchen. Benvenuto setzte sich auf das Mäuerchen neben ihn und starrte ihn anklagend an.

Tonino hatte vor Benvenuto ehrfürchtigen Respekt. Er streckte schüchtern die Hand nach ihm aus. »Benvenuto, grüß dich! Wie geht es dir?«

Benvenuto übersah Toninos Hand. Sie sei nass von Tränen, sagte er, und er als Katze wolle gern wissen, warum Tonino so blöd wäre zu heulen.

»Überall hängen unsere Sprüche!«, jammerte Tonino. »Und ich werde nie … – was glaubst du, liegt das daran, dass ich ein halber Engländer bin?«

Benvenuto wusste nicht, was so etwas ausmachen sollte. Er sah höchstens einen Unterschied darin, dass Paolo blaue Augen hatte wie ein Siamkater und Rosa einen weißen Pelz.

»Blondes Haar heißt das«, sagte Tonino.

… und Tonino selbst hatte ein Tigerkatzenfell, eines von der Farbe der hellen Streifen im Fell einer Tigerkatze, fuhr Benvenuto in aller Ruhe fort. Und trotzdem waren sie alle Katzen. Oder nicht?

»Aber ich bin so dumm und langsam«, begann Tonino.

Benvenuto unterbrach ihn mit der Bemerkung, er hätte gehört, wie Tonino gestern mit den Kleinen Spaß gemacht habe, und dabei wäre ihm aufgefallen, dass Tonino ein gut Teil witziger sei als sie. Und bevor Tonino hatte einwenden können, das seien ja bloß die Kleinen gewesen, fragte der Kater, ob Tonino nicht vielleicht auch nur einer von den Kleinen sei?

Tonino musste lachen und trocknete die Hand an der Hose ab. Als er sie Benvenuto dann erneut hinhielt, erhob sich der Kater, streckte sich und näherte sich ihr schnurrend. Tonino wagte ihn zu streicheln. Benvenuto strich um Tonino herum, katzbuckelnd und schnurrend wie das kleinste, putzigste Kätzchen der Casa. Tonino strahlte vor Stolz und Freude. An den Bewegungen von Benvenutos buschigem Schwanz – einem sehr majestätischen, aber auch sehr ärgerlichen Zucken – konnte Tonino erkennen, dass es Benvenuto ganz und gar nicht behagte, gestreichelt zu werden – was für Tonino eine umso größere Ehre war.

»Schon besser«, sagte Benvenuto. Er schnupperte an Toninos nackten Beinen und legte sich quer darüber wie ein dicker, brauner Bettvorleger. Tonino streichelte ihn weiter. Da fuhren Krallen aus dem braunen Fell und schabten schmerzhaft an Toninos

Oberschenkeln. Benvenuto schnurrte weiter. Kann Tonino es nicht so sehen, schnurrte er, dass wir beide, Junge und Katze, ein Teil der berühmtesten Casa in Caprona sind? Die noch dazu zu den berühmtesten in ganz Italien gehört?

»Das weiß ich«, sagte Tonino. »Es ist nur - ich finde es ja auch wunderbar, dass ich ... Sind wir wirklich so besondere Leute?«

Selbstverständlich, schnurrte Benvenuto. Und wenn Tonino sich vorbeugen und hinüberschauen wollte zur Kathedrale, würde er auch sehen, warum.

Gehorsam beugte Tonino sich vor und schaute. Die hohen Marmorkuppeln der Kathedrale erhoben sich zwischen den Häusern am Ende des Corso. Nirgendwo sonst gab es ein so großartiges Gebäude. Die Kathedrale glänzte golden und weiß und grün. Ganz oben auf der höchsten Kuppel blitzte die Sonne auf der großen Goldgestalt des Engels, der sich dort mit ausgebreiteten Schwingen im Gleichgewicht hielt. In der einen Hand hielt er eine goldene Schriftrolle. Er schien ganz Caprona zu segnen.

Dieser Engel, erklärte ihm Benvenuto, stand dort als Zeichen, dass Caprona vor Feinden sicher sein würde, solange jedermann das Lied des Engels von Caprona singen konnte. Der Engel hatte dieses Lied in einer Schriftrolle dem Ersten Herzog von Caprona direkt aus dem Himmel gebracht, und seine Kraft hatte den Weißen Teufel gebannt und Caprona groß gemacht. Der Weiße Teufel hatte sich schon seit Ewigkeiten um Caprona herumgetrieben und versucht in die Stadt einzudringen, aber solange des Engels Lied gesungen würde, solange würde der Weiße Teufel nicht siegen.

»Das weiß ich«, sagte Tonino. »Wir singen es jeden Tag in der Schule.« Das erinnerte ihn wieder an sein größtes Elend. »Sie wollen mir diese Geschichte unbedingt beibringen – und auch andere Sachen –, aber ich kapier sie nicht, weil ich sie doch schon alle kenne. Und so kann ich sie nicht lernen, wie sich's gehört!«

Benvenuto hörte zu schnurren auf und zuckte zusammen. Toninos Finger hatten sich in einem der vielen Knoten in seinem Pelz verfangen. Säuerlich erkundigte er sich, warum Tonino denen in der Schule nicht gesagt hätte, dass er diese Dinge alle schon wusste.

»Hab ich doch!«, beteuerte Tonino und streichelte Benvenuto heftig. »Aber sie sagen mir immer, dass ich so lernen muss, wie sie es wollen, sonst werde ich es nie richtig begreifen.«

Das sei natürlich Toninos Angelegenheit, meinte Benvenuto, noch immer gereizt, aber er sähe keinen Grund, eine Sache zweimal zu lernen. Eine Katze würde sich so etwas nicht gefallen lassen. Und überdies sei es Zeit heimzugehen.

Tonino seufzte. »Glaub ich auch. Sie werden sich schon Sorgen machen.« Er nahm Benvenuto auf den Arm und stand auf.

Das gefiel Benvenuto. Er schnurrte zufrieden. Die Tanten in der Casa Montana kochten nämlich gerade das Abendessen und für Tonino war es viel einfacher als für Benvenuto, ein Stück Kalbfleisch zu stibitzen.

Tonino musste lachen.

Als er die Stufen zur Neuen Brücke hinunterstieg, sagte er: »Weißt du, Benvenuto, es wäre für dich viel angenehmer, wenn du mich diese verfilzten Büschel aus deinem Pelz kämmen ließest.«

Benvenuto äußerte, dass jeder, der auch nur versuchen würde ihn zu kämmen, jede einzelne Kralle spüren würde, die er besitze.

»Und wie wär's mit Bürsten?«

Benvenuto sagte, er wolle es sich überlegen.

In diesem Augenblick begegneten sie Lucia. Sie hatte Tonino schon in ganz Caprona gesucht und war nahe daran, vor Zorn zu zerplatzen. Aber als sie Benvenuto sah, der sie aus Toninos Armen anstarrte, schräg und drohend und sehr würdig, sagte sie nur: »Wir kommen zu spät zum Essen!«

»Überhaupt nicht«, sagte Tonino. »Wir haben sogar noch Zeit, dass du Wache stehst. Ich muss ein Stück Kalbfleisch für Benvenuto besorgen.«

»Das hat ganz gewiss Benvenuto ausgeheckt«, sagte Lucia. »Was soll das sein? Der Beginn einer Partnerschaft zu beiderseitigem Vorteil?«

So könnte man es nennen, sagte Benvenuto zu Tonino.

»So könnte man es nennen«, sagte Tonino zu Lucia. Das beeindruckte Lucia so, dass sie Tante Gina in ein Gespräch verwickelte, während Tonino für Benvenuto ein Stück Kalbfleisch holte. Und alle waren viel zu froh Tonino gesund wieder zu sehen, als dass sie sich darum gekümmert hätten.

Als Corinna jedoch eines Tages ihre Schere nicht fand und Rosa nicht ihre Haarbürste, fiel ihnen dieser Nachmittag ein. Beide stürmten auf die Galerie hinaus. Dort stand Paolo und beobachtete Tonino, wie er mit Corinnas Schere die verfilzten Stellen aus Benvenutos Pelzmantel knipste. Rosas Haarbürste lag neben ihm, voller brauner Katzenhaare.

»Und du verstehst wirklich alles, was er sagt?«, erkundigte sich Paolo eben.

»Ich kann alle Katzen verstehen«, sagte Tonino. »Rühr dich nicht, Benvenuto. Das da ist ganz dicht an der Haut.«

Es sagt alles über Benvenutos Stellung im Hause – und damit auch die Toninos –, dass weder Rosa noch Corinna es wagten, Tonino gegenüber ein Wort darüber zu verlieren. Sie wandten sich stattdessen an Paolo.

»Was glaubst du eigentlich, Paolo? Stehst da und schaust zu, wie er die Bürste ruiniert! Warum hast du ihm nicht gesagt, er soll die Küchenschere nehmen?«

Paolo hörte nicht zu. Er war zu erleichtert, dass er nicht selber lernen musste, wie man sich mit Katzen unterhält. Er hätte nicht gewusst, wie man das anfängt.

Von diesem Tag an betrachtete sich Benvenuto als Toninos Katze. Das war für beide etwas Neues. Benvenuto – nun stets gebürstet, denn Rosa kaufte Tonino eine besondere Haarbürste für ihn, und wohl versorgt, denn Tonino brachte immer Nachschub, den er vor Tante Ginas Nase wegstibitzte – Benvenuto also begann bald jünger und glatter auszusehen.

Tonino vergaß, dass er jemals unglücklich gewesen war. Er war jetzt jemand Besonderer und darauf war er stolz. Wenn der Alte Niccolo Benvenuto brauchte, musste er erst Tonino bitten, denn Benvenuto lehnte es glatt ab, für irgendjemand ohne Toninos Erlaubnis etwas zu tun. Paolo fand es lustig, wie wütend der Alte Niccolo darüber werden konnte. »Dieses Katzenvieh hat von mir nur Vorteile gehabt«, schimpfte er, »und nun bitt ich ihn um einen Gefallen, und was krieg ich? Undank!« Schließlich musste Tonino Benvenuto anweisen, er hätte sich zu Niccolos Verfügung zu halten, wenn Tonino in der Schule war. Sonst verschwand Benvenuto einfach. Aber er erschien unfehlbar wieder gegen halb vier. Dann saß er auf der Regentonne neben dem Tor und wartete auf Tonino. Und sobald dieser durch das Tor kam, sprang Benvenuto ihm in die Arme. Das tat er sogar zu jenen Zeiten, wo er für sonst niemand auch nur einen Blick hatte, bei Vollmond also, wenn des Nachts die Kätzinnen von allen Dächern Capronas miauend lockten.

Eines Montags in der Schule fiel Tonino ein, was Benvenuto ihm geraten hatte. Als man ihm das Bild einer Katze zeigte und erklärte, die Zeichen darunter hießen K-A-T-Z-E, nahm Tonino all seinen Mut zusammen und sagte leise: »Ja! Es ist ein Ka und ein A und ein Te und ein Zet und ein E. Ich kann doch lesen!«

Seine Lehrerin, die noch nicht lange in Caprona war, wusste nicht, was sie mit Tonino machen sollte, und rief die Frau Direktor. »Ach«, sagte diese, »der ist ein Montana. Ich hätte Sie warnen sollen. Die können alle lesen. Die meisten sprechen auch Lateinisch. Sie verwenden eine Menge Latein in ihren Zaubersprüchen – und einige können sogar Englisch. Allgemein sind sie guter Durchschnitt. Sie werden ja sehen.«

So bekam Tonino ein richtiges Buch, während die anderen Kinder ihre Buchstaben lernten. Das Buch war ihm viel zu leicht. Er hatte es in zehn Minuten ausgelesen und man musste ihm ein zweites geben. Und so entdeckte er das Lesen. Wenn Tonino in ein Buch versank, war er bald wie verzaubert, mehr als von jedem Zauberspruch. Er konnte nicht genug davon bekommen. Er durchstöberte die Casa-Montana-Bibliothek und die öffentliche Leihbücherei und verbrauchte sein ganzes Taschengeld für Bücher. Bald wusste jeder, dass das geeignete Geschenk für Tonino ein Buch war. Am liebsten hatte er Bücher, in denen keine Zaubersprüche vorkamen. In seinen Lieblingsbüchern erlebten die Leute wilde Abenteuer, ohne dass irgendeine Zauberei ihnen dazu verhalf oder sie dabei störte.

Benvenuto war mit Toninos Lesewut ganz und gar einverstanden. Wenn Tonino las, saß er still und eine Katze konnte behaglich in seinem Schoß liegen. Paolo neckte Tonino ein wenig damit, dass er ein Bücherwurm geworden sei, aber es störte ihn nicht wirklich.

Denn er wusste genau: Wenn er Tonino brauchte, würde dieser jederzeit sofort sein Buch zuklappen. Antonio war besorgt. Er machte sich immer über alles Sorgen. Er befürchtete, Tonino könnte zu wenig Bewegung haben. Aber alle anderen im Haus erklärten ihm, das wäre Unsinn. Sie waren stolz auf Tonino. Er war so wissensdurstig wie Corinna, sagten sie, und zweifellos würden sie beide als Professoren an der Universität von Caprona landen, wie Großonkel Umberto. Die Montanas hatten immer irgendein Familienmitglied, das an der Universität tätig war. Einerseits waren sie nicht so eigennützig, die Theorie der Zauberei für sich zu behalten, andererseits war es auch sehr bequem, leichten Zugang zu den Zauberbüchern in der Universitätsbibliothek zu haben.

Trotzdem blieb Tonino langsam beim Erlernen von Zaubersprüchen und auch in der Schule. Paolo war zweimal so flink. Es machte ihnen beiden nichts aus. Weit mehr beunruhigte sie, dass sie nach und nach herausfanden, dass es nicht um alles gut bestellt war, weder in der Casa Montana noch in Caprona selbst.

Drittes Kapitel

Benvenuto war es, der Tonino zuallererst Sorgen machte. Trotz aller Pflege, die Tonino ihm angedeihen ließ, wurde der Kater immer magerer und neuerlich struppig. Benvenuto war ungefähr so alt wie Tonino. Der Junge wusste, dass das für eine Katze ziemlich alt war, und anfangs glaubte er, Benvenuto würde einfach in die Jahre kommen. Dann bemerkte er, dass der Alte Niccolo fast schon so ängstlich besorgt aussah wie Antonio und dass Onkel Umberto ihn von der Universität fast täglich anrief. Jedes Mal verlangten der Alte Niccolo und Tante Francesca hinterher nach Benvenuto und Benvenuto kam jedes Mal erschöpft von ihnen zurück. Schließlich fragte Tonino Benvenuto, was da vor sich ginge. Benvenutos Antwort war, er solle eine Katze in Frieden lassen, auch wenn der Herzog ein Dummkopf sei. Und er wolle in dieser Angelegenheit von Tonino nicht belästigt werden.

Tonino fragte Paolo und fand auch Paolo bekümmert. Paolo hatte seine Mutter beobachtet. Sie hatte in letzter Zeit plötzlich viele weiße Haare bekommen und sie war immerzu nervös und antwortete auf Paolos Frage, was denn eigentlich wirklich los sei: »Oh, nichts, Paolo, nur macht das alles es so schwierig, für Rosa einen Mann zu finden.«

Rosa war jetzt achtzehn. Das ganze Haus besprach fast ununterbrochen, wie und wo man einen Mann für sie beschaffen sollte, und wie Paolo bemerkte, schien das alle viel mehr aufzuregen als vor drei Jahren bei Cousine Claudia. Montanas mussten bei der Wahl ihrer Ehepartner vorsichtig vorgehen. Mit Vernunft. Sie mussten jemanden heiraten, der Talent hatte, zumindest für Zauberei oder Musik; und es musste jemand sein, der der ganzen Familie gefiel; und vor allem durfte es nur jemand sein, der keinerlei Verbindung mit den Petrocchis hatte. Cousine Claudia hatte Arturo geheiratet, ohne eine solche Unmenge an Diskussionen und an Problemen, die nun über Rosa hereinbrachen. Paolo vermutete, es hing mit »all dem« zusammen, was immer Elizabeth damit meinte. Hitzige Argumente flogen hin und her.

Der besorgte Antonio wollte nach England reisen und Rat einholen bei jemand, der Chrestomanci hieß. »Wir brauchen einen wirklichen Zauberspruchmeister für sie«, sagte er. Worauf Elizabeth erwiderte, dass Rosa Italienerin sei und einen Italiener heiraten solle. Die übrige Familie stimmte dem zu. Außerdem verlangte sie, der Italiener müsste aus Caprona stammen. So blieb nur noch die Frage, wer.

Paolo, Lucia und Tonino hatten keine Zweifel. Rosa sollte ihren Cousin Rinaldo heiraten. Er schien einfach der Passendste. Rosa war hübsch, Rinaldo ein schöner junger Mann und es gab eigentlich keine Einwände. Aber es gab zwei Schwierigkeiten. Die erste war, dass Rinaldo kein Interesse für Rosa zeigte. Er war gegenwärtig verzweifelt in ein englisches Mädchen verliebt – sie hieß Jane Smith. Rinaldo hatte einige Schwierigkeiten, den Namen auszusprechen. Sie war gekommen, um einige der Bilder in der Kunstgalerie auf dem Corso zu kopieren. Sie war ein romantisches Mädchen. Um ihr zu gefallen, trug Rinaldo jetzt Schwarz, dazu ein rotes Tuch um den Hals wie ein Bandit. Es wurde ihm nachgesagt, er überlege, ob er sich nicht einen Räuberschnurrbart wachsen lassen sollte.

Die zweite Schwierigkeit war Rosa selbst. Rinaldo war ihr gleichgültig. Und außerdem schien sie der einzige Mensch in der Casa zu sein, der sich überhaupt nicht dafür interessierte, wen sie heiraten sollte. Wenn die Diskussion besonders lebhaft wurde, warf sie die Haare über die Schulter zurück und lächelte. »Wenn man euch so zuhört«, sagte sie, »könnte man glauben, ich hätte dabei überhaupt nicht mitzureden. Es ist richtig komisch.«

Den ganzen Herbst lang wuchs die Sorge in der Casa Montana. Paolo und Tonino fragten Tante Maria, wie es stünde. Sie sagte zuerst, sie seien zu jung, um es zu verstehen. Später dann (sie konnte manchmal in Hitze geraten wie Tante Gina oder sogar Tante Francesca) teilte sie ihnen plötzlich und entschlossen mit, dass Caprona vor die Hunde ginge. »Alles geht schief«, sagte sie. »Das Geld wird knapp, die Touristen kommen nicht und es wird jedes Jahr schlechter. Wir sind eingekreist. Florenz und Pisa und Siena führen sich auf wie die Aasgeier und jedes Jahr holen sie sich ein paar Quadratmeilen von Caprona. Wenn das so weitergeht, sind wir bald kein Staat mehr. Und am Allerärgsten: Die Ernte in diesem Jahr war schlecht. Und schuld sind nur diese heruntergekommenen Petrocchis, kann ich euch sagen. Ihre Sprüche sind nichts mehr wert! Wir Montanas können Caprona nicht allein retten. Und die Petrocchis rühren keinen Finger! Sie versuchen es nicht einmal! Sie leiern einfach ihre alten Sprüche herunter. Und es wird immer schlimmer! Wie es mit ihnen steht, könnt ihr schon daran sehen, dass dieses Petrocchi-Kind den eigenen Vater grün gehext hat!«

Das allein war beunruhigend genug und es schien die reine, ungeschminkte Wahrheit zu sein. Seit Jahren waren Paolo und Tonino daran gewöhnt, zu hören, dass es irgendwelche Zugeständnisse an Florenz gab, dass Pisa ein Fischereiabkommen forderte oder dass Siena die Einfuhrzölle nach Caprona erhöht hatte. Sie waren zu sehr daran gewöhnt, um überhaupt noch Notiz davon zu nehmen. Aber nun plötzlich schienen diese Dinge voll schicksalsschwerer Bedeutung.

Und noch Schlimmeres folgte. Es kam die Nachricht, dass die Alte Brücke von den Winterfluten ernstlich beschädigt worden war.

Diese Neuigkeit versetzte die Familie Montana in große Bestürzung. Die Alte Brücke hätte halten müssen. Wenn sie nachgab, bedeutete dies, dass auch die Kraft der Zaubersprüche der Montanas nachließ.

Und als ob das nicht genug wäre, ging am selben Abend Rinaldo aus, um sein englisches Mädchen zu besuchen, und wurde von seinen Cousins Carlo und Giovanni blutüberströmt in die Casa zurückgebracht. Rinaldo stieß Fluchworte aus, die Paolo und Tonino noch nie zu Ohren gekommen waren. Er wurde dahingehend verstanden, dass er ein paar Petrocchis getroffen hätte. Er hatte sie als »heruntergekommen« beschimpft. Tante Maria stürzte auf den Hof und stieß Flüche gegen die Petrocchis aus. Rinaldo war Tante Marias Augapfel.

Rinaldo war verbunden und zu Bett gebracht worden, als Antonio und Onkel Lorenzo zurückkamen. Sie waren fort gewesen, um den Schaden an der Alten Brücke zu besichtigen. Beide blickten sehr ernst drein. Guido Petrocchi höchstselbst war dort gewesen mit dem Baumeister des Herzogs, oder wer immer es war, Signor Andretti. Ein paar besonders starke Zaubersprüche waren gesprochen worden. Beide Familien müssten ihr Bestes geben und sie würden in Schichten arbeiten müssen. Es würde mindestens drei Wochen dauern, die Brücke zu reparieren.

»Wir hätten auch Rinaldos Hilfe gebraucht«, sagte Antonio.

Rinaldo schwor, es gehe ihm gut genug, dass er aufstehen und schon ab morgen helfen könnte, aber Tante Maria wollte nichts davon hören. Auch der Doktor nicht. So wurde die übrige Familie in Tag- und Nachtschichten eingeteilt. Paolo, Lucia und Corinna liefen, wenn die Schule aus war, geradewegs zur Brücke. Tonino musste das nicht. Er war noch immer zu langsam, um sich wirklich nützlich machen zu können. Aber nach dem, was Paolo ihm erzählte, glaubte er nicht, dass er ihnen sehr fehlte. Selbst Paolo konnte bei dem rasenden Tempo des Zaubersprüche-sprechens nicht mithalten. Er wurde mit Aufträgen herumgejagt wie der arme Cousin Domenico. Tonino hatte Domenico sehr gern. Er war in allem das Gegenteil von seinem schneidig-forschen, feurig-elegant-feschen Bruder Rinaldo, und auch er konnte mit dem Arbeitstempo nicht Schritt halten.

Die Arbeit ging, oft bei strömendem Regen, schon über eine Woche lang voran, als der Herzog eines Tages den Alten Niccolo rufen ließ. Er wollte ihn sprechen.

Der Alte Niccolo stand im Hof und raufte sich die wenigen Haare, die er noch hatte. Tonino legte sein Buch weg (es hieß »Die Todesmaschinen« und war ungeheuer spannend) und ging hin, um zu sehen, ob er nicht helfen konnte.

»Ach Tonino«, sagte der Alte Niccolo. »Ich hab ungeheure Probleme. Alle werden bei der Brücke gebraucht, und dieser Esel Rinaldo liegt im Bett, und ich muss zum Herzog und zwar mit jemand von der Familie! Die Petrocchis sind auch hinbestellt. Wir dürfen nicht weniger Leute sein als sie. Ach, warum musste Rinaldo ausgerechnet jetzt mit dummen Beschimpfungen um sich werfen!«

Tonino wusste nicht, was er erwidern sollte, er sagte: »Soll ich Benvenuto holen?«

»Nein, nein«, antwortete der Alte Niccolo, wütender als zuvor, »die Herzogin hasst Katzen. Benvenuto kann uns diesmal nicht helfen. Ich werde die mitnehmen müssen, die bei der Brücke nicht zu brauchen sind«, fuhr er fort. »Du wirst auch mitkommen, Tonino, und Paolo und Domenico. Und Onkel Umberto werden wir auch mitnehmen, der soll weise und würdig dreinschauen. Vielleicht machen wir dann mehr Eindruck.«

Das war vielleicht nicht gerade die schmeichelhafteste Einladung, aber Paolo und Tonino waren trotzdem begeistert. Diese Begeisterung ließ auch nicht nach, als es am folgenden Tag regnete, den peitschenden, eisig-weißen Winterregen Capronas. Die Morgenschicht kam von der Alten Brücke zurück, unter nassglänzenden Regenschirmen, tropfnass und mürrisch, und statt sich auszuruhen mussten sie sich für den Besuch im Palast fertig machen.

Die Familienkutsche wurde aus dem Wagenschuppen unter die Galerie gezogen und sorgfältig abgestaubt und ausgewischt. Die Kutsche war ein großes, schwarzes Gefährt mit monströsen schwarzen Rädern. Das Montana-Flügelpferd schmückte je ein grünes Wappenschild auf den schweren Türen.

Der Regen strömte unaufhörlich nieder. Paolo, der Regen hasste, so wie Katzen den Regen hassen, war glücklich, dass es eine wirkliche, echte Kutsche war. Die Pferde aber waren nicht echt. Sie waren aus weißer Pappe geschnitten, ganze vier Stück, sie lehnten an der Wand des Wagenschuppens. Die Idee, aus Ersparnisgründen Papppferde zu halten, stammte vom Vater des Alten Niccolo. Wirkliche Pferde brauchten wirkliches Futter und man musste sie bewegen. Außerdem nahmen sie Platz weg, den die Familie brauchen konnte. Der Kutscher war gleichfalls aus Pappe geschnitten – aus denselben Gründen, nur war er unter dem Kutschendach untergebracht.

Die Jungen wollten zusehen, wie die Pappfiguren zum Leben erweckt wurden, aber ihre Mutter, Elizabeth, schleppte sie ins Haus. Ihr Haar war tropfnass von der Arbeit auf der Brücke und sie musste immerfort gähnen, bis ihr die Kiefer knackten, aber das hinderte sie nicht daran, Paolo und Tonino gründlich zu schrubben, zu kämmen und ordentlich anzukleiden. Als sie dann mit nass gekämmtem, an den Kopf geklebtem Haar und unbequemen, breiten weißen Kragen über der steifen Schüleruniform in den Hof kamen, war der Spruch schon gesprochen. Die Papierstreifen mit den Zaubersprüchen darauf waren sorgfältig um die Pferdegeschirre gewunden und der Kutscher war in einen Papiermantel gehüllt, der an der Innenseite über und über mit Sprüchen beschrieben war. Vier glänzende weiße Pferdchen stampften, als man sie einspannte. Der Kutscher saß auf dem Kutschbock und zupfte an seinem laubgrünen Hut.

»Großartig«, sagte der Alte Niccolo. Er blickte beifällig von den Jungen zur Kutsche. »Hinein mit euch, ihr beiden. Hinein mit dir, Domenico. Wir müssen noch Umberto von der Universität abholen.«

Tonino sagte Benvenuto auf Wiedersehen und kletterte in die Kutsche. Innen roch es trotz der gründlichen Säuberung nach Schimmel. Tonino war glücklich, dass sein Großvater so fröhlich war. Alle waren glänzender Laune. Die Familie schrie Hurra, als die Kutsche zum Tor rollte, und der Alte Niccolo lächelte und winkte zurück. Vielleicht, dachte Tonino, kam bei diesem Besuch beim Herzog etwas Gutes heraus und niemand musste sich nachher noch Sorgen machen.

Die Kutschfahrt war herrlich. Tonino hatte sich noch nie so großartig gefühlt. Die Kutsche rumpelte und wiegte sich. Die Hufe der Pferde klapperten über die Pflastersteine wie die von leibhaftigen Pferden und die Leute sprangen respektvoll aus dem Weg. Der Kutscher war so gut, wie Zaubersprüche einen Kutscher nur machen können. Obwohl sich entlang der Straße überall Pfützen kräuselten, hatte die Kutsche kaum Dreckspritzer aufzuweisen, als sie mit lautem »Brr! Halt!« vor der Universität vorfuhren.

Onkel Umberto kletterte herein. Er trug seinen rot und goldenen Talar. Er war so freudig erregt wie der Alte Niccolo. »Morgen, Tonino«, sagte er zu Paolo. »Wie geht's deiner Katze? Morgen«, sagte er zu Domenico. »Wie ich höre, haben die Petrocchis dich verdroschen!« Domenico, der lieber gestorben wäre, als jemand zu beleidigen, selbst wenn es ein Petrocchi wäre, wurde röter als Onkel Umbertos Talar und musste schlucken. Aber Onkel Umberto konnte sich nie erinnern, welcher junge Montana welcher war. Er war zu gelehrt dazu. Er sah Tonino an, als wüsste er gern, wer dieser Junge war, und wandte sich an den Alten Niccolo.

»Die Petrocchis werden sicher mitmachen«, sagte er. »Ich habe diesbezügliche Versicherungen von Chrestomanci erhalten.«

»Ich auch«, sagte der Alte Niccolo, aber es klang ein wenig zweifelnd.

Die Kutsche rollte den nassen Corso hinunter und fuhr zur Neuen Brücke, über die sie noch lauter rumpelte. Paolo und Tonino starrten aus den regenbeperlten Fenstern. Sie waren zu aufgeregt, um etwas zu sagen. Die Pferde klapperten nun jenseits des angeschwollenen Flusses bergauf, wo sich windgepeitschte Zypressen vor den Villen der Reichen bogen, und dann fuhr die Kutsche zwischen altersdunklen Mauern dahin. Endlich rumpelten sie unter einem mächtigen Torbogen durch und fuhren eine scharfe Kehre auf den imposanten Vorhof des Palastes. Vor ihrer Kutsche hielt schon eine andere an dem riesigen Marmorportal. Vor der gewaltigen Marmorfassade des Palastes sah sie klein wie ein Spielzeug aus. Dieser Wagen war gleichfalls schwarz, mit scharlachroten Wappenschildern an den Türen, auf denen schwarze Leoparden auf den Hinterbeinen standen und fauchten. Die Montanas waren zu spät dran, um die Leute zu erkennen, die aus dem Wagen kletterten, aber sie gafften ärgerlich und voll Neid auf die Kutsche und auf die Pferde davor. Die Pferde waren schwarze, wunderschöne schlanke Geschöpfe mit gebogenen Hälsen.

»Ich glaube, das sind *wirkliche* Pferde«, flüsterte Paolo Tonino zu.

Tonino hatte keine Zeit zu antworten, denn zwei Lakaien und ein Soldat rissen den Kutschenschlag der Montanas auf und halfen den Passagieren heraus. Paolo sprang als Erster in den Hof. Nach ihm kletterten der Alte Niccolo und Onkel Umberto ziemlich mühsam hinunter. Tonino konnte noch durch das hintere Fenster beobachten, wie die Petrocchi-Kutsche davonfuhr. Als sie wendete, sah er deutlich das schmale, scharlachrote Geflatter eines zauberkräftigen Papierstreifens unter dem Geschirr eines Pferdes. Sieh an, dachte Tonino triumphierend. Aber den Kutscher der Petrocchis hielt er für ziemlich echt. Es war ein bleicher junger Mann mit rötlichem Haar, dessen Farbe nicht zu seiner kirschfarbenen Livree passte. Und er hatte einen gespannten, konzentrierten Blick, als ob es nicht leicht sei, unwirkliche Pferde zu lenken. Dieser Blick war zu menschlich für einen Mann aus Pappe.

Als Tonino endlich, dem nervös gewordenen Domenico dicht auf den Fersen, hinauskletterte, warf er einen Blick auf ihren eigenen Kutscher. Er sah tüchtig und vornehm aus. Er griff mit steifer Hand grüßend an seinen grünen Hut und starrte dabei geradeaus. Der Petrocchi-Kutscher ist echt, ein wirklicher Kutscher, dachte Tonino voll Neid.

Tonino vergaß die Kutscher, als er und Paolo den anderen in den Palast folgten. Der war einfach überwältigend und ungeheuer groß. Sie wurden durch riesige Säle mit glänzenden Fußböden und vergoldeten Decken geführt, die kilometerweit zu sein schienen.

Zu beiden Seiten der langen, langen Wände standen Statuen oder Soldaten oder Lakaien in langen, langen Reihen, ebenso herausgeputzt wie ihre Umgebung. Tonino und Paolo fühlten sich fast erdrückt von all der Herrlichkeit und atmeten erleichtert auf, als man sie in einen Raum führte, der nur so groß war wie der Hof in der Casa Montana. Auch hier glänzte der Boden und die Decke sah aus wie ein Himmel voller betender, die Hände ringender Engel. Die Wände waren mit rotem, recht behaglich wirkendem Tuch behängt und eine Reihe schlicht vergoldeter Stühle stand an jeder Wandseite.

Zur selben Zeit wurde eine weitere Gruppe von Leuten in den Raum geführt. Domenico warf einen kurzen Blick auf sie und schaute dann sofort wieder auf die gemalten Engel an der Decke. Der Alte Niccolo und Onkel Umberto benahmen sich, als wären die Neuankömmlinge gar nicht vorhanden. Paolo und Tonino versuchten es ihnen gleichzutun, aber sie brachten es nicht fertig.

Das sind also die Petrocchis, dachte Tonino und warf ihnen verstohlene Blicke zu. Es waren nur vier und die Montanas waren zu fünft. Eins zu null für die Montanas. Und zwei von den Petrocchis waren Kinder. Natürlich war es den Petrocchis ebenso schwer gefallen wie den Montanas, vor dem Herzog in einer geziemenden Anzahl zu erscheinen. Sie wirkten gar nicht eindrucksvoll. Derjenige, der bei ihnen die Universität vertrat, war ein gebrechlicher alter Herr, viel älter als Onkel Umberto. Er sah in seinem roten und goldenen Umhang beinahe verloren aus. Der Eindrucksvollste von ihnen war der Führer der Gruppe, der wohl Guido selber sein musste. Aber er war nicht so alt wie der Alte Niccolo und wenn er auch dieselbe Art schwarzen Gehrock trug und dieselbe Art schäbigen Hut, so sah das an Guido wunderlich aus, weil er einen leuchtend roten Bart hatte. Sein Haar war schwarz und obwohl er sehr kühl und wichtig geradeaus blickte, mussten Paolo und Tonino daran denken, dass seine Tochter ihn einmal irrtümlich hellgrün gezaubert hatte. Paolo und Tonino starrten ihn fasziniert an und versuchten sich den roten Bart giftgrün vorzustellen.

Die Petrocchi-Kinder waren beide Mädchen und beide hatten rötliches Haar. Beide hatten sie saubere, strenge Gesichter. Beide trugen leuchtend weiße Strümpfe und strenge schwarze Kleidchen und sahen einfach scheußlich aus. Der Hauptunterschied zwischen ihnen war, dass die Jüngere – sie schien ungefähr in Toninos Alter – eine große, vorgewölbte Stirn hatte, die ihr Gesicht noch strenger machte als das ihrer Schwester. Möglicherweise war eine von ihnen die berühmte Angelica, die ihren Vater Guido grün gehext hatte.

Die Jungen starrten die beiden Mädchen an und versuchten herauszubekommen, welche es sein mochte, bis ein feindlich scharfer, spöttischer Blick der Älteren sie traf. Es war klar, dass sie dachte: Die zwei Jungen sehen lächerlich aus. Aber Paolo und Tonino wussten, dass sie reizend aussahen – deshalb fühlten sie sich ja auch so unbehaglich – und so beachteten sie diesen Blick nicht weiter.

Nach einer Weile begannen beide Gruppen untereinander ruhig zu plaudern, als wären die anderen nicht vorhanden.

Tonino murmelte Paolo zu: »Welche ist denn Angelica?«

»Keine Ahnung«, flüsterte Paolo zurück.

»Hast du sie nicht vielleicht bei der Alten Brücke gesehen?«

»Ich hab noch nie einen von denen gesehen. Sie interessieren mich alle nicht.«

Ein Teil des roten Vorhangs schwang beiseite und eine Dame stürzte herein. »Es tut mir ja so Leid«, sagte sie, »aber mein Herr Gemahl hat sich verspätet.«

Jedermann im Raum neigte den Kopf und murmelte »Euer Gnaden«, denn es war die Herzogin. Paolo und Tonino ließen die Augen nicht von ihr, während sie die Köpfe beugten, weil sie wissen wollten, was für eine Frau sie war. Sie trug ein steifes, graues Gewand und sah darin wie eine Heiligenstatue aus. Ihr Gesicht war marmorblass, fast wächsern, als wäre die Herzogin aus einer Mischung von Seife und Marmor gehauen, und Tonino war plötzlich nicht sicher, ob ihre Heiligkeit nicht Scheinheiligkeit war. Ihre Augenbrauen waren in strengen, beißend spöttischen Bogen hochgezogen, und ihr Mund war ungeduldig angespannt. Einen Augenblick lang glaubte Tonino zu spüren, wie diese Ungeduld – und noch eine Reihe von anderen unguten Gefühlen – durch die wächserne Maske der

Herzogin hervorströmte und den Raum erfüllte wie ein starker, unangenehmer Geruch.

Die Herzogin lächelte dem Alten Niccolo zu. »Signor Niccolo Montana?« Keine Spur Ungeduld war in ihrer Stimme, nur Vornehmheit, und Tonino glaubte, er hätte einfach zu viele Bücher gelesen. Beschämt beobachtete er die Verbeugung des Alten Niccolo und wie er die Familie vorstellte. Die Herzogin nickte gnädig und wandte sich den Petrocchis zu. »Signor Guido Petrocchi?«

Der rotbärtige Mann verbeugte sich brüsk. Er war nicht höflich wie der Alte Niccolo. »Euer Gnaden, mit mir gekommen sind Großonkel Dr. Luigi Petrocchi, meine ältere Tochter Renata und meine jüngere Tochter Angelica.«

Paolo und Tonino starrten das jüngere Mädchen an, von der vorgewölbten Stirn bis zu den dünnen, weiß bestrumpften Beinen. *Das* war also Angelica. Sie sah nicht aus, als könnte sie irgendetwas falsch machen, und interessant war sie auch nicht.

Die Herzogin sagte: »Ich nehme an, Sie verstehen, warum –« Der rote Vorhang wurde wieder beiseite geschoben. Ein großer, dicker, aufgeregter Herr sprang mit gesenktem Kopf herein und packte die Herzogin am Arm. »Lucrezia, du musst einfach mitkommen! Es ist großartig! Es ist hinreißend!«

Die Herzogin drehte sich herum wie eine Statue, steif und starr. Ihre Augenbrauen zogen sich hoch und ihr Mund brachte frostig hervor: »Mein Herr Herzog!«

Tonino starrte den großen, dicken Mann an. Er trug ein schimmerndes grünes Samtgewand mit großen Messingknöpfen. Er war der schweißglänzende Herr Glitzerich, der Hanswurst und Margarita auf dem Corso dreingeredet hatte. So war es also doch der Herzog von Caprona gewesen.

Der Herzog ließ sich von dem eisigen Blick der Herzogin überhaupt nicht die Laune verderben. »Du musst dir das unbedingt auch ansehen«, sagte er und zerrte aufgeregt an ihrem Arm. Dann wandte er sich den Montanas und den Petrocchis zu, als erwartete er, sie würden ihm helfen, die Herzogin aus dem Raum zu ziehen. Dann schien ihm plötzlich aufzufallen, dass sie keine Diener waren. »Was sind denn das für Leute?«, fragte er.

»Diese Leute, Herr Herzog«, sagte die Herzogin mit erhobenen Augenbrauen und betont geduldiger Stimme, »diese Leute sind die Petrocchis und die Montanas, die Eure Wünsche und Befehle erwarten.«

Der Herzog schlug sich mit seiner feuchten Hand gegen die glänzende Stirn. »Oh verflixt, diese Ehre, die Herren Zauberer! Ich wollte schon nach Ihnen schicken. Kommen Sie vielleicht wegen dieses Zauberers, der Caprona zur Strecke bringen will?«, fragte er den Alten Niccolo.

»Herr Herzog!«, sagte die Herzogin mit starrem Gesicht.

Der Herzog ließ sie los und stürzte strahlend auf die Petrocchis zu. Er schüttelte Guido gewaltig die Hand und dann die Hand des Mädchens Renata. Darauf drehte er sich um und tat dasselbe mit dem Alten Niccolo und Paolo. Paolo rieb sich danach verstohlen die Hand an der Hose trocken, so nass war sie.

»Und es heißt, Eure Jungen sollen so gescheit sein wie Eure Alten«, sagte der Herzog strahlend. »Entzückende Familien! Genau die Leute, die ich für meine Bühne brauche – meine Pantomime, wissen Sie. Wir proben schon für Weihnachten und ein paar besondere Bühneneffekte kämen mir gerade recht.«

Die Herzogin seufzte. Paolo betrachtete ihr starres Gesicht und dachte, es müsste schwer sein, mit einem wie dem Herzog verheiratet zu sein.

Der Herzog stürzte sich nun auf Domenico. »Können Sie mir eine Schar Trompete blasende Engel auf die Bühne bringen?«, fragte er eifrig. Domenico schluckte und brachte ein geflüstertes »Bühnentrick!« hervor.

»Wunderbar«, sagte der Herzog und stürmte zu Angelica. »Und dir wird meine Sammlung von Hanswursten und Margaritas gefallen!«, sagte er. »Ich hab Hunderte verschiedene!«

»Wie hübsch«, antwortete Angelica steif.

»Herr Herzog«, sagte die Herzogin, »diese werten Leute sind nicht hergekommen, um über Euer Theater zu reden.«

»Kann sein, schon möglich!«, antwortete der Herzog mit einer ungeduldigen, zappeligen Handbewegung, »aber wenn sie schon einmal da sind, darf ich mich doch wohl auch darüber mit ihnen unterhalten, oder?« Und er stürzte zum Alten Niccolo hinüber.

Der Alte Niccolo zeigte große Geistesgegenwart. Er lächelte. »Selbstverständlich, Euer Gnaden, nur keine Aufregung. Wenn wir die Staatsgeschäfte besprochen haben, weswegen wir eigentlich hergekommen sind, werden wir hocherfreut sein Ihre Befehle betreffs der Bühneneffekte entgegenzunehmen.«

»Jawohl, auch wir, gleichfalls«, sagte Guido Petrocchi und betrachtete säuerlich die Luft über dem Alten Niccolo.

Die Herzogin lächelte dem Alten Niccolo, der ihr beigesprungen war, gnädig zu, woraufhin der alte Guido noch säuerlicher dreinblickte, dann blickte sie den Herzog bedeutungsvoll an.

Der Herzog schien endlich zu verstehen. »Jaja«, sagte er. »Gehn wir also an die Geschäfte. Es handelt sich nämlich darum …«

Die Herzogin unterbrach ihn. »Erfrischungen stehen im kleinen Konferenzzimmer bereit. Wenn Sie und die Erwachsenen Ihre Unterhaltung bitte dorthin verlegen wollen, werde ich hier etwas für die Kinder arrangieren.«

Guido Petrocchi sah eine Gelegenheit, dem Alten Niccolo eins auszuwischen. »Euer Gnaden«, erklärte er steif, »meinen Töchtern liegt Caprona ebenso am Herzen wie jedem in meinem Haus. Ich habe keine Geheimnisse vor ihnen!«

Der Herzog erwiderte mit strahlendem Lächeln: »Recht so! Aber wenn sie hier bleiben, werden sie sich nicht halb so sehr langweilen, glauben Sie nicht auch?«

Ganz plötzlich drängten sich alle außer Paolo und Tonino und den zwei Petrocchi-Mädchen durch eine zweite Tür hinter den roten Vorhängen hinaus. Der Herzog kam noch einmal zurück und sagte strahlend: »Ihr müsst alle zu meiner Pantomime kommen. Sie wird euch sicher gefallen! Ich werde euch Karten schicken. Ich komme ja schon, Lucrezia!«

Die vier Kinder blieben allein unter der Decke mit den Engeln zurück.

Im nächsten Augenblick schritten die Petrocchi-Mädchen auf die Stühle an der Wand zu und ließen sich darauf nieder. Paolo und Tonino sahen einander an. Sie marschierten zu den Stühlen an der gegenüberliegenden Wand und setzten sich dort. Es schien ihnen eine sichere Entfernung. Von hier aus gesehen waren die Petrocchi-Mädchen dunkle Flecke mit dünnen weißen Strichbeinen und fuchsroten Kügelchen von Köpfen.

»Wenn ich nur mein Buch mitgenommen hätte«, sagte Tonino.

Sie saßen da, die Fersen in den Querleisten ihrer Sessel eingehakt, und übten sich in Geduld. »Ich glaube, die Herzogin ist eine Heilige«, sagte Paolo. »Die hat ja eine Engelsgeduld mit dem Herzog.«

Tonino war überrascht, dass Paolo das so sah. Er war zwar auch der Meinung, dass der Herzog sich nicht gerade wie ein Herzog aufführte, während die Herzogin jeder Zoll eine Dame war. Aber die Art und Weise, in der sie zeigte, wie geduldig sie war, gefiel ihm nicht.

»Mutter schusselt auch immer so herum«, sagte er. »Und Vater bemerkt es nicht einmal. Es macht ihm höchstens Spaß.«

»Vater ist keine Herzogin«, sagte Paolo.

Tonino gab keine Antwort, denn gerade in diesem Augenblick erschienen zwei Lakaien. Sie stießen ein höchst interessantes Serviertischchen vor sich her. Tonino riss den Mund auf. So viele Süßigkeiten auf einem Haufen hatte er in seinem ganzen Leben noch nicht gesehen. Auf der anderen Seite des Raums entstand ein dunkles Loch in den Gesichtern der Petrocchi-Mädchen. Es war klar, auch sie hatten noch nie so viele Kuchen auf einmal gesehen. Tonino schloss schnell den Mund und versuchte zu tun, als wäre ihm ein solcher Kuchentisch ein ganz alltäglicher Anblick.

Die Lakaien servierten zuerst den Mädchen. Diese taten kühl und schienen Stunden zu brauchen sich etwas auszusuchen. Als der süße Wagen endlich zu Paolo und Tonino herübergerollt wurde, fanden sie es schwierig, sich gelassen zu geben. Da lagen zwanzig verschiedene Arten von Kuchen. Gierig und eilig nahmen sie sich jeder zehn, so dass sie zusammen von jeder Sorte ein Stück hatten und nötigenfalls tauschen konnten. Als der Servierwagen fortgerollt wurde, gelang Tonino ein Blick von seinem Teller weg zu den Petrocchis. Jedes der Mädchen hatte die weiß bestrumpften Knie hochgestützt und einen Teller mit einem Berg Kuchenstücken darauf gestellt.

Es waren sehr süße, sehr fette Kuchen darunter. Mit der Zeit langte Paolo beim zehnten an. Er wurde dabei immer langsamer. Und er fragte sich, ob er Schaumgebäck wirklich so gern hatte, wie er immer geglaubt hatte. Tonino war erst beim sechsten Kuchen angelangt.

Als Paolo seinen Teller säuberlich unter seinem Stuhl verstaut hatte und sich bereits mit dem Taschentuch Mund und Hände wischte, kaute Tonino, schokoladencremeverschmiert, gequält immer noch an seinem achten Stück Kuchen. Und ausgerechnet in diesem Augenblick ließ sich die Herzogin lächelnd neben Paolo nieder.

»Ich möchte deinen Bruder ungern unterbrechen«, sagte sie freundlich. »Erzähl mir etwas von dir, Paolo!«

Paolo wusste nicht, was er antworten sollte. Er konnte nur daran denken, wie verschmiert Tonino aussah.

»Zum Beispiel«, fragte die Herzogin, um ihm zu helfen, »wie geht's denn mit dem Zaubern? Fallen dir leicht Zaubersprüche ein oder tust du dich schwer damit? Oder mit dem Lernen überhaupt?«

»Oh nein, Euer Gnaden«, sagte Paolo stolz. »Ich lerne sehr leicht.«

Dann erschrak er, weil er damit vielleicht Tonino gekränkt hatte. Er warf eilig einen Blick auf Toninos Gesicht und sah den Bruder ernst die Augen auf die Herzogin richten. Paolo schämte sich. Er fühlte sich für den Jüngeren verantwortlich und er wollte, dass die Herzogin wüsste, dass Tonino nicht irgendein x-beliebiger schokoladenverschmierter kleiner Junge war, auch wenn es so aussah. »Tonino lernt langsam«, erklärte er, »aber er liest immerzu. Er hat schon alle Bücher in der Leihbibliothek ausgelesen. Er ist schon fast so gelehrt wie Onkel Umberto.«

»Wie interessant!« Die Herzogin lächelte. Nur an der kaum merkbaren Bewegung ihrer Augenbrauen konnte Tonino erkennen, dass sie ihm nicht ganz glaubte.

Tonino war so verlegen, dass er einen Riesenbiss in seinen neunten Kuchen tat. Es war ein großer Windbeutel. In dem Augenblick, da sein Mund sich um den Bissen schloss, wusste Tonino: Wenn ich ihn wieder aufmache, sogar nur um Luft zu schnappen, fliegt das Zeug wie ein Hagelsturm auf Paolo und die Herzogin. Tonino presste die Lippen zusammen und kaute tapfer. Zu Paolos Verlegenheit fuhr er dabei fort, die Herzogin anzustarren. Tonino wünschte sich Benvenuto her. Den hätte er über die Herzogin ausfragen können. Sie verwirrte ihn. Und als sie sich nun lächelnd über Paolo beugte, hatte sie überhaupt keine Ähnlichkeit mehr mit der hochmütigen, steifen Frau, die so viel Geduld mit dem Herzog hatte. Nun aber, vielleicht weil sie jetzt nicht geduldig war, fühlte Tonino die starke Kraft ihrer missgünstigen Gedanken hinter ihrem wächsernen Lächeln stärker als zuvor. Paolo wollte, dass Tonino aufhörte zu kauen und mit den Augen zu rollen. Aber Tonino kaute und glotzte weiter und der Zweifel in den Augen der Herzogin war so offensichtlich, dass Paolo herausplatzte: »Und Tonino ist der Einzige, der mit Benvenuto reden kann. Das ist unser Oberkater, Euer Gna…« Da fiel ihm ein, dass die Herzogin Katzen hasste. »Äh – aber Sie haben Katzen nicht gern, Euer Gnaden.«

Die Herzogin lachte. »Bloß von ihnen hören, halte ich schon aus. Was ist mit Benvenuto?«

Zu Paolos Erleichterung wandte Tonino seine Glotzaugen von der Herzogin ab und ihm zu. So erzählte Paolo weiter. »Also, Euer Gnaden, Zaubersprüche wirken besser und stärker, wenn eine Katze in der Nähe ist, und besonders stark, wenn es Benvenuto ist. Übrigens weiß Benvenuto einfach alles.« Ein glucksendes Geräusch unterbrach ihn. Tonino versuchte mit geschlossenem Mund zu reden. Jeden Augenblick würde es einen Vulkanausbruch von halbzerkautem Kuchen geben. Paolo riss sein Taschentuch heraus und hielt es in der Hand bereit.

Die Herzogin erhob sich ziemlich eilig. »Ich glaube, ich werde jetzt lieber nachsehen, wie es meinen anderen Gästen geht«, sagte sie und glitt leichtfüßig hinüber zu den Petrocchi-Mädchen.

Die Petrocchi-Mädchen, bemerkte Paolo gereizt, waren empfangsbereit. Ihre Taschentücher waren, während die Herzogin mit Paolo geplaudert hatte, eifrig tätig gewesen. Die Teller der Mädchen standen ordentlich unter den Stühlen. Jede von ihnen hatte mindestens drei Kuchen übrig gelassen. Das ermutigte Tonino, der ein unbehagliches Gefühl im Bauch verspürte. Er legte den Rest des neunten Kuchens neben den zehnten und stellte seinen Teller vorsichtig auf den nächsten Stuhl. Inzwischen war es ihm gelungen, den Riesenbissen hinunterzuschlucken.

»Du hättest ihr nicht von Benvenuto erzählen sollen«, sagte er und holte sein Taschentuch heraus. »Benvenuto ist wirklich ein Familiengeheimnis.«

»Dann hättest du selber auch irgendwas sagen müssen statt sie anzustarren wie ein Blödian«, gab Paolo zurück. Gekränkt musste er mit ansehen, wie beide Petrocchi-Mädchen vergnügt mit der Herzogin plauderten. Angelica mit der gewölbten Stirn lachte sogar. Das ärgerte Paolo so sehr, dass er murrte: »Schau, wie die sich bei der Herzogin einschmeicheln!«

»Ich hab das nicht gemacht!«, betonte Tonino.

Paolo wollte sagen: »Leider nicht!«, aber er brachte kein Wort mehr hervor. Er konnte nur ärgerlich zur Herzogin hinüberblicken, die am anderen Ende des Saales mit den Mädchen plauderte. Endlich stand sie auf und glitt hinaus. Und sie vergaß nicht, vorher noch Paolo und Tonino zuzulächeln und ihnen zu winken. Paolo meinte, das sei nett von ihr, wenn man bedachte, wie blöd Tonino und er sich benommen hatten.

Kurze Zeit später schwang der Vorhang beiseite und der Alte Niccolo kam zurück. Er ging langsam neben Guido Petrocchi her.

Nach ihnen kamen die beiden Großonkel, jeder in seinem Talar, und dann kam Domenico. Es sah aus wie eine Prozession. Alle blickten sie geradeaus und es war klar, dass sie eine Menge im Kopf und auf der Seele wälzten.

Alle vier Kinder sprangen auf, klopften die letzten

Kuchenbrösel von den Kleidern ab und folgten der Prozession. Paolo fand sich neben dem älteren Mädchen und bemühte sich sie nicht anzusehen. In äußerster Stille marschierten sie zu dem mächtigen Palasteingang, wo schon die Kutschen vorfuhren, um sie aufzunehmen.

Der Petrocchi-Kutschwagen mit seinen schwarzen, vom Regen gefleckten und beperlten Pferden erschien als Erster. Wieder warf Tonino einen Blick auf den Petrocchi-Kutscher und hoffte von Herzen, er hätte sich geirrt und der Kutscher sei doch aus Pappe. Es regnete noch immer und die Kleider des Mannes auf dem Kutschbock waren wie eingeweicht. Sein rotes Haar war dunkel von Nässe unter dem nassen Hut. Er bibberte, als er sich herunterbeugte und den Petrocchis fragend entgegensah, um zu erfahren, was der Herzog gesagt hatte. Nein, der Petrocchi-Kutscher war wirklich echt. Der Montana-Kutscher dahinter starrte in die Gegend und beachtete den Regen und seine Passagiere überhaupt nicht. Tonino hatte das Gefühl, dass die Petrocchis sich eindeutig als die Besseren erwiesen hatten.

Viertes Kapitel

Als die Kutsche losfuhr, lehnte der Alte Niccolo sich zurück und sagte: »Nun, also, der Herzog ist sehr gutmütig, das möchte ich schon sagen, vielleicht ist er gar kein solcher Narr, wie er scheint.«

Onkel Umberto antwortete schwermütig: »Als mein Vater ein kleiner Junge war, wurde sein Vater einmal in der Woche in den Palast eingeladen und dort wie ein Freund empfangen.«

Domenico sagte schüchtern: »Wenigstens haben wir ein paar Bühneneffekte angebracht!«

»Genau das …«, sagte Onkel Umberto düster, »genau das ist es ja, worüber ich mich aufrege.«

Tonino und Paolo schauten von einem zum anderen und hätten gern gewusst, was die Erwachsenen so bedrückte.

Der Alte Niccolo bemerkte ihre Blicke. »Guido Petrocchi wollte, dass seine ekelhaften Töchter bei der Beratung mit dem Herzog dabei sind«, sagte er. »Und ich werde –«

»Du lieber Himmel«, brummte Onkel Umberto. »Man hört doch nicht auf einen Petrocchi!«

»Nein, aber man vertraut seinen Enkelkindern«, entgegnete der Alte Niccolo. »Jungen, ihr sollt wissen, mit dem alten Caprona geht es abwärts. Florenz,

Pisa und Siena haben sich gegen Caprona verbündet. Der Herzog hat den Verdacht, dass sie einen Zauberer dafür bezahlen ...«

»Ach!«, sagte Onkel Umberto. »Sie bezahlen die Petrocchis!«

Domenico, der von irgendetwas stark berührt schien, sagte überraschend tapfer: »Onkel, ich *weiß*, dass die Petrocchis ebenso wenig Verräter sind wie wir.«

Die beiden alten Herren warfen ihm einen Blick zu, dass er in sich zusammenkroch.

»Es ist eine Tatsache«, fuhr der Alte Niccolo fort, »Caprona ist nicht mehr der große Staat, der es einmal war. Dafür gibt es Gründe, zweifellos. Aber wir wissen und der Herzog weiß es – sogar Domenico weiß es –, dass wir jedes Jahr die üblichen Verteidigungszaubersprüche für Caprona herstellen und auch hersagen. Jedes Jahr müssen es stärkere sein und jedes Jahr haben sie weniger Wirkung. Etwas – oder jemand – saugt uns die Kraft aus. Also erkundigte sich der Herzog, was wir noch tun könnten, und –«

Domenico lachte hell auf und unterbrach ihn. »Und wir haben behauptet, wir finden die Worte für den Engel von Caprona!«

Paolo und Tonino erwarteten, dass die zwei Alten Domenico wieder über den Mund fahren würden, aber sie schauten bloß düster drein und nickten traurig.

»Also, das versteh ich nicht«, sagte Tonino. »Der Engel von Caprona *hat* doch einen Text. Wir singen ihn in der Schule.«

»Hat dir denn deine Mutter niemals erklärt –«, begann der Alte Niccolo zornig. »Ach, nein. Deine Mutter ist ja Engländerin, das hab ich ganz vergessen.«

»Ein Grund mehr für wohl überlegte Heiraten«, sagte Onkel Umberto düster.

Der Regen prasselte unaufhörlich herunter und die beiden Jungen waren nun völlig verstört. Domenico schien das alles witzig zu finden, denn er stieß ein quiekendes Lachen aus.

»Sei doch still«, sagte der Alte Niccolo. »Das ist das letzte Mal, dass ich dich irgendwohin mitnehme, wo es Schnaps gibt. Nein, Jungen, das Engellied hat nicht den richtigen Text. Die Worte, die ihr singt, sind ein Notbehelf. Manche Leute behaupten, dass unser glorreicher Engel die richtigen Worte zurück zum Himmel getragen hat, sobald der Weiße Teufel besiegt war. Und er ließ nur die Melodie zurück. Oder vielleicht ist der Text verloren gegangen. Aber jeder weiß, dass Caprona nicht wirklich groß werden kann, bis die richtigen Worte wiedergefunden sind.«

»Sag lieber gleich«, murrte Onkel Umberto gereizt, »der Engel von Caprona ist ein Zauberspruch wie jeder andere Zauberspruch und ohne den richtigen Text hat jeder Zauber nur die halbe Kraft. Sogar wenn er göttlichen Ursprungs ist.« Er raffte seinen Talar zusammen, als die Kutsche mit einem Ruck vor der Universität hielt. »Und wir haben uns wie Idioten verbürgt fertigzustellen, was Gott selbst unvollendet gelassen hat«, sagte er. »Das ist menschliche Anmaßung!« Er kletterte aus der Kutsche und rief dem Alten Niccolo zu: »Ich werde in sämtlichen Handschriften nachlesen, die mir einfallen. Irgendwo muss es schließlich einen Anhaltspunkt geben! Dieser verdammte Regen!«

Die Tür wurde zugedonnert und die Kutsche ruckte wieder an.

Paolo fragte: »Haben die Petrocchis auch gesagt, dass sie den Text suchen wollen?«

Der Mund des Alten Niccolo verzog sich zu einem Schmollen. »Jawohl, haben sie. Und ich würde vor Scham sterben, wenn sie ihn finden, bevor wir ihn finden. Ich …« Er hielt inne, als die Kutsche um eine Ecke in den Corso schlingerte. Sie schlingerte nochmals und ruckte. Bäche von Regenwasser flossen über die Fenster.

Domenico lehnte sich vor. »Unser Kutscher fährt nicht besonders toll, wie?«

»Ruhe!«, sagte der Alte Niccolo und die Kutsche ruckte ein paarmal hintereinander so heftig, dass Paolo sich in die Zunge biss. Irgendetwas stimmte da nicht. Das Geräusch, das die Kutsche beim Fahren machte, war sehr eigenartig.

»Ich höre kein Hufgeklapper mehr«, sagte Tonino verstört.

»So etwas habe ich mir doch gleich gedacht«, knurrte der Alte Niccolo. »Der Regen ist schuld.« Mit einem Krach ließ er das Fenster herunter und ein nasser Windstoß fuhr herein. Ohne die Gesichter zu beachten, die ihn unter nassen Schirmen hervor anstarrten, lehnte der Alte Niccolo sich aus dem Wagenfenster und bellte einen Zauberspruch in den Regen hinaus. »Fahr zu, rasch, Kutscher!«, rief er noch, als er das Fenster wieder hochzog. »So. Bis nach Hause werden wir jetzt kommen, bevor die Pferde zergehen! Gott sei Dank ist uns das nicht passiert, bevor Onkel Umberto ausgestiegen ist!«

Sie hörten nun wieder die Pferdehufe über die Pflastersteine des Corso klappern.

Der neuerliche Zauberspruch hatte anscheinend geholfen. Als sie aber in die Via Cardinale einfuhren, verwandelte sich das Geklapper in ein dumpfes Bumbum, und als sie zur Via Magica kamen, hörte man den Hufschlag kaum noch, und das Schlingern und Rucken begann wieder, ärger als zuvor. Als sie durch das Tor der Casa Montana fahren wollten, gab es einen schrecklichen Stoß. Die Kutsche kippte nach vorn und die Deichsel krachte aufs Pflaster. Paolo öffnete das Fenster an seiner Wagenseite gerade noch rechtzeitig, um zu sehen, wie die aufgeweichte Pappfigur des Kutschers vom Kutschbock in eine Pfütze plumpste. Zwei nasse Pappferde hingen malerisch über der Deichsel.

»Dieser Spruch«, sagte der Alte Niccolo, »hat zur Zeit meines Großvaters tagelang gehalten.«

»Glaubst du, der Zauberer ist schuld?«, fragte Paolo. »Ruiniert er alle unsere Sprüche?«

Der Alte Niccolo starrte ihn mit großen Augen an wie ein Kind, bevor es in Weinen ausbricht. »Nein, mein Junge, das glaube ich nicht. Die Wahrheit ist einfach: Die Casa Montana ist auf dem Abstieg, genau wie mit Caprona geht's mit uns abwärts. Die alte Kraft schwindet. Sie ist von Generation zu Generation schwächer geworden und jetzt ist sie fast ganz dahin. Ich schäme mich, dass ihr es auf solche Weise erfahren müsst. Steigen wir aus, Kinder, und ziehen wir die Kutsche hinein.«

Das war eine erbärmliche Demütigung. Da alle anderen Familienmitglieder entweder schliefen oder an der Alten Brücke beschäftigt waren, war niemand da, der ihnen helfen konnte die Kutsche durch das Tor zu ziehen. Und Domenico war überhaupt nicht zu gebrauchen. Er beteuerte später, er könne sich nicht erinnern, wie er nach Hause gekommen sei. Sie ließen ihn in der Kutsche schlafen und schleppten das Gefährt zu dritt in die Casa. Nicht einmal Benvenuto, der durch den Regen herbeigelaufen kam, konnte Tonino aufheitern.

»Ein Trost, dass es regnet«, keuchte Großvater Niccolo. »Da sieht wenigstens niemand, wie der Alte Niccolo seine eigene Kutsche zieht!«

Paolo und Tonino fanden nicht viel Trost darin. Nun verstanden sie die wachsende Unruhe in der Casa. Erst jetzt begriffen sie, warum alle wegen der Alten Brücke so besorgt gewesen waren und warum sich alle so freuten, als die Brücke kurz vor Weihnachten endlich repariert war. Sie verstanden auch die Sorge um Rosas Zukunft. Sobald die Brücke instand gesetzt war, gingen alle daran, das Problem »Ein Mann für Rosa« zu besprechen. Und Paolo und Tonino wussten nun auch, warum alle der Meinung waren, dass Rosas Zukünftiger wenn schon sonst nichts, so doch wenigstens ein starkes Talent für Zaubersprüche haben musste.

»Wegen meiner zukünftigen Kinder, meint ihr!«, spottete Rosa. Sie ließ sich von all dem Getue um sie nicht beeindrucken. »Schon recht, lieber Onkel Lorenzo. Ich werde mich nur in Männer verlieben, die Papppferde wasserfest machen können!«

Onkel Lorenzo errötete vor Ärger. Die ganze Familie fühlte sich wegen der aufgeweichten Pferde gedemütigt. Nur Elizabeth verbiss sich ein Lachen. Sie ermutigte Rosa immer wieder, sich nicht dreinreden zu lassen. Benvenuto erklärte Tonino, das sei die englische Art. Engländer seien Katzen überhaupt sympathisch, fügte er hinzu.

»Haben wir wirklich unsere Zauberkraft verloren?«, fragte Tonino besorgt. Er meinte, vielleicht sei dies die Erklärung für seine Langsamkeit.

Benvenuto sagte, er wisse nicht, wie es früher gewesen sei, aber dass noch genug Zauberkraft vorhanden war, um seinen Pelz Funken sprühen zu lassen, das wisse er bestimmt. Es schien also noch eine ganze Menge da zu sein. Er hätte nur manchmal gern gewusst, ob diese Kraft auch richtig verwendet würde.

Ungefähr um diese Zeit fanden doppelt so viele Zeitungen wie sonst ihren Weg in die Casa: Zeitungen aus Rom und Magazine aus Genua und Mailand und natürlich die üblichen Presseerzeugnisse Capronas. Alle lasen sie emsig und tauschten murmelnd ihre

Meinungen aus über die Haltung von Florenz, Bewegungen in Pisa und sich verhärtende Stellungnahmen in Siena. In diesem besorgten Gemurmel war immer häufiger das Wort Krieg zu hören. Und anstatt der üblichen Weihnachtslieder hörte man in der Casa Montana Tag und Nacht die Melodie des Engels von Caprona.

Das Lied wurde gesungen – in Bass, Tenor und Sopran. Es wurde adagio auf Flöten geflötet, auf Gitarren gezupft und schwungvoll auf Violinen gefiedelt. Jeder Montana lebte in der Hoffnung, er oder sie würde derjenige oder diejenige sein, der den echten Text fand.

Rinaldo kam auf eine besondere Idee. Er beschaffte sich eine Trommel und schlug, auf der Bettkante sitzend, den Rhythmus des Liedes, bis Tante Francesca ihn anflehte aufzuhören. Aber auch das Getrommel half ihnen nicht weiter. Keiner der Montanas fand die richtigen Worte zu der Melodie. Antonio sah so bekümmert drein, dass Paolo seinen Anblick kaum noch ertragen konnte.

Mit so viel Kummer und Sorgen rundum war es kaum überraschend, dass Paolo und Tonino sich täglich mehr darauf freuten, zur Pantomimenaufführung des Herzogs eingeladen zu werden. Es war der einzige Lichtblick. Aber Antonio und Rinaldo suchten – zu Fuß – den Palast auf, um die besonderen Bühneneffekte dort abzugeben, und kehrten ohne Einladung zurück.

Weihnachten kam. Die ganze Montana-Familie

wanderte zur Kirche, in die wundervolle, marmorfassadengeschmückte Kathedrale von Sant' Angelo, und befleißigte sich dort größter Andacht. Gewöhnlich gaben nur Tante Anna und Tante Maria, deren Frömmigkeit bekannt war, sich solcher Andacht hin, aber jetzt fühlten alle, dass sie für etwas zu beten hatten. Nur als es Zeit war, den »Engel von Caprona« zu singen, ließ die Andacht nach. Ein geistesabwesender Ausdruck überkam die Gesichter, vom Alten Niccolo bis zum kleinsten Cousin. Und sie sangen:

Himmlische Musik erklingt.
Seht, ein Engel kommt und singt,
Friedenswort und Trost er bringt
nach Caprona unserm Volk.

Bringt uns ew'gen Sieges Schimmer,
Freundschaft bringt er, Zwist uns nimmer,
Macht und Frieden uns für immer
nach Caprona unserm Volk.

Seht den Teufel fliehn verblüfft,
wenn Capronas Kraft ihn trifft,
weil der Engel Frieden stift'
in Caprona unserm Volk.

Jeder hätte gern gewusst, wie der Text wirklich lautete.

Sie kamen von der Kirche nach Hause und feierten Weihnachten, und noch immer kein Wort vom Herzog. Dann war Weihnachten vorbei. Neujahr kam und ging, und die Jungen mussten sich eingestehen, dass es keine Einladung geben würde. Beide sagten sich, sie hätten es ja gewusst, der Herzog war eben so. Sie sprachen zwar miteinander nicht darüber, aber sie waren bitter enttäuscht.

Tonino und Paolo wurden aus ihrem Kummer aufgescheucht, als Lucia über die Galerie gelaufen kam und schrie: »Kommt schnell und schaut euch Rosas Bräutigam an!«

»Was?«, sagte Antonio und hob das sorgenvolle Gesicht von einem Buch über den »Engel von Caprona«. »Was? Es ist doch noch nichts entschieden!«

Lucia hüpfte von einem Fuß auf den anderen. Sie war ganz rot vor Aufregung. »Rosa hat sich entschieden! Ich hab gewusst, dass sie es tun wird! Kommt doch und schaut ihn euch an!«

Lucia rannte voraus, Antonio, Paolo, Tonino und Benvenuto hinter ihr her die Galerie entlang und die Steinstufen hinunter. Menschen und Katzen strömten von allen Seiten durch den Hof und eilten zu dem Raum hinter dem Esszimmer, der Salon genannt wurde. Rosa stand an der Fensterseite und schaute glücklich und trotzig herausfordernd drein. Sie hielt mit beiden Händen den Arm eines verlegenen jungen Mannes mit rotem Haar umklammert. Ein funkelnder Ring blinkte an ihrem Finger. Elizabeth stand neben den beiden und sah so glücklich und fast so trotzig drein wie Rosa. Als der junge Mann die Familie erblickte, die durch die Tür auf ihn zuströmte und ihn von allen Seiten umringte, wurde sein Gesicht feuerrot und seine Hand griff nach seiner Krawatte. Jedem war es sonnenklar, dass er insgeheim so glücklich war wie Rosa. Und Rosa war so glücklich, dass sie zu leuchten schien wie der Engel über dem Tor. Die ganze Familie starrte die beiden wie verzaubert an und das machte den jungen Mann natürlich noch mehr verlegen.

Der Alte Niccolo räusperte sich. »Nun also«, begann er. Dann stockte er. Eigentlich war es ja Antonios Aufgabe, etwas zu sagen. Er blickte also Antonio an.

Paolo und Tonino bemerkten, dass ihr Vater zuerst die Mutter ansah, und Elizabeths glückliches Gesicht schien ihn ein wenig zu beruhigen. »Wer sind Sie denn überhaupt?«, fragte nun Antonio den jungen Mann. »Wie haben Sie unsere Rosa kennen gelernt?«

»Er war einer der Beauftragten bei der Alten Brücke, Vater«, sagte Rosa.

»Er ist ein Naturtalent, Antonio«, sagte Elizabeth. »Und eine wunderschöne Singstimme hat er auch.«

»Gut, gut«, sagte Antonio. »Lasst den Jungen selber reden.«

Der junge Mann schluckte und zerrte abermals an seiner Krawatte. Sein Gesicht war nun sehr bleich. »Mein Name ist Marco Andretti«, sagte er mit wohlklingender, wenn auch etwas heiserer Stimme. »Ich – ich glaube, Sie haben meinen Bruder bei der Brücke kennen gelernt, Signore. Ich war bei einer anderen Schicht eingeteilt. So kam es, dass ich mit Rosa bekannt wurde.«

Die Art, wie er Rosa zulächelte, ließ alle Anwesenden hoffen, dass er es schaffen würde, ein Montana zu werden.

»Es wird ihnen das Herz brechen, wenn Vater nein sagt«, flüsterte Lucia Paolo zu. Paolo nickte.

Antonio verzog die Lippen. Das tat er immer, wenn sein Gesicht nicht mehr Bekümmernis ausdrücken konnte, als es ohnehin schon ausdrückte. »Ja«, sagte er. »Ich habe Mario Andretti kennen gelernt, natürlich. Eine sehr respektable Familie.« So, wie er das sagte, klang das gar nicht schmeichelhaft. »Aber Sie sind sich sicher im Klaren, Signor Andretti, dass wir eine besondere Familie sind. Wir müssen bei der Auswahl unserer Ehepartner sehr vorsichtig sein. Zuerst einmal: Wie denken Sie über die Petrocchis?«

Marcos blasses Gesicht wurde flammend rot. Er antwortete so heftig, dass die Montanas ganz überrascht waren: »Ich hasse sie bis in die Eingeweide, Signor Montana!« Er schien so außer Fassung zu sein, dass Rosa seinen Arm sanft tätschelte.

»Marco hat persönlichste Familiengründe, Vater«, sagte sie.

»Von denen ich lieber nicht reden möchte«, sagte Marco.

»Also gut, ich will Sie nicht drängen«, sagte Antonio und verzog wieder einmal die Lippen. »Aber wissen Sie, in unserer Familie heiratet man nur jemand, der wenigstens etwas Zaubertalent hat. Weisen Sie irgendwelche Fähigkeiten diesbezüglich auf, Signor Andretti?«

Marco Andretti schien bei diesen Worten ganz gelöst zu werden. Er lächelte und nahm zärtlich Rosas Hand von seinem Ärmel. Dann begann er zu singen. Elizabeth hatte Recht gehabt. Er hatte eine goldene Stimme, einen wundervollen Tenor. Onkel Lorenzo knurrte, er begreife nicht, wie es eine solche Stimme außerhalb der Mailänder Oper geben könne.

»Ein goldner Baum erwächst, ein Baum,
des goldene Zweige knospen grün ...«,

sang Marco. Und wie er so sang, entstand ein Baum. Er wurzelte im Teppich zwischen Rosa und Antonio. Zuerst wie ein goldener Schatten. Dann als rasselnde Metallplastik, golden blitzend in den Sonnenstrahlen, die durchs Fenster fielen. Die Montanas nickten anerkennend. Der Stamm und jeder Ast, sogar der kleinste Zweig, waren aus purem Gold. Marco sang weiter. Und die goldenen Zweige trieben Knospen, blass und wie kleine Fäuste, die sich entfalteten. Augenblicke später stand der Baum voll Laub. Er regte und bewegte sich und klimperte zu Marcos Lied. Er füllte sich mit Knospen, die aufblühten zu Büscheln von rosa und weißen Blüten und die Blütenblättchen fallen ließen, so rasch, wie die Sterne eines Feuerwerks Funken sprühen. Der ganze Raum war voll Duft und voll Blütenblätter, die wie weiße Konfetti niederrieselten. Marco sang noch immer und der Baum wuchs weiter. Bevor das letzte Blütenblatt gefallen war, begannen grüne Früchte zu schwellen, wo die Blüten gewesen waren. Die Früchte wuchsen und wuchsen und rundeten sich bauchig und gelb, bis der Baum die Zweige hängen ließ unter dem Gewicht großer gelber Birnen.

»... mit goldner Frucht für jedermann«,

schloss Marco. Er streckte die Hand aus, pflückte eine Birne und hielt sie schüchtern Antonio hin.

Ein anerkennendes Gemurmel lief durch die versammelte Familie. Antonio nahm die Birne in Empfang und schnupperte daran. Er lächelte zu Marcos großer Erleichterung und sagte: »Gutes Obst, ausgezeichnetes Obst. Das war elegant gezaubert, Signor Andretti. Aber es gibt da noch etwas, was ich Sie fragen muss: Wären Sie einverstanden, Ihren Namen in Montana zu ändern? Das ist bei uns so üblich, wissen Sie!«

»Rosa hat mir das schon erzählt«, sagte Marco. »Und – und das ist eine gewisse Schwierigkeit. Mein Bruder braucht mich in der Firma. Und auch er legt Wert auf seinen Familiennamen. Wäre es Ihnen recht, wenn man mich hier unter dem Namen Montana kennt, und als – als Andretti, wenn ich daheim bei meinem Bruder bin?«

»Sie meinen damit, dass Sie und Rosa nicht hier bei uns wohnen würden?«, fragte Antonio erstaunt.

»Nicht die ganze Zeit, nein«, antwortete Marco. Und aus der Art, wie er es sagte, wurde klar, dass er nicht die Absicht hatte, seine Meinung zu ändern.

Das war eine ernste Sache. Antonio blickte den Alten Niccolo an. Alle Gesichter sahen besorgt aus bei dem Gedanken, die Familie könnte aufgesplittert werden.

»Ich wüsste nicht, warum sie nicht woanders wohnen sollten«, erklärte Elizabeth.

»Nun, einer meiner Großonkel hat es auch getan«, sagte der Alte Niccolo. »Aber es ging nicht gut aus. Seine Frau brannte mit einem schmierigen kleinen Zauberer nach Sizilien durch.«

»Das heißt nicht, dass *ich* das auch tun werde«, sagte Rosa.

Die Familie wogte um den sanft klimpernden Baum. Alle liebten Rosa. Marco war offensichtlich reizend. Niemand wollte den beiden das Herz brechen. Aber diese Idee, dass sie nicht mit in der Casa wohnen wollten!

Tante Francesca schob sich nach vorn und sagte: »Ich bin Elizabeths Meinung. Unsere Rosa hat einen reizenden Bräutigam gefunden, mit mehr Zaubertalent und einer besseren Stimme, als mir außerhalb unserer Familie je untergekommen ist. Lassen wir sie heiraten.« Antonio blickte noch immer schrecklich bedrückt drein, aber er verzog nicht mehr die Lippen. Er schien die Sache etwas gelassener zu nehmen und war schon bereit zuzustimmen, als Rinaldo sich unter dem Baum durchdrängte und ihn dabei wild zum Scheppern brachte.

»Einen Augenblick! Sind wir nicht alle ein bisschen gutgläubig? Wer *ist* denn dieser Bursche überhaupt? Wieso haben wir von ihm und seinem Talent vorher noch nie etwas gehört?«

Paolo senkte den Kopf und beobachtete Rinaldo durch die herabhängenden Haare. Das war Rinaldo, wie er ihn überhaupt nicht ausstehen konnte. Ein lauter, angriffslustiger Rinaldo war das, den Mund unangenehm gekräuselt. Er war noch immer ein wenig blass von seiner Kopfverletzung, aber das stand ihm gut zu seiner schwarzen Kleidung und dem roten Banditenhalstuch. Rinaldo wusste das sehr genau. Er warf den Kopf zurück und streifte verächtlich ein Blütenblatt ab, das sich ihm auf den schwarzen Ärmel gesetzt hatte. Und er sah Marco so herausfordernd an, als wollte er damit eine Antwort erzwingen.

Die Art, wie Marco Rinaldos Blick erwiderte, zeigte, dass er ihm völlig gewachsen war.

»Ich war bis vor kurzem auf der Hochschule in Rom«, erklärte er. »Wenn Sie etwa auf meine Schulbildung anspielen sollten.«

Rinaldo schwang sich auf dem Absatz zu seiner Familie herum. »Das behauptet er zumindest«, sagte er. »Er hat ein paar hübsche Zaubertricks für uns und er hat auch immer das Richtige gesagt – aber das hätte jeder andere an seiner Stelle auch gekonnt.« Er drehte sich wieder zu Marco um. Das alles war so dramatisch, dass Tonino zusammenzuckte und sogar Paolo sich ein wenig unbehaglich zu fühlen begann. »Ich glaube Ihnen nicht«, sagte Rinaldo. »Ich habe Ihr Gesicht schon irgendwo gesehen.«

»Bei der Alten Brücke«, sagte Marco.

»Nein, das meine ich nicht. Es war woanders«, sagte Rinaldo.

Und das musste stimmen, überlegte Tonino. Marco kam ihm plötzlich auch bekannt vor. Und Tonino konnte ihn nicht bei der Alten Brücke gesehen haben, weil er, Tonino, nie dort gewesen war.

»Wollen Sie, dass ich meinen Bruder hole oder meinen Beichtvater, dass sie für mich bürgen?«, fragte Marco.

»Nein«, sagte Rinaldo grob. »Ich will die Wahrheit wissen.«

Marco holte tief Atem. »Ich möchte nicht unfreundlich sein«, sagte er. Der Arm, den Rosa nicht umklammert hielt, streckte sich, und die Hand ballte sich zur Faust. Rinaldo nahm das zur Kenntnis, als wäre es ihm sehr recht, und stolzierte einen Schritt näher.

»Bitte«, sagte Rosa unnötigerweise.

Benvenuto in Toninos Armen bewegte sich. Die kräftigen Hinterbeine stießen ihn nach hinten gegen Paolo, als Benvenuto lossprang. Der Kater landete zwischen Rinaldo und Marco. Ein gehauchtes »Ah« kam von der Familie her. Sie wussten, Benvenuto würde die Angelegenheit in Ordnung bringen.

Benvenuto beachtete Rinaldo absichtlich nicht. Mit einem hohen Katzenbuckel, den Schwanz steil aufgerichtet wie eine Zypresse, näherte er sich schmeichelnd Marcos Beinen und rieb sich daran. Marco löste die Faust und beugte sich hinunter, um Benvenuto die Hand entgegenzustrecken.

»Hallo«, sagte er. »Wie heißt du denn?« Er wartete, um Benvenuto Zeit zur Antwort zu geben. »Freut mich, dich kennen zu lernen, Benvenuto«, sagte er dann.

Das darauf folgende »Ahhh!« sämtlicher Familienmitglieder war lang und ausgiebig. Dann riefen sie alle durcheinander: »Misch dich nicht ein, Rinaldo! Mach dich nicht lächerlich! Lass Marco in Ruhe!«

Obwohl Rinaldo nicht so leicht unterzukriegen war wie Domenico, konnte er doch nicht gegen die gesamte Familie ankommen. Als er den Alten Niccolo ansah und merkte, dass der ihn ärgerlich beiseite winkte, gab er auf und ging aus dem Zimmer.

»Rosa und Marco«, sprach Antonio, »ich gebe meine vorläufige Einwilligung zu eurer Heirat.«

Nun umarmten alle einander, jeder jeden, alle schüttelten Marco die Hand und küssten Rosa. Hochrot und glücklich pflückte Marco Birne um Birne von dem Goldbaum und gab sie jedem, der eine wollte, sogar dem jüngsten Baby. Es waren köstliche Birnen und sie waren gerade richtig reif. Sie zergingen im Mund und der Saft lief einem übers Kinn.

»Ich möchte ja keine Spielverderberin sein«, flüsterte Tante Maria so dicht an Paolos Ohr, dass ihm der Birnensaft hineintropfte. »Aber ein Baum im Salon wird mit der Zeit ein Ärgernis.«

Marco hatte das bedacht. Sobald die letzte Birne abgenommen war, begann der Baum zu verschwinden. Bald war er nur noch ein leise klingendes, goldenes Geglitzer, ein entschwindender Schattenbaum, und dann war er ganz fort. Alle klatschten Beifall. Tante Gina und Tante Anna holten Wein und Gläser und das ganze Haus Montana trank auf Rosas und Marcos Gesundheit.

»Gott sei Dank«, hörte Tonino Elizabeth sagen. »Ich war schon ganz nervös ihretwegen.«

Der Alte Niccolo erklärte Onkel Lorenzo, dass Marco eine wahre Errungenschaft wäre, weil er imstande war, Katzen zu verstehen. Tonino wurde ein bisschen wehmütig ums Herz. Er ging hinaus in den eiskalten Hof.

Wie er es erwartet hatte, lag Benvenuto eingeringelt in dem Sonnenfleck auf einer Stufe der Galerietreppe. Er schlug bei Toninos Anblick ärgerlich mit dem Schwanz. Er hatte sich gerade zum Schlafen hingelegt.

Marco könnte Katzen *nicht* verstehen, erklärte Benvenuto gereizt. Er kannte Benvenutos Namen, weil Rosa ihm den Namen verraten hatte. Aber was Benvenuto tatsächlich zu ihm gesagt hatte, davon hatte Marco keine Ahnung. Benvenuto hatte erklärt, er würde ihn und Rinaldo gründlich zerkratzen, wenn sie in der Casa Montana Streit anfingen. Denn keiner von ihnen sei hier Oberkater. Und wenn Tonino jetzt endlich ginge, könnte eine Katze endlich zu ihrem verdienten Schlaf kommen.

Für Tonino war Benvenutos Erklärung eine große Erleichterung. Jetzt konnte er Marco gern haben, wie Paolo ihn gern hatte.

Marco war lustig. Er hielt sich leider nie lange in

der Casa auf, weil er und sein Bruder jenseits der Neuen Brücke eine Villa bauten, aber er war einer der wenigen, für die Tonino sein Buch weglegte, um zu plaudern. Und das war, wie Lucia Rosa versicherte, wirklich ein großes Kompliment.

Rosa und Marco sollten im Frühling heiraten. Sie lachten unaufhörlich, wenn sie miteinander in die Casa oder aus der Casa rannten. Antonio und Onkel Lorenzo wanderten zu der Villa hinaus, in der Mario Andretti lebte, um Hochzeitsvorbereitungen zu besprechen.

Mario Andretti kam auch in die Casa, um Einzelheiten zu klären. Er war ein großer, dicker Mann – einer, der sich nicht übers Ohr hauen lässt, wie Tante Francesca meinte, und er war ganz anders als Marco. Das Bemerkenswerteste an ihm war sein großes, weißes Automobil.

Der Alte Niccolo betrachtete das Auto nachdenklich. »Es stinkt«, sagte er. »Aber es sieht zuverlässiger aus als Papppferde.« Er seufzte. Er fühlte sich noch immer zutiefst erniedrigt. Als Mario Andretti wieder abgefahren war, wurde Tonino mit zwei höchst interessanten Briefen zur Post geschickt. Der eine war an Ferrari adressiert, der andere an Rolls-Royce in England.

Normalerweise wären das Auto und die beiden Briefe das Gesprächsthema in der Casa gewesen. Aber sie gingen unbemerkt unter in dem besorgten Gemurmel über Florenz, Siena und Pisa. Es war das einzige Thema, das die Unterhaltung über Rosas

Hochzeitskleid verdrängen konnte. Sollte es lang sein oder kurz? Mit einer Schleppe oder ohne? Und mit welcher Art Schleier? Rosa benahm sich auch da ganz rücksichtslos unabhängig, wie bei der Wahl ihres Bräutigams.

»Mir scheint, ich hab euch das noch nicht gesagt«, erklärte sie. »Mein Brautkleid wird vorn knielang und hinten mit einer zehn Fuß langen Schleppe, stell ich mir vor. Und kein Schleier natürlich. Nur eine schwarze Maske.«

Das war eine schlimme Beleidigung für Tante Maria und Tante Gina, die am eifrigsten über die Kleiderfrage diskutierten. Und wie laut sie dabei waren! Dazu die schrillen Geigentöne aus dem Raum, wo Antonio Marco dafür gewonnen hatte, ihm bei der Suche nach den Worten für die Engel-Melodie zu helfen. Tonino war einfach nicht imstande, sich auf sein Buch zu konzentrieren. Er trug es über die Galerie in die Bibliothek und hoffte, dort endlich Ruhe zu haben.

Aber Rinaldo lehnte am Galeriegeländer vor der Bibliothek. Er sah auffallend unheilschwanger drein und hielt Tonino wiederum vom Lesen ab.

»Dieser Marco«, knurrte er. »Wenn ich nur wüsste, wo ich ihn schon gesehen habe! Ich habe ihn mit Rosa in der Kunstgalerie gesehen, bilde ich mir ein. Aber das meine ich nicht. Ich weiß, es war irgendwo an einem viel ärgeren Ort.«

Tonino zweifelte nicht daran, dass Rinaldo alle möglichen grässlichen Plätze kannte. Er ging mit seinem

Buch in die Bibliothek und hoffte, Rinaldo würde sich nie an den Ort erinnern. Tonino setzte sich in der kalten, nach Schimmel duftenden Bibliothek nieder, um zu lesen. Im nächsten Augenblick landete Benvenuto mit einem Plumpser auf seinem Buch. »Bitte geh weg«, sagte Tonino. »Morgen fängt die Schule wieder an und ich möchte das noch fertig lesen!«

Benvenuto gab keine Ruhe. Tonino müsse *sofort* zum Alten Niccolo gehen. Ein ganzer Schwarm von Manuskripten, Sprüchen, vergilbten Pergamentrollen zog an Toninos innerem Auge vorüber, gefolgt von einer Reihe riesiger roter Bücher. Dann ein ganzer Wirbelsturm von ungeheuerlichen Bildern. Riesen rannten polternd daher, Feuer spuckend und brennend, und alle trugen sie Rot und Gold. Noch kämpften sie nicht, aber sie bereiteten sich zum Kampf vor! In großen schweren Stiefeln marschierten sie vorbei.

Benvenuto hatte es so eilig, dass Tonino sein ganzes Können aufwenden musste, um herauszufinden, was der Kater eigentlich meinte.

»Gut, gut«, sagte Tonino. »Ich werde es ihm sagen.« Er stand auf und rannte durch die Galerie, an Rinaldo vorüber, der sagte: »Warum rennst du so?«, zum Zimmer des Alten Niccolo. Der Alte Niccolo trat eben heraus.

»Bitte«, sagte Tonino. »Benvenuto sagt, wir müssen die Kriegszaubersprüche heraussuchen. Der Herzog ruft die Reservisten ein.«

Der Alte Niccolo erstarrte, schaute Tonino mit weit aufgerissenen Augen an. Tonino dachte zuerst, er würde ihm nicht glauben. Dann tastete der Alte Niccolo nach dem Türrahmen. Er fand ihn nicht gleich. »Du hast mir doch zugehört?«, fragte Tonino.

»Ja«, sagte der Alte Niccolo. »Ja, ich habe es gehört. Es kommt so plötzlich. Ich wollte, der Herzog hätte uns vorher eine Andeutung gemacht. Also gibt es Krieg. Beten wir zu Gott, dass wir stark genug sind.«

Fünftes Kapitel

Benvenutos Neuigkeiten verursachten ein wildes Durcheinander in der Casa Montana. Die älteren Cousins stürzten ins Scriptorium und begannen, alle Alltagssprüche, Alltagstintenfässer und -federn wegzupacken. Die Tanten brachten besondere Tintenfässer, die zum Eintauchen der Federn bei Kriegssprüchen verwendet wurden. Die Onkel schwankten unter Stößen unbeschriebenen Papiers und neuer Pergamente. Antonio, der Alte Niccolo und Rinaldo holten die großen roten Bände aus der Bibliothek, die »KRIEG« auf den Rücken gestempelt hatten, während Elizabeth mit allen Kindern ins Musikzimmer lief, um die Alltagsmusik wegzuräumen und die Noten für die Kriegsmelodien und die Kriegsinstrumente auszupacken. Inzwischen rannten Rosa, Marco und Domenico in die Via Magica und kamen mit Zeitungen zurück. Die ganze Familie ließ alles liegen und stehen und drängte sich ins Esszimmer, um zu lesen, was in den Zeitungen stand.

Es war eine große Menge Leute. Alle streckten sie die Hälse über den Tisch. Rinaldo stand auf einem Stuhl, er lehnte sich über drei Tanten, die Marco fast erdrückten. Er reckte den Hals zur Seite, Kopf an Kopf mit dem Alten Niccolo, als Rosa die Zeilen überflog. Es war so eng, dass Lucia, Paolo und Tonino gezwungen waren, das Kinn auf den Tisch zu stützen, um auch etwas zu sehen.

»Nein, nichts«, sagte Rosa und überflog die zweite Zeitung.

»Warte«, sagte Marco. »Schau in die Spalte ›Kurz vor Redaktionsschluss‹. Dort stehen immer die neuesten Nachrichten.«

Alle neigten sich über diese Spalte und stießen Marco weiter zur Seite. In diesem Augenblick wäre es Tonino beinahe eingefallen, wo er Marco schon gesehen hatte.

»Da steht es!«, sagte Antonio.

Alle richteten sich mit ernsten Gesichtern auf.

»Reserve einberufen. Da steht es deutlich«, sagte Rosa. »Oh, Marco!«

»Ich muss jetzt gehen«, sagte Marco. »Ich – ich muss es meinem Bruder sagen. Rosa, ich seh dich morgen, wenn ich kann.«

Als Tonino in dieser Nacht einschlief, war das Zimmer neben dem seinen voller Montanas, die, abgesehen von gelegentlichen Abschweifungen zu Rosas Brautkleid, vom Krieg und dem Engel von Caprona redeten. Tonino hatte mit alldem den Kopf so voll, dass er, als er zur Schule kam, ganz überrascht war, dass dort nicht darüber geredet wurde. Kein Einziger schien zur Kenntnis genommen zu haben, dass ein Krieg drohte. Wohl blickten ein paar Lehrer ernst drein, aber das konnte auch daran liegen, dass ein neues Schuljahr begann.

Deshalb dachte Tonino, die Dinge stünden gar

nicht so schlimm, als er an diesem Nachmittag heimkam. Wie gewöhnlich sprang ihm Benvenuto von der Wassertonne auf den Arm. Tonino drückte sein Gesicht an das zerfranste Ohr des Katers, da hörte er hinter sich eine Kutsche halten. Benvenuto wand sich eilig aus Toninos Armen. Tonino blickte sich überrascht nach ihm um und sah, wie der Kater sanft und höflich, den Schwanz wohlwollend aufgerichtet, auf einen hoch gewachsenen Mann zutrottete, der gerade durch das Tor der Casa kam.

Benvenuto stand da mit zuckender Schwanzspitze, die Hinterbeine in den Pelzhosen leicht gespreizt, und starrte würdevoll auf den großen Mann. Tonino dachte verdrießlich, dass Benvenuto, von hinten gesehen, ausgesprochen blöd aussah. Der Mann sah nicht viel anders aus. Er trug einen sehr kostbaren Mantel mit Pelzkragen und eine Reisekappe mit albernen Ohrenklappen. Der Fremde verneigte sich vor Benvenuto.

»Guten Abend, Benvenuto«, sagte er und sah dabei so würdevoll drein wie Benvenuto selbst. »Ich freue mich, Sie so wohl zu finden. Ja, ich bin Ihnen außerordentlich dankbar.«

Benvenuto ging hin und um den Mann herum und rieb sich an dessen Beinen.

»Nein«, sagte der Mann. »Aber ich bitte Sie! Sie verlieren ja Haare!«

Und Benvenuto hörte damit auf, ohne auch nur ein Quäntchen seiner ungewöhnlichen Höflichkeit aufzugeben.

Inzwischen war Tonino richtig böse geworden.

Zum ersten Mal benahm Benvenuto sich, als sei irgendjemand wichtiger als Tonino. Er sah den Fremden vorwurfsvoll an und traf auf Augen, die noch dunkler waren als seine eigenen und deren Leuchten das sanfte, dunkle Gesicht des Mannes überstrahlte. Tonino gab es einen Ruck, heftiger als damals, als die Pferde sich in Pappe zurückverwandelt hatten. Er wusste plötzlich ohne den Schatten eines Zweifels, dass er einen mächtigen Zauberer vor sich hatte.

»Wie geht's dir?«, fragte der Zauberer. »Nein, trotz deiner vorwurfsvollen Blicke, junger Mann – ich habe Katzen nie verstanden. Oder nicht besser als jeder andere auch. Bist du bitte so freundlich und übersetzt mir Benvenutos Äußerungen?«

Tonino hörte, was Benvenuto sagte. »Er sagt, er freut sich sehr, Sie wieder zu sehen und Sie in der Casa Montana willkommen zu heißen, Signor …« Tonino war sich nicht sicher, ob er diesen fremden Zauberer mochte, der einfach daherkam und ihm Benvenutos Aufmerksamkeit stahl.

»Vielen Dank, Benvenuto«, sagte der Zauberer. »Ich bin auch sehr froh, wieder hier zu sein. Obwohl, aufrichtig gesagt, ich habe selten eine so schwierige Reise hinter mich gebracht. Hast du gewusst, dass eure Grenzen nach Florenz und Pisa gesperrt sind?«, fragte er Tonino. »Ich habe das Schiff von Genua nehmen müssen.«

»Wirklich?«, sagte Tonino. »Und woher sind Sie gekommen?«

»Von England«, sagte der Mann.

Tonino begann es warm zu werden. Wenn dieser Mann aus England kam, konnte es nicht der Zauberer sein, von dem der Herzog gesprochen hatte. Oder doch? Tonino war nicht sicher, von wie weit her Zauberer zaubern können.

»Warum starrst du mich so an?«, fragte der Mann.

»Meine Mutter ist auch aus England«, erklärte Tonino und überlegte, ob er dem Fremden nicht zu viel verriet.

»Aha«, sagte der Zauberer. »Jetzt weiß ich, wer du bist. Antonio junior, nicht wahr? Du warst ein Baby, als ich dich das letzte Mal gesehen habe, Tonino!«

Da einem auf solch eine Bemerkung immer schwer eine Antwort einfällt, war Tonino froh, den Alten Niccolo über den Hof hasten zu sehen. Tante Francesca und Onkel Lorenzo, Antonio und noch ein paar Familienmitglieder rannten hinter ihm drein. Sie stellten sich dicht um den Zauberer herum und ließen Tonino und den Kater außerhalb des Kreises.

»Jawohl, ich komme eben von der Casa Petrocchi«, hörte Tonino den Fremden sagen. Zu seiner Überraschung nahm das jeder widerspruchslos hin, als wäre dies die natürlichste Sache der Welt für einen Fremden. Genauso natürlich wie die gezierte Art, mit der er Tante Francesca seinen komischen englischen Hut übergab.

»Sie bleiben doch über Nacht bei uns?«, fragte Tante Francesca.

»Wenn ich Ihnen keine Umstände mache!«, antwortete der Fremde.

Schon stiegen Tante Maria und Tante Anna die Stufen zur Galerie hinauf, um das Gästezimmer in Ordnung zu bringen. Tante Gina tauchte aus der Küche auf, hob die Hände zum Himmel und stürzte wieder nach drinnen. Nachdenklich hob Tonino Benvenuto hoch und fragte ihn, wer dieser Zauberer eigentlich sei.

Chrestomanci natürlich, wurde ihm mitgeteilt. Der mächtigste Zauberer der Welt.

»Ist das der, der unsere Sprüche ruiniert?«, fragte Tonino misstrauisch.

Chrestomanci, erklärte Benvenuto ungeduldig, denn er hielt Tonino offensichtlich für sehr begriffsstutzig, ist immer auf unserer Seite.

Tonino betrachtete den Fremden nochmals oder besser seinen dunklen Kopf, der die kleiner gewachsenen Montanas überragte, und verstand: Chrestomancis Kommen bedeutete, dass die Lage ernst war.

Der Fremde musste etwas über ihn gesagt haben, denn alle blickten liebevoll lächelnd zu Tonino hinüber. Tonino lächelte verlegen zurück.

»Er ist ein lieber Junge«, sagte Tante Francesca.

Dann wogten sie alle eifrig redend über den Hof.

»Es macht alles besonders schwierig«, hörte Tonino Chrestomanci sagen, »dass ich zuerst und vor allem Angestellter der britischen Regierung bin. Und England hält sich aus italienischen Angelegenheiten heraus. Aber glücklicherweise habe ich ein ausführliches Memorandum bei mir.«

Plötzlich kam Tante Gina aus der Küche. Sie hatte das gewöhnliche Abendessen vom Ofen genommen und wollte zu Ehren Chrestomancis ein neues kochen. Sechs Mitglieder der Familie wurden schnell nach Kuchen und Obst geschickt, zwei sollten Salat und Käse holen. Paolo, Corinna und Lucia erwischte sie, als diese schwatzend von der Schule kamen, und schickte sie umgehend zum Fleischer. Aber in diesem Augenblick stürzte Rinaldo wütend aus dem Scriptorium.

»Wie stellst du dir das vor, alle Kinder wegzuschicken wegen einer solchen Lappalie!«, brüllte er von der Galerie herunter. »Wir stecken bis über beide Ohren in Kriegssprüchen! Ich brauche Leute zum Abschreiben!«

Tante Gina stemmte die Hände in die Hüften und keifte zurück: »Und ich brauche ein Steak! Werd nicht unverschämt, Rinaldo Montana! Engländer essen immer Steak! Also muss ein Steak her!«

»Dann schlacht ein paar Katzen!«, fauchte Rinaldo. »Ich brauche Corinna und Lucia hier in der Schreibstube.«

»*Ich* brauch sie!«, schrie Tante Gina gellend.

»Heilige Spaghetti!«, sagte Chrestomanci. »Was für eine herrlich-typisch italienische Szene! Kann ich irgendwie helfen?« Er nickte lächelnd erst Tante Gina und dann Rinaldo zu. Beide lächelten zurück. Rinaldo setzte sogar sein bezauberndstes Lächeln auf.

»Sie müssen doch verstehen, dass ich Leute zum Sprücheabschreiben brauche, nicht wahr?«

»Bäh!«, machte Tante Gina. »Rinaldo knipst seinen Charme an und ich darf mich alleine abstrampeln, wie immer! Na schön, weil es Kriegssprüche sind, können Tonino und Paolo das Steak holen. Aber wartet, ich schreib es euch auf, sonst bringt ihr mir womöglich ein Stück Leder!«

»Es freut mich, dass ich mich nützlich machen darf«, murmelte Chrestomanci und wandte sich ab, um Elizabeth zu begrüßen, die von der Galerie herunterkam und mit einem Bündel Noten winkte. Sie fiel ihm um den Hals und lachte und weinte in einem. Die Köpfe der fünf kleinen Cousins und Cousinen, die Elizabeth gerade unterrichtet hatte, schauten verwundert über den Rand des Galeriegeländers.

»Elizabeth!«, sagte Chrestomanci. »Du siehst jedes Mal jünger aus!« Tonino war genauso erstaunt wie die Kleinen. Er konnte dem Redefluss der englischen Unterhaltung nicht folgen. »Redlichkeit, Erfolg, Kraft«, hörte er, »Krieg«, und bald darauf das unvermeidliche »Engel von Caprona«. Tonino starrte noch immer auf die beiden, als Tante Gina ihm ihren Zettel in die Hand drückte und ihm befahl sich zu beeilen.

Als sie zum Fleischer rannten, sagte Tonino zu Paolo: »Ich hab gar nicht gewusst, dass Mutter so jemanden wie Chrestomanci kennt.«

»Ich auch nicht«, gestand Paolo. »Vielleicht ist er gekommen, um den Text für den Engel zu finden«, schlug er vor. »Hoffentlich. Ich möchte nicht, dass Rinaldo in den Krieg muss.«

»Oder Marco«, stimmte Tonino zu. »Oder Carlo. Oder Luigi. Oder vielleicht sogar Domenico.«

Tante Ginas Zettel wegen behandelte der Fleischer sie mit ausgesuchter Höflichkeit. »Richtet der

Tante aus, das ist das letzte gute Steak, das sie sehen wird, falls es tatsächlich Krieg gibt«, sagte er und gab ihnen ein riesiges Stück rosa Fleisch.

Sie kamen mit ihrem Einkauf in dem Augenblick vor der Casa an, als ein Wagen Onkel Umberto absetzte. Er schnaufte und keuchte. »Stimmt es, Paolo, dass Chrestomanci hier ist?« Onkel Umberto wandte sich an Tonino.

Beide nickten. Das schien einfacher als zu erklären, der vermeintliche Paolo sei Tonino.

»Gut, gut«, rief Onkel Umberto und eilte in die Casa, wo Chrestomanci eben über den Hof kam. »Der Engel von Caprona«, sagte Onkel Umberto ungeduldig zu ihm. »Könnten Sie nicht …«

»Mein lieber Umberto!«, antwortete Chrestomanci und schüttelte ihm warm die Hand. »Das haben mich schon alle gefragt. Übrigens war es in der Casa Petrocchi genauso. Und ich fürchte, ich weiß auch nicht mehr als ihr. Aber ich werde mich damit befassen, keine Sorge.«

»Wenn Sie nur eine Zeile finden oder erfinden könnten, sozusagen als Denkanstoß für uns«, flehte Onkel Umberto.

»Ich werde mein Bestes tun«, sagte Chrestomanci. In dem Augenblick flog Rosa mit klappernden Absätzen an ihnen vorüber. In ihrem Gesicht war deutlich zu lesen, dass sie Marco kommen gesehen hatte. »Das verspreche ich«, fügte Chrestomanci ernst hinzu, als er gesehen hatte, warum Rosa so rannte.

Marco kam durch das Eingangstor und blieb so

plötzlich stehen, die Augen unverwandt auf Chrestomanci gerichtet, dass Rosa ihn beinahe umwarf. Marco schwankte, legte die Arme um Rosa und fuhr fort Chrestomanci anzustarren. Tonino hielt den Atem an. Rinaldo hatte Recht. Da war etwas mit Marco. Chrestomanci wusste das und Marco wusste, dass er es wusste. Und Marcos Gesichtsausdruck nach erwartete dieser, Chrestomanci würde ihn verraten.

Chrestomanci öffnete den Mund, aber er schloss ihn wieder und spitzte die Lippen zu einer Art Pfiff. Marco sah ihn unsicher an.

»Oh«, sagte Onkel Umberto. »Darf ich vorstellen …« Er schwieg und dachte nach. An Rosa konnte er sich ihres blonden Haares wegen erinnern, aber Marco konnte er nirgends unterbringen. »Corinnas Verlobter«, riet er.

»Ich bin Rosa«, sagte Rosa. »Das ist Marco Andretti.«

»Wie geht es Ihnen?«, sagte Chrestomanci höflich. Marco schien erleichtert aufzuatmen. Chrestomancis Augen wandten sich Paolo und Tonino zu, die dastanden und ihn anglotzten.

»Lieber Himmel«, sagte er. »Ihr scheint hier ein aufregendes Leben zu führen. Wen habt ihr denn umgebracht, ihr zwei?«

Paolo und Tonino blickten verwirrt auf das Steak, von dem Blut auf ihre Schuhe tropfte. Zwei oder drei Katzen erschienen mit eindeutigen Absichten.

Tante Gina tauchte an der Küchentür auf. »*Wo ist mein Steak?*« Tonino und Paolo stürzten, eine tropfende Spur hinterlassend, auf sie zu. »Was ist denn eigentlich passiert?«, keuchte Paolo.

»Keine Ahnung«, sagte Tonino, weil er es wirklich nicht wusste und weil er Marco gern hatte.

Tante Gina nahm ihnen das Fleischstück hastig ab. Die Blutspur lockte alle Katzen der Casa herbei. Sie liefen wie jeden Abend in der Küche zusammen und miauten Mitleid erregend. Benvenuto war auch da, wenn auch in vorsichtiger Entfernung von Tante Gina, und er nützte die Gelegenheit.

Nach einer Weile stürzte Tante Gina wieder einmal in den Hof und trompetete: »Tonino! Toniiiiiino!«

Tonino legte sein Buch weg und lief hinaus. »Ja, Tante Gina?«

»Dein Katzenvieh hat das ganze Stück Steak gestohlen«, schrie Tante Gina und schwang einen Arm dramatisch gegen den Himmel.

Tonino sah sich um, und da saß Benvenuto geduckt auf dem Ziegeldach und hielt tatsächlich in einer Pfote ein großes Stück Fleisch.

»Lieber Himmel«, sagte Tonino. »Ich glaub nicht, dass er es uns zurückgibt, Tante Gina!«

»Ich will es auch gar nicht zurück. Jetzt nicht mehr!«, kreischte die Tante. »Du kannst ihm von mir ausrichten, dass ich ihm den Hals umdrehe, wenn er mir noch einmal in die Nähe kommt!«

»Armes Kind, du scheinst wirklich der allgemeine Mittelpunkt zu sein«, bemerkte Chrestomanci, der neben Tonino im Hof auftauchte. »Bist du immer so gefragt?«

»Ich krieg einen Nervenzusammenbruch!«, erklärte Tante Gina.

»Dann gibt es kein Nachtmahl!« Elizabeth, Tante Maria und die Cousinen Claudia und Teresa kamen ihr sogleich zu Hilfe und führten sie sanft ins Haus.

»Gott sei Dank«, sagte Chrestomanci. »Ich weiß nicht, ob ich einen Nervenzusammenbruch und Verhungern auf einmal ausgehalten hätte. Woher hast du gewusst, dass ich ein Zauberer bin, Tonino? Von Benvenuto?«

»Nein. Ich hab es in dem Augenblick gewusst, als ich Sie gesehen habe«, sagte Tonino.

»Aha«, sagte Chrestomanci. »Das ist interessant. Die meisten Leute können das nicht erkennen. Es wundert mich, dass der Alte Niccolo behauptet, die Kraft verließe das Haus Montana. Glaubst du, du würdest auch jeden anderen Zauberer erkennen, wenn du ihn siehst?«

»Natürlich«, sagte Tonino. »Man erkennt es an den Augen. Sie meinen, ich würde auch den Zauberer erkennen, der unsere Sprüche wirkungslos macht?«

»Genau das meine ich«, sagte Chrestomanci. »Ich glaube allmählich, dass es da einen gibt. Ich bin wenigstens sicher, dass die Sprüche an der Alten Brücke vorsätzlich entkräftet worden sind. Würde es deinen Plänen sehr widersprechen, wenn ich deinen Großvater bäte, dich immer mitzunehmen, wenn er Fremde treffen muss?«

»Ich habe keine Pläne«, erwiderte Tonino. Er lachte ein wenig. »Ich glaube, Sie machen Witze.«

»Ich versuche zu helfen«, sagte Chrestomanci.

Tonino sah Chrestomanci beim Abendessen wieder. Das Essen war herrlich. Trotz Benvenuto und der Nervenzusammenbrüche. Chrestomanci aber war sehr ernst.

»Mein lieber Niccolo«, sagte Chrestomanci, »meine Mission betrifft den Missbrauch der Magie. Es geht mir nicht um das Gleichgewicht der Kräfte in Italien. Hätte man mich beauftragt, einen Krieg zu verhindern, nähmen die Sorgen kein Ende.«

Der Alte Niccolo sah schon wieder drein wie ein Baby, bevor es losplärrt. Tante Francesca sagte: »Wir wollen keine persönlichen ...«

»Aber meine Liebe«, sagte Chrestomanci, »sehen Sie denn nicht, dass ich so etwas nur tun kann, wenn ich es als persönliche Angelegenheit betrachte? Bitte ersucht mich rein privat. Was ich meinen Freunden schuldig bin, steht nicht unbedingt im Widerspruch zu meiner Mission.« Er lächelte alle um den großen Tisch Versammelten gütig an. Marco schien er nicht auszuschließen. »So«, sagte er dann. »Ich halte es im Augenblick für das Beste, nach Rom zu gehen. Dort kenne ich Kreise, wo ich unparteiische Informationen bekommen kann. Sie werden es mir ermöglichen, diesen Zauberer zu bannen. Momentan ist alles, was wir wissen: dass es ihn gibt. Wenn ich Glück habe, krieg ich heraus, ob Florenz oder Siena oder Pisa es sind, die ihn bezahlen. In diesem Fall kann man beim Europäischen Gerichtshof beantragen, dass dieser Zauberer und seine Geldgeber ausgeschlossen werden. Und falls ich, während ich dort bin, Rom oder Neapel dazu bringen kann, sich für Caprona einzusetzen, seid sicher, dass ich es tun werde.«

»Danke. Ich danke Ihnen«, sagte der Alte Niccolo.

Für den Rest des Abends unterhielten sie sich darüber, wie Chrestomanci am günstigsten nach Rom gelangen konnte. Er würde den Seeweg nehmen müssen. Es hieß, dass auch das letzte Stück der Grenze zwischen Caprona und Siena nun geschlossen war.

Viel später, als Paolo und Tonino schlafen gehen wollten, sahen sie Licht im Scriptorium. Auf Zehenspitzen schlichen sie näher. Chrestomanci war dort und Antonio, Rinaldo und Tante Francesca. Sie gingen die Zaubersprüche in den dicken roten Büchern durch. Sie flüsterten, aber die Jungen konnten ein paar Sätze von Chrestomanci verstehen: »Das ist eine gute Melodie, aber sie braucht einen neuen Text«, sagte er, und an einer anderen Stelle des Zauberbuches: »Elizabeth soll das ins Englische übersetzen, als einen Überraschungsfaktor.« Und dann: »Vergesst die Melodien. Die einzige Melodie, die euch im Augenblick helfen kann, ist die des Engels. Die kann er nicht blockieren.«

»Warum gerade die drei«, flüsterte Tonino.

»Weil sie am besten neue Zaubersprüche finden können«, wisperte Paolo zurück. »Wir brauchen neue Kriegszaubersprüche. Offensichtlich sind diesem Zauberer die alten bekannt.«

Aufgeregt krochen die Jungen ins Bett und keiner von beiden konnte gleich einschlafen.

Chrestomanci reiste am nächsten Morgen ab, bevor die Kinder zur Schule gingen. Benvenuto und der Alte Niccolo begleiteten ihn bis zum Tor und das ganze Haus versammelte sich, um dem Zauberer nachzuwinken. Als er fort war, brachen Sorge und Angst wieder über sie alle herein.

An diesem Tag wurde in der Schule viel von Krieg geredet. Die Lehrer flüsterten miteinander. Zwei von ihnen waren schon zur Reserve einberufen. Gerüchte waren im Umlauf. Jemand erzählte Tonino, dass der Krieg am nächsten Sonntag erklärt werden würde, damit man ihn einen Heiligen Krieg nennen könnte. Jemand anderer teilte Paolo mit, dass alle Reservisten mit zwei linken Schuhen ausgestattet worden seien, um sie kampfunfähig zu machen.

Natürlich entsprach das alles nicht der Wahrheit. Man erzählte es auch nur, damit jeder wusste, dass es Krieg geben würde.

Die Jungen rannten heim, hungrig nach wirklichen Nachrichten.

Wie gewöhnlich sprang Benvenuto von der Regentonne in Toninos Arme. Während der Junge ihn glücklich an sich drückte, rief Elizabeth von der Galerie: »Tonino! Irgendjemand hat dir ein Paket geschickt!«

Tonino und Benvenuto stürmten in höchster Aufregung die Stufen zur Galerie hinauf. Tonino hatte noch nie ein Paket bekommen. Aber bevor er es auch nur sehen konnte, erwischten ihn Tante Maria, Rosa und Onkel Lorenzo. Sie versuchten, aller Kinder habhaft zu werden, die schreiben konnten, und brachten sie eilends ins Esszimmer, das als zweites Scriptorium eingerichtet worden war. An jedem Pult befanden sich eine Spezialfeder, ein Fässchen roter Kriegstinte und ein Haufen Papierstreifen. Dort mussten die Kinder volle zwei Stunden lang schuften und immer wieder denselben Kriegszauberspruch abschreiben. Tonino war noch nie in seinem Leben so ungeduldig gewesen. Er wusste noch nicht einmal, wie sein Paket aussah. Er war nicht der Einzige, der sich ausgenutzt fühlte.

»Ich mag nicht so viel arbeiten!«, beschwerten sich Lucia, Paolo und die kleine Cousine Lena.

»Ja, ich weiß«, sagte Tante Maria. »Wie in der Schule. Fangt nun endlich an.«

»Das ist Ausbeutung von Kindern, was wir gerade tun«, sagte Rosa fröhlich. »Vermutlich ist das verboten. Also beschwert euch!«

»Das tu ich ganz bestimmt«, knurrte Lucia. »Darauf kannst du dich verlassen!«

»Solange du weiterschreibst, kannst du ruhig schimpfen«, entgegnete Rosa.

»Es ist ein neuer Zauberspruch für die Armee«, erklärte Onkel Lorenzo. »Er ist sehr dringend.«

»Es ist irrsinnig schwer. Lauter neue Wörter«, knurrte Paolo.

»Dein Vater hat sie letzte Nacht zustande gebracht«, sagte Tante Maria. »Schreib schon endlich, wir werden dann die Fehler korrigieren!«

Als sie endlich mit steifem Genick und rotfleckigen Fingern in den Hof gelassen wurden, ahnte Tonino, dass er vor dem Abendessen gerade noch Zeit haben würde sein Paket auszupacken.

Das Abendessen war an diesem Tag sehr früh angesetzt, damit die älteren Montanas vor dem Schlafengehen noch eine Schicht für Kriegszaubersprüche einlegen konnten.

»Das ist noch ärger als die Schinderei an der Alten Brücke«, sagte Lucia. »Was hast du da, Tonino? Wer hat dir das geschickt?«

Das Paket sah viel versprechend buchverdächtig aus. Es trug den Stempel und das Wappen der Universität von Caprona. Das waren die einzigen Anhaltspunkte, die erraten ließen, dass Onkel Umberto es geschickt hatte, denn als Tonino das dicke, braune Papier aufgerissen hatte, fand er keinen Brief beigelegt, nicht einmal ein Kärtchen. Da war nur ein leuchtend neues Buch. Tonino strahlte. Onkel Umberto wusste wenigstens von ihm, dass er gern las. Tonino blätterte das Buch liebevoll durch. Es hieß »Der Junge, der sein Land rettete«. Der Deckel war aus dem gleichen roten Leder wie die großen Bände mit den Kriegszaubersprüchen.

»Versucht Onkel Umberto dir einen Wink zu geben?«, fragte Paolo belustigt.

Paolo, Lucia und Corinna beugten sich über Tonino, während er noch in dem Buch blätterte. Es gab auch Bilder. Tonino war entzückt. Soldaten ritten auf Pferden, Soldaten lenkten Fahrzeuge. Ein Junge hing an einem Seil und kletterte die finstere Mauer einer

Burg hinauf. Und, was am aufregendsten war: Ein Junge stand mit einer Fahne auf einem Felsen einer ganzen Truppe wild blickender Dragoner gegenüber. Erwartungsvoll schlug Tonino Kapitel eins auf: ›Wie Giorgio eine feindliche Verschwörung entdeckte‹.

»Eeeeeeessen!«, schrie Tante Gina vom Hof her. »Ich werde noch verrückt! Keiner hört mich!« Tonino war gezwungen das schöne Buch wieder zu schließen und ins Esszimmer hinunterzurennen. Er beobachtete Tante Gina ängstlich, während sie die Spaghetti austeilte. Sie sah so hektisch aus, dass er überzeugt war, Benvenuto musste wieder in der Küche an der Arbeit gewesen sein.

»Es ist nichts mit dem Essen«, sagte Rosa. »Tante Gina hat gedacht, sie hätte eine Zeile vom ›Engel von Caprona‹ gefunden. Da ist der Topf übergekocht und sie hat die Zeile wieder vergessen.«

Tante Gina war den Tränen nahe.

»Ich hab einfach zu viel zu tun, mein Hirn ist wie ein Sieb!«, sagte sie immerfort. »Jetzt habe ich euch alle im Stich gelassen!«

»Aber natürlich hast du das nicht, Gina, meine Liebe«, tröstete sie der Alte Niccolo. »Über so was musst du dich nicht aufregen. Die Zeile fällt dir schon wieder ein.

»Aber ich kann mich nicht einmal mehr erinnern, welche Sprache es war«, jammerte Tante Gina.

Alle versuchten sie zu trösten. Sie streuten geriebenen Käse über die Spaghetti und verspeisten sie besonders genüsslich, um Tante Gina zu zeigen, wie sehr sie ihre Kochkunst schätzten. Aber Tante Gina schluchzte weiter und schimpfte über ihre Dummheit. Da behauptete Rinaldo, sie hätte schon viel mehr erreicht als irgendein anderer in der Casa Montana. »Keiner von uns ist so weit gekommen, dass er eine Zeile vom ›Engel von Caprona‹ *vergessen* konnte«, sagte er und schenkte Tante Gina sein schönstes Lächeln.

»Ach«, sagte Tante Gina. »Du knipst schon wieder deinen Charme an, Rinaldo Montana!« Aber sie schien nun wieder viel heiterer.

Tonino sah sich nach dem Kater um. Benvenuto pflegte sich einen guten Platz nahe dem Serviertisch auszusuchen, wo er nach Abfällen angeln konnte. Aber an diesem Abend war er nirgends zu sehen. Marco übrigens auch nicht.

»Wo steckt Marco?«, erkundigte Paolo sich bei Rosa. Rosa lächelte. Sie schien nicht beunruhigt darüber zu sein, dass Marco nicht da war. »Er muss seinem Bruder helfen«, sagte sie. »Bei den Befestigungsbauten.«

Da fiel Paolo und Tonino wieder ein, dass es Krieg geben würde. Unbehaglich blickten sie einander an. Sie hatten keine Ahnung, ob man sich im Krieg anders benimmt als im Frieden.

Tonino hatte nur eins im Sinn: das wundervolle neue Buch »Der Junge, der sein Land rettete«. Er ließ sich den Titel auf der Zunge zergehen, als wäre es Gemüsesuppe. Hatte Onkel Umberto ihm damit sagen wollen: Finde den Text für den ›Engel von Caprona‹ und rette damit dein Land, Tonino? Es wäre doch wirklich die wundervollste Sache der Welt, wenn er, Tonino Montana, die Worte finden und sein Land retten könnte. Er konnte es kaum erwarten zu lesen, wie der Junge im Buch das fertig gebracht hatte.

Sobald das Abendessen beendet war, sprang Tonino auf und wollte wegstürzen und anfangen zu lesen. Und wieder wurde er daran gehindert. Diesmal wurde den Kindern befohlen das Geschirr zu waschen. Tonino stöhnte, so wie die anderen kleinen Kinder auch.

»Das ist nicht fair!«, sagte Corinna heftig. »Wir schuften den ganzen Nachmittag mit den Sprüchen herum und jetzt sollen wir auch noch den ganzen Abend beim Geschirrwaschen schuften! Ich weiß, dass es Krieg gibt, aber ich muss trotzdem für meine Prüfungen lernen. Ich komm nie dazu, meine Hausaufgaben zu machen!« Dabei fuchtelte sie wild mit den Armen, genau wie Tante Gina es immer machte.

Ganz unerwartet zeigte Lucia für Corinna Verständnis. »Ich glaube, du bist schon zu alt, du gehörst nicht mehr zu den Kindern«, sagte sie. »Geh nur und mach deine Aufgaben, ich werde die Arbeit schon organisieren.«

Corinna sah sie unsicher an. »Und deine Hausaufgaben?«

»Wir haben nicht viel auf. Außerdem will ich nicht zur Universität wie du«, sagte Lucia freundlich. »Geh schon endlich!« Und sie stupste Corinna aus dem Esszimmer.

Sobald die Tür geschlossen war, wandte sie sich

energisch an die anderen Kinder. »Los, steht nicht herum! Jeder nimmt einen Stoß Teller und trägt ihn in die Küche! Schnell! Marsch, Tonino! Rührt euch, Lena und Bernardo! Paolo, du trägst die Schüsseln!«

Lucia kommandierte sie herum wie ein General. Tonino hatte überhaupt keine Chance zu entwischen. Er schleppte Geschirr in die Küche wie alle anderen. Zu seiner Überraschung befahl Lucia dort, die Teller und alles andere auf den Boden zu stellen. Dann mussten sich alle mit dem Gesicht zu dem schmutzigen Geschirr in einer Reihe aufstellen.

Lucia war äußerst zufrieden. »Also, das hab ich schon immer ausprobieren wollen«, sagte sie. »Das ist eine Geschirr-waschen-leicht-gemacht-Lucia-Montana-Patent-Methode. Ich sag euch den Text. Nach der Melodie des ›Engels von Caprona‹. Und ihr müsst mir alle nachsingen, was ich euch vorsinge.«

»Bist du sicher, dass das nicht schrecklich verboten ist?«, fragte Lena, die ein sehr braves, folgsames Cousinchen war.

Lucia sah sie verächtlich an. »Wenn hier manche Leute echte Gescheitheit nicht erkennen, wenn sie mit der Nase darauf stoßen«, sagte sie zu den weiß getünchten Deckenbalken hinauf, »dann steht es ihnen ja frei, dieses Haus zu verlassen und bei den Petrocchis zu leben.«

»Ich hab ja nur gefragt«, sagte Lena kleinlaut.

»Sollst du nicht«, erwiderte Lucia. »Also, der Zauberspruch geht so …«

Gleich darauf sangen sie alle tapfer:

»Engel, wasch unsre Teller und Messer,
Schüsseln waschen kannst du sicher noch besser.
Wasch alle Pfannen, rund oder eckig,
oh Engel, und lass keine Gabel uns dreckig!«

Zuerst geschah nichts. Dann entdeckten sie, dass das orangefarbene, verschmierte Fett langsam, aber sicher von den Tellern verschwand. Danach fingen die letzten zwei Spaghetti, die noch am Boden des größten Topfs klebten, an sich hochzuwinden. Wie zwei Würmer schlängelten sie sich über den Topfrand und auf den Steinfußboden, um in den Mülleimer zu kriechen. Die Fettreste und das Salatöl zogen ihnen in Rinnsalen nach. Der Gesang schwankte ein wenig, weil ein paar Kinder darüber lachen mussten.

»Singt! Singt!«, rief Lucia. So sangen sie weiter.

Zu Lucias Pech drang der Lärm bis ins Scriptorium. Die Teller waren immer noch leicht rosig-gelb und ziemlich verschmiert und das letzte Spaghetti schlängelte sich noch über den Küchenboden, als Elizabeth und Tante Maria in die Küche stürzten. »Lucia!«, sagte Elizabeth.

»Ihr gottlosen Fratze!«, schrie Tante Maria.

»Was machen wir denn falsch?«, fragte Lucia.

»Was ihr falsch macht? Hast du das gehört, Elizabeth? Mir fehlen die Worte!«, rief Tante Maria. »Hab ich ihr so wenig beigebracht, und das so schlecht? Lucia, ein Zauberspruch ist nicht für etwas da, das man selber machen kann! Er ist nur dazu da, einem zu helfen! Das ist doch die Höhe: Geht sie hin und verwendet den ›Engel von Caprona‹, als ob der irgendein blöder Schlager wäre und nicht die mächtigste Zaubermelodie in ganz Italien! Ich – am liebsten würd ich dir eine runterhauen, Lucia!«

»Verstehst du denn nicht?«, sagte Elizabeth. »Wir brauchen all unsere Kraft – die gesamte Kraft und Stärke der Casa Montana – für die Kriegssprüche. Und du verschwendest Zauberkraft fürs Geschirrwaschen!«

»Stell die Teller in das Abwaschbecken, Paolo«, befahl Tante Maria. »Tonino, nimm die Schüsseln. Und ihr anderen sammelt das Besteck ein. Und nun wascht alles ordentlich ab!«

Sehr gedämpft gehorchten alle. Lucia aber war wütend. Als Lena flüsterte: »Ich hab's dir doch gesagt!«, zerbrach Lucia einen Teller und trampelte auf den Scherben herum.

»Lucia!«, schrie Tante Maria und starrte sie entgeistert an. Noch niemals hatten die Kinder sie so wütend gesehen. Sie sah aus, als würde sie Lucia am liebsten verdreschen.

»Woher sollte ich das wissen?«, schimpfte Lucia. »Keiner hat uns das jemals gesagt. Keiner hat mir jemals erklärt, dass man Zaubersprüche nicht so verwenden darf.«

»Schön, aber du hast sehr genau gewusst, dass du etwas tust, was du nicht darfst«, sagte Elizabeth. »Selbst, wenn du nicht gewusst hast, warum. Und ihr anderen hört auf zu kichern! Lena, auch du kannst daraus etwas lernen.«

Die ganze Zeit über – das ordentliche Geschirrwaschen dauerte fast eine Stunde – sagte sich Tonino: Und nachher kann ich endlich mein Buch lesen. Als die Arbeit schließlich getan war, lief er in den Hof. Und dort kam der Alte Niccolo die Treppe heruntergestürzt, der ihn in der Dunkelheit suchte.

»Tonino, darf ich bitte eine Weile Benvenuto haben? Bitte!«

Aber Benvenuto war noch immer nirgends zu finden. Tonino glaubte, er würde am Nicht-sein-Buch-lesen-Können zugrunde gehen. Alle Kinder beteiligten sich an der Katerjagd und schrien nach Benvenuto, aber er war einfach nicht da.

Bald suchten auch die Erwachsenen mit, aber Benvenuto blieb verschwunden. Antonio war so gereizt, dass er Tonino am Arm packte und den Jungen schüttelte.

»Das geht jetzt zu weit, Tonino! Du hast doch gewusst, dass wir Benvenuto brauchen. Warum hast du ihn gehen lassen?«

»Hab ich nicht! Du weißt genau, dass Benvenuto sich nicht aufhalten lässt!«, protestierte Tonino ebenso gereizt.

»Aber, aber«, sagte der Alte Niccolo und legte beiden die Hand auf die Schulter. »Es ist ganz klar, dass Benvenuto irgendwo, vielleicht am anderen Ende der Stadt steckt und auf irgendeinem Dach schreckliche Katergesänge singt. Unsere einzige Hoffnung ist, dass jemand möglichst bald einen Krug Wasser auf ihn schüttet. Tonino kann überhaupt nichts dafür, Antonio.«

Antonio ließ Toninos Arm los und vergrub das Gesicht in den Händen. Er sah sehr müde aus. »Tut mir Leid, Tonino«, sagte er. »Entschuldige. Sag uns Bescheid, sobald Benvenuto zurück ist, ja?«

Er und der Alte Niccolo eilten ins Scriptorium zurück. Als sie unter der Hoflampe durchgingen, sah Tonino, wie sorgenvoll ihre Gesichter waren.

»Ich mag den Krieg nicht, Tonino«, sagte Paolo. »Gehen wir im Esszimmer Tischtennis spielen!«

»Ich will jetzt mein Buch lesen«, antwortete Tonino entschlossen. Wenn mich jetzt noch irgendetwas vom Lesen abhält, dann krieg ich einen hysterischen Anfall wie Tante Gina, dachte er.

Sechstes Kapitel

Tonino las die halbe Nacht durch. Da alle Erwachsenen bei ihrer Arbeit im Scriptorium waren, gab es niemanden, der ihn schlafen geschickt hätte. Corinna versuchte es, als sie mit ihren Hausaufgaben fertig war, aber Tonino war so in sein Buch vertieft, dass er es nicht einmal hörte. Und Corinna respektierte das. Sie ging und dachte, wenn das Buch von Onkel Umberto kam, war es höchstwahrscheinlich sehr gelehrt.

Es war überhaupt nicht gelehrt, sondern die fesselndste Geschichte, die Tonino jemals gelesen hatte. Es begann mit Giorgio, dem Jungen, der auf dem Heimweg von der Schule auf einen geheimnisvollen, baumbestandenen Weg nahe der Docks geriet. Am Ende der Allee stand ein blaues Haus, von dem schon die Farbe abblätterte. Und gerade als Giorgio bei dem Haus war, flatterte ein Papierstreifen aus einem der Fenster. Er enthielt eine geheimnisvolle Botschaft, die Giorgio plötzlich in eine Reihe von Abenteuern beziehungsweise Kämpfen mit den Feinden seines Landes stürzte. Ein Kapitel war aufregender als das andere.

Weit nach Mitternacht, als Giorgio eben ganz allein einen Pass gegen den Feind verteidigte, hörte Tonino Vater und Mutter schlafen gehen. So war er gezwungen Giorgio verwundet liegen zu lassen und selbst ins Bett zu kriechen. Die ganze Nacht träumte er von Zettelbotschaften, die aus Fenstern flatterten. Und von Giorgio, der manchmal Tonino war und manchmal Paolo. Und er träumte von Furcht erregenden Gegnern, die meisten hatten rote Bärte und schwarzes Haar wie Guido Petrocchi. Tonino erwachte schon vor Sonnenaufgang und las weiter.

Als die übrige Casa Montana sich zu regen begann, hatte Tonino das Buch ausgelesen. Giorgio hatte sein Land gerettet. Tonino war ganz schwindlig vor Aufregung und Müdigkeit. Er wünschte, das Buch wäre doppelt so lang. Wäre es nicht Zeit gewesen aufzustehen, hätte er sofort die erste Seite aufgeschlagen und das Buch noch einmal von vorne begonnen.

Wie schön war es, dachte er, während er dann frühstückte, dass Giorgio sein Land gerettet hatte, ganz allein, ohne dass ihm ein Zauberspruch dazwischengekommen wäre. Tonino hätte Caprona gern auf solche Weise gerettet.

Am Frühstückstisch murrten und schimpften alle anderen um Tonino herum, und Lucia war beleidigt. Der Geschirr-waschen-leicht-gemacht-Zauberspruch hing noch immer über der Küche. Jede Tasse und jeder Teller war mit einer dünnen Schicht fetter, orangeroter Spaghettisoße bedeckt und die Butter schmeckte nach Seife.

»Was hat sie denn da zusammengestümpert, um Himmels willen!«, knurrte Onkel Lorenzo. »Das ist doch kein Kaffee! Das ist Tomatensaft!«

»Eine eigene Textversion zum ›Engel von Caprona‹«, sagte Tante Maria und schauderte, als sie ihre fettige Tasse anfasste.

»Lucia, du spinnst«, sagte Rinaldo. »Das ist doch die stärkste Melodie, die es gibt!«

»Ja, ja! Hört doch endlich auf damit! Es tut mir ja Leid!«, sagte Lucia zornig.

»Uns tut es bedauerlicherweise auch Leid«, seufzte Onkel Lorenzo.

Wenn ich nur sein könnte wie Giorgio, dachte Tonino, als er vom Frühstückstisch aufstand. Ich muss den Text für den Engel finden.

Er ging zur Schule, ohne auf den Weg zu achten. Er dachte nur daran, wie er fertig bringen sollte, was die ganze übrige Familie nicht vermocht hatte. Er wusste sehr gut, dass er einfach noch nicht genügend Erfahrung im Sprüchezaubern hatte, um den Text auf dem gewöhnlichen Weg zu suchen. Tonino seufzte tief.

»Sei nicht traurig«, sagte Paolo, als sie das Schulhaus betraten.

»Mir geht's doch gut«, erklärte Tonino. Er war überrascht, dass Paolo glaubte, er sei traurig. Er war überhaupt nicht traurig. Er war völlig in begeisternden Träumen verfangen. Vielleicht gelingt es mir ganz zufällig, dachte er.

Tonino saß in der Klasse und brachte zu der Melodie des Engels nichts als dummes Gestammel zustande. Er hoffte, etwas daran würde vielleicht doch stimmen. Aber das war ihm nicht genug. Dann kam eine Stunde – vielleicht war es die Geschichtsstunde, er konnte es später nicht sagen, denn er hatte nicht zugehört –, da überfiel ihn wie ein blendendes Licht, was er zu tun hatte: Er musste die Worte natürlich *finden.* Der erste Herzog musste sie irgendwo niedergeschrieben und die Niederschrift verloren haben. Und er, Tonino, war der Junge, dessen Mission es war, das verlorene Stück Papier wiederzufinden. Unsinn war es, selber den Text verfassen zu wollen. Es war einfach nur saubere Detektivarbeit nötig. Und Tonino wusste genau, dass das Buch der Schlüssel dazu war. Er musste ein blaues Haus finden, von dem die Farbe abblätterte, und der beschriebene Papierstreifen würde irgendwo in der Nähe sein.

»Tonino«, fragte der Lehrer nun schon das vierte Mal. »Wohin ist Marco Polo gereist?«

Tonino hatte die Frage nicht gehört, aber er bemerkte, dass man ihn etwas gefragt hatte. »Der Engel von Caprona«, sagte er.

An diesem Tag war in der Schule mit Tonino nicht viel anzufangen. Er war ganz überwältigt von der Begeisterung über seinen Einfall. Es kam ihm nicht in den Sinn, dass Onkel Umberto bereits jedes Schriftstück der Universitätsbibliothek durchgesehen und die Worte zur Engelsmelodie nicht gefunden hatte.

Nach der Schule mied Tonino Paolo und seine Cousins und Cousinen. Sobald er sie sicher auf dem Weg zur Casa Montana wusste, setzte er sich in entgegengesetzter Richtung in Bewegung und lief zu den Docks und Kais bei der Neuen Brücke.

Eine Stunde später sagte Rosa zu Paolo: »Was ist mit Benvenuto los? Schau ihn dir mal an!«

Paolo, der neben ihr stand, beugte sich über das Galeriegeländer. Benvenuto sah überraschend armselig und Mitleid erregend aus und rannte wild miauend im Hof auf und ab. Und als wäre er viel zu durcheinander, um zu wissen, was er tat, setzte der Kater sich immer wieder hin, ließ ein Hinterbein vorschnellen und leckte es wie verrückt. Dann sprang er wieder auf und rannte hin und her.

Paolo hatte Benvenuto noch nie so gesehen und rief: »Benvenuto! Was ist denn los!«

Benvenuto riss sich herum, presste sich plötzlich dicht an den Boden und starrte Paolo drängend an. Seine Augen waren zwei gelbe Signalfeuer. Er gab eine Reihe so durchdringender und fordernder Maunzer von sich, dass sich Paolo der Magen umkehrte.

»Was ist los, Benvenuto?«, rief Rosa.

Benvenutos Schwanz schlug vor Erbitterung. Er machte einen ungeheuren Satz und verschwand irgendwohin außer Sicht. Rosa und Paolo hingen über dem Geländer und reckten den Hals nach ihm. Benvenuto stand nun mit peitschendem Schweif auf der Wassertonne. Sobald er wusste, dass sie ihn sahen, starrte er sie wieder unverwandt an und sein Schwanz trommelte entsetzlich laut.

Bum bum bum bum bum bum!

Paolo und Rosa rannten zur Stiege und klapperten hinunter. Benvenutos Gejaule hatte schon alle anderen Katzen der Casa angelockt. Sie kamen über den

Hof gerannt und stürzten von den Dächern, ehe Paolo und Rosa auf halbem Weg nach unten waren. Sie mussten sich den Weg zum Wasserbottich vorsichtig zwischen pelzigen Katzenleibern und ängstlichen grünen oder gelben Augen bahnen.

»Miao!«, sagte Benvenuto energisch, als sie endlich bei ihm ankamen.

Er sah magerer und mitgenommener aus, als Paolo ihn je gesehen hatte. In seinem linken Ohr war ein neuer Riss und sein Pelz war zerfetzt. »Miao-ao!«, tönte es wieder aus seinem weit geöffneten rosa Maul.

»Irgendetwas stimmt da nicht!«, meinte Paolo beunruhigt. »Er will uns etwas sagen!« Zerknirscht wünschte er, er hätte seinen Vorsatz, die Katzensprache zu lernen, ausgeführt. Aber Tonino sprach sie ohnehin perfekt. Wozu hätte Paolo sich die Mühe machen sollen? Und nun brachte Benvenuto eine wichtige Botschaft – vielleicht ein Wort von Chrestomanci – und Paolo konnte nicht katzisch. »Holen wir lieber Tonino«, sagte er.

Benvenutos Schwanz peitschte weiter auf die Regentonne. »Miao-ao!«, sagte er mit großem Nachdruck. Rund um Paolo und Rosa öffneten sich die rosa Mäulchen aller anderen Katzen gleichfalls zu einem »MIAO-AO!« Es klang ohrenzerreißend. Paolo sah sich hilflos um.

Rosa war es, die plötzlich begriff, was die Tiere meinten: »Tonino!«, rief sie. »Sie sagen Tonino! Paolo, wo ist Tonino?«

Paolo gab es einen Ruck. Er wusste plötzlich, dass er

Tonino seit der Schule nicht mehr gesehen hatte. Und sobald er sich darüber klar war, erfasste die Angst auch Rosa. Und, das gehörte zur Natur der Casa Montana, es wurde im gleichen Augenblick überall Alarm gegeben. Tante Gina schoss aus der Küche, die Spaghettizange in der einen, einen Schöpflöffel in der anderen Hand. Domenico und Tante Maria kamen aus dem Salon und Elizabeth erschien auf der Galerie vor dem Musikzimmer. Die fünf kleinen Cousins und Cousinen drängten sich hinter ihr. Die Tür zum Scriptorium öffnete sich und der Türrahmen füllte sich mit besorgten Gesichtern. Benvenuto ließ seinen Schwanz durch die Luft wischen, sprang auf die Stufen zur Galerie und hetzte, von andern Katzen gefolgt, die Treppe hinauf. Paolo und Rosa rannten inmitten all der springenden schwarzen und weißen Katzenleiber ebenfalls nach oben. Alle strebten sie zu Toninos Zimmer. Familienmitglieder drängten aus dem Scriptorium, Elizabeth lief rund um die Galerie und Tante Maria und Tante Gina kamen die Küchentreppe herauf, schneller als je eine von ihnen in ihrem Leben geklettert war. Die Casa dröhnte von all den laufenden Füßen.

Die ganze Familie drängte sich hinter Rosa und Paolo in den Raum, wo Tonino gewöhnlich saß und las. Aber da war kein Tonino, da war nur das rote Buch auf dem Fensterbrett. Es glänzte nicht mehr neu. Die Seiten waren an den Rändern aufgequollen und klebten zusammen, und der rote Einband krümmte sich, als wäre das Buch nass geworden.

Benvenuto landete, das zerrissene braune Fell gesträubt und den Schwanz wie einen Fuchsschwanz aufgeplustert, auf dem Fensterbrett neben dem Buch. Tollkühn streckte er die Nase vor. Doch kaum hatte er an dem Buch geschnuppert, machte er einen Satz zurück, schüttelte den Kopf, duckte sich und knurrte wie ein Hund.

Rauch drang aus dem Buch und quoll hoch. Die Menschen begannen zu husten und die Katzen niesten. Das Buch auf dem Fensterbrett krümmte und bog sich inmitten der Rauchwolken, als stünde es in Flammen. Aber es wurde nicht kohlschwarz, sondern hellgraublau und schleimig, während es immer weiter rauchte und sich der Raum mit ekelhaftem Verwesungsgestank füllte.

Alle schrien auf.

Der Alte Niccolo stieß seine Familie rechts und links beiseite, um an das Buch heranzukommen. Dann stand er darüber gebeugt und sang mit einer starken Tenorstimme, die fast so gut war wie die von Marco, drei seltsame Worte. Er sang sie zweimal, dann musste er aufhören und husten. »Singt!«, krächzte er und Tränen liefen ihm übers Gesicht. »Singt alle! Ihr müsst alle singen!«

Alle Montanas begannen sogleich folgsam zu singen, drei lang gezogene Töne. Und noch einmal. Und noch einmal. Dann mussten die meisten husten, obwohl der Rauch etwas nachgelassen hatte. Der Alte Niccolo erholte sich und wedelte mit den Armen wie ein Chordirigent. Alle, die irgendwie konnten, sangen weiter. Sie mussten ihren Gesang zehnmal wiederholen, bis sie den Zerfall des Buches endlich aufhalten konnten, und da war es nur noch ein verschrumpeltes Dreieck, halb so groß wie zuvor. Vorsichtig beugte Antonio sich vor und öffnete das Fenster, um den letzten Rauch hinauszulassen.

»Was war das?«, fragte der Alte Niccolo. »Hat jemand versucht uns alle zu ersticken?«

»Ich habe gedacht, das Buch käme von Umberto«, sagte Elizabeth zögernd. »Ich hätte sonst nie –«

Der Alte Niccolo schüttelte den Kopf. »So etwas wie dieses Buch kommt niemals von Umberto. Aber ich glaube auch nicht, dass es als Umbringsel gemeint war. Sehen wir nach, was für eine Art Zauber daran ist.« Er streckte die Hand aus und schnippte mit den Fingern wie ein Chirurg, der eine Operation vornehmen will. Sogleich legte Tante Gina ihre Spaghettizange in seine Hand. Sehr vorsichtig öffnete der Alte Niccolo mit der Zange den Buchdeckel.

»Schade um die gute Spaghettizange«, sagte Tante Gina.

»Schhhh!«, machte der Alte Niccolo. Die eingeschrumpften Buchseiten klebten zusammen wie Gummi. Wieder schnippte er mit den Fingern und streckte seine Hand aus. Diesmal legte Rinaldo die Feder hinein, die er in der Hand hielt.

»Eine gute Schreibfeder!«, sagte er und schnitt Tante Gina eine Grimasse.

Mit Schreibfeder und Spaghettizange konnte der Alte Niccolo die Seiten des Buches voneinander lösen, ohne sie mit der Hand zu berühren, und vorsichtig eine nach der anderen umblättern. Alle reckten die Hälse und drängten näher, um möglichst viel zu sehen. Kinne drückten auf Paolos Schultern und auf den Schultern dieser Kinnbesitzer lagen andere Kinne. Es war absolut still; alle hielten den Atem an.

Auf fast jeder Buchseite war die Schrift weggeschmolzen und eine glitschige, ledrige Oberfläche war zurückgeblieben, die nichts von Papier an sich hatte, aber sie trug ein Zeichen oder etwas Ähnliches in der Mitte. Der Alte Niccolo betrachtete jedes einzelne Zeichen genau und knurrte. Er knurrte noch einmal, als er zu dem ersten Bild kam. Das Bild war verschwunden, aber es hatte ein deutlicheres Zeichen hinterlassen. Dann, obwohl überhaupt keine Schrift mehr da war, war dieses Zeichen von Seite zu Seite klarer zu erkennen, bis zur Mitte des Buches, dann wurde es immer schwächer, und auf der letzten Seite war es kaum mehr zu sehen.

Der Alte Niccolo legte Feder und Zange weg. Es war unheimlich still. »Es geht ganz durch«, sagte er schließlich. Nun wagten sie sich wieder zu rühren, einer hustete, aber niemand sagte ein Wort.

»Ich kenne die Substanz nicht, aus der dieses Ding gemacht ist«, erklärte der Alte Niccolo. »Aber einen Rufzauber erkenn ich auf den ersten Blick. Tonino muss wie hypnotisiert gewesen sein, wenn er das alles gelesen hat.«

»Er war wirklich ein bisschen komisch beim Frühstück«, murmelte Paolo.

»Ich bin sicher, dass er seltsam war«, sagte sein

Großvater. Er blickte nachdenklich auf den geschrumpelten Block des Buches und dann in die Gesichter der versammelten Familie rundum. »Also«, sagte er sanft. »Und wer würde einen starken Rufzauber auf Tonino Montana ansetzen? Wer würde gemein genug sein ein Kind zu entführen? Wer würde ...« Er wandte sich plötzlich an Benvenuto, der zitternd am Boden kauerte, und Benvenuto duckte sich noch mehr, die Ohren flach an den Kopf gelegt. »Wo warst du letzte Nacht, Benvenuto?«, fragte der Alte Niccolo noch sanfter.

Niemand verstand, was Benvenuto antwortete, aber jeder kannte die Antwort. Sie war in Antonios und Elizabeths gequälten Gesichtern zu lesen, in der Art, wie Rinaldo das Kinn vorschob, in Tante Francescas zusammengekniffenen Augen stand sie und in dem Blick, den Tante Maria Onkel Lorenzo zuwarf. Aber was geschehen war, erkannte man vor allem an der Art, wie Benvenuto sich niederwarf: Es war der Anblick einer Katze in höchster Verzweiflung.

Der Alte Niccolo hob den Blick. »Ist es nicht abscheulich«, sagte er mild. »Benvenuto hat die letzte Nacht damit verbracht, einer weißen Kätzin nachzurennen – und zwar über die Dächer der Casa Petrocchi.« Er legte eine kleine Pause ein, damit diese Worte sich allen tief einprägen konnten. »Und so war Benvenuto, der einen bösen Zauber auf den ersten Blick erkennt, nicht da, um Tonino zu warnen.«

»Aber warum das alles?«, fragte Elizabeth verzweifelt.

Der Alte Niccolo sprach noch sanfter: »Ich kann

daraus nur schließen, meine Liebe, dass die Petrocchis gekauft sind. Von Florenz, Siena oder Pisa.«

Wieder folgte tiefe, bedeutungsvolle Stille. Antonio war es, der sie brach. »Also«, sagte er so ruhig und grimmig, dass Paolo ihn erschrocken anschaute. »Also, gehn wir?«

»Selbstverständlich«, sagte der Alte Niccolo. »Domenico, hol mir das kleine Zauberspruchbuch.«

Alle verließen den Raum, und das geschah so plötzlich und entschlossen, dass Paolo, der als Letzter zurückblieb, sich fragte, was nun wieder los war. Unsicher wandte er sich zur Tür und bemerkte Rosa, die gleichfalls zurückgeblieben war. Sie saß auf Toninos Bett und presste eine Hand gegen den Kopf. Ihr Gesicht war so weiß wie Toninos Leintuch.

»Paolo«, sagte sie. »Geh zu Claudia und sag ihr, ich pass auf ihr Kleines auf, wenn sie mitgehen will. Ich pass auf alle Kleinen auf.«

Rosa blickte Paolo dabei direkt an und sie sah so fremd aus, dass Paolo sich plötzlich fürchtete. Er war froh auf die Galerie hinauszukommen. Die Familie versammelte sich grimmig schweigend im Hof. Paolo rannte hinunter und überbrachte seine Botschaft. Sich sträubende Kleinkinder wurden die Treppe zu Rosa hinaufgeschoben, aber Paolo half nicht dabei. Er entdeckte Elizabeth und Lucia und blieb bei ihnen. Elizabeth legte einen Arm um ihn und einen um Lucia. »Bleibt dicht bei mir, meine Lieben«, sagte sie. »Bei mir seid ihr sicher.« Paolo warf einen Blick auf Lucia und bemerkte, dass diese überhaupt keine Angst hatte.

Sie war freudig aufgeregt und blinzelte ihm unternehmungslustig zu. Paolo blinzelte zurück und fühlte sich gleich besser.

Eine Minute später stellte der Alte Niccolo sich an die Spitze der versammelten Familie und sie marschierte zum Tor. Paolo drängte sich mit den anderen und rempelte seine Mutter und Domenico. Da kam eine Kutsche die Straße heraufgefahren. Onkel Umberto kletterte heraus. Er ging auf den Alten Niccolo zu und benahm sich ebenso grimmig und ruhig wie die anderen.

»Wer ist gekidnappt worden? Bernardo? Domenico?«

»Tonino!«, antwortete der Alte Niccolo. »Und ein Buch mit dem Universitätswappen auf dem Einband ist aufgetaucht.«

»Luigi Petrocchi ist auch Universitätsmitglied«, antwortete Onkel Umberto.

»Das ist mir klar«, sagte der Alte Niccolo.

»Ich komme mit zur Casa Petrocchi!« Mit einer Handbewegung gab Umberto dem Kutscher zu verstehen, er brauche ihn nicht mehr.

Der Mann war nur zu bereit zu verschwinden. Er riss seine Pferde so heftig herum, dass sie beinahe stürzten. Der Anblick der ganzen Familie Montana, die finster blickend auf die Straße strömte, war ihm zu schrecklich.

Das gefiel Paolo. Immer wieder blickte er stolzgeschwellt zurück und nach vorn, als sie die Via Magica dahinzogen: Sie waren so viele! Und sie waren ehrliche Leute. Alle hatten den gleichen ernsten, gespannten Gesichtsausdruck. Und obwohl die Kinder tollten und die jungen Männer weit ausschritten, obwohl die Damen in eleganten Schuhen über die Pflastersteine klapperten und der Alte Niccolo in kurzen, schusseligen Schritten dahinzeppelte und Antonio, weil er es nicht erwarten konnte, den Petrocchis entgegenzutreten, mit langen, ausgreifenden Schritten die Straße entlangstürzte, gab doch das gemeinsame Ziel der Familie einen gemeinsamen Rhythmus. Paolo konnte kaum glauben, dass sie alle gemeinsam marschierten.

Der Haufen drängte sich die Via Sant' Angelo hinunter und bog um die Ecke in den Corso. Leute, die eben einkaufen waren, machten den Montanas hastig Platz. Der Alte Niccolo war jedoch viel zu zornig, um wie ein gewöhnlicher Fußgänger den Gehsteig zu benutzen. Er führte die Familie mitten auf die Straße und dort marschierten sie nun wie eine rachedurstige Armee und zwangen Autos und Kutschen an den Randstein. Der Alte Niccolo schritt stolz an der Spitze. Es war kaum zu glauben, dass ein dicker alter Mann mit einem runden Kindergesicht so kriegerisch aussehen konnte.

Hinter dem erzbischöflichen Palast macht der Corso eine leichte Biegung. Dann läuft er wieder geradeaus, an den Geschäften vorüber, an den Säulen der Kunstgalerie auf der einen und den vergoldeten Riesentoren des Arsenals auf der anderen Seite. Sie schwenkten in die Kurve. Und da kam ihnen aus der Gegenrichtung eine ähnliche Menge entgegen, die gleichfalls mitten auf der Straße marschierte. Die Petrocchis waren ebenfalls auf dem Kriegspfad.

»Das ist die Höhe!«, sagte Onkel Umberto.

»Genau!«, sagte der Alte Niccolo zornsprühend. Die beiden Familien näherten sich einander. Äußerste Stille war eingetreten. Man hörte nur das Geklapper der Tritte. Alle anderen Bürger der Stadt beeilten sich von der Straße zu verschwinden, sobald sie das ganze Haus Montana und das ganze Haus Petrocchi aufeinander zugehen sahen. Leute klopften an die Türen ihnen gänzlich Fremder und wurden ohne Frage eingelassen. Der Direktor von Grossi, dem größten Geschäftshaus Capronas, öffnete weit seine Tafelglastüren und schickte seine Ladengehilfen aus, um jeden hereinzuholen, der in der Nähe war. Dann schloss er die Türen und ließ ein Stahlrohrgitter davor nieder. Zwischen den Eisenstäben starrten bleiche Gesichter nach draußen auf die Zauberer. Eine Truppe eben erst einberufener Reservisten kam des Wegs. Wie sie so in ihren zerknitterten neuen Uniformen dahermarschierten, boten sie einen ausgesprochen albernen Anblick. Als sie sich zu ihrem Entsetzen plötzlich zwischen den beiden Zaubererfamilien befanden, brachen sie aus und rannten wie ein einziger zerknitterter Mann davon und suchten wie wahnsinnig Schutz im Arsenal. Die goldenen Riesentore schlugen hinter ihnen zu in dem Augenblick, als der Alte Niccolo anhielt, Nase an Nase mit Guido Petrocchi.

»Also?«, fragte der Alte Niccolo und seine Kinderaugen glühten.

»Also?«, gab Guido zurück und sein roter Bart schnellte förmlich nach vorn.

»Hat euch«, fragte der Alte Niccolo, »Florenz oder Pisa dafür bezahlt, meinen Enkel Tonino zu kidnappen?«

Guido Petrocci stieß einen verächtlichen Belllaut aus. »Hat euch«, sagte er, »Pisa oder Siena dafür bezahlt, meine Tochter Angelica zu kidnappen?«

»Glaubst du vielleicht«, sprach der Alte Niccolo, »eine solche Behauptung deinerseits kann verschleiern, dass du Kinder entführst?!«

»Soll das vielleicht heißen«, fragte Guido, »dass ich lüge?«

»Jawohl!«, brüllte das Haus Montana. »Lügner!«

»Selber Lügner!«, heulte die Casa Petrocchi. Sie stellten sich hinter Guido, sprühend und glühend vor Zorn. »Dreckige Lügner!«

Der Kampf begann schon, während sie noch brüllten. Niemand wusste recht, wer angefangen hatte. In das Gebrüll von beiden Seiten mischte sich Gesang und Gemurmel. In vielen Händen flatterten beschriebene Papierstreifen und plötzlich war die Luft voll fliegender Eier. Paolo bekam eines, ein fettes Spiegelei, gerade vor den Mund, und das machte ihn so wütend, dass er mit schriller Stimme Eierfluchzaubersprüche zu schreien begann. Eier klatschten überall auf. Spiegeleier, pochierte, verlorene Eier, frisch gelegte und grausig faule Eier, die wie Stinkbomben wirkten, wenn sie aufplatzten. Montanas wie Petrocchis rutschten auf dem eierverschmierten Pflaster aus.

Eigelb und Eiweiß tropfte ihnen von den Haaren und bekleckerte die Kleider.

Dann brachte jemand mit einer faulen Tomate Abwechslung in den Kampf. Plötzlich schwirrten eine Unmenge seltsamer Dinge über den Corso, kalte Spaghetti und Kuhfladen – obwohl letztere eigentlich Rinaldos Idee gewesen waren, kamen die Kuhfladen sehr bald von beiden Seiten. Und Krautrouladen und Hühnerleber. Eisschauer kamen geprasselt. Tote Ratten kamen geflogen. Es war kein Wunder, dass Ratten geflogen kamen. Es war kein Wunder, dass unbeteiligte Passanten sich abseits hielten. Zerbrochene rohe Eier und Tomatensaft rannen die Gitter vor Grossis Schaufenstern herunter und klatschten gegen die weißen Säulen der Kunstgalerie. Es dröhnte dumpf und laut, als verfaulte Kohlköpfe gegen die Messingtüren des Arsenals prallten.

Das war die erste, noch unorganisierte Phase des Kampfes, in der jeder seiner Wut freien Lauf ließ. Aber als sie alle verschmiert und verdreckt waren, nahm der Zorn gewähltere Formen an. Beide Seiten begannen, den Spruchgesang besser zu organisieren, und es entwickelten sich zwei starke, anschwellende, rhythmisch singende Chöre.

Das Ergebnis war, dass die Dinge, die über dem Corso herumflogen, sich nun höher in die Luft hoben und begannen, in weniger harmlose Dinge verwandelt, von oben herunterzuregnen. Paolo blickte hoch und sah eine durchsichtige, glitzernde Wolke wie aus Eisstückchen herumtaumeln und auf ihn herunterschwirren. Er glaubte erst, es wäre Schnee, aber dann schlug ein Eisstückchen auf seinen Arm und schnitt ihn ein.

»Hundige Bestien!«, kreischte Lucia neben ihm. »Das sind ja Glassplitter!«

Bevor die Hauptlast des Glases herunterprasseln konnte, hatte der durchdringende Tenor des Alten Niccolo sich über das Chorgekreisch erhoben. Er sang: *»Schild-Kröten-Schild-Schutz!«*

Antonios voller Bass fiel ein: *»Schild-Kröten-Schild-Schutz!«*

Und auch Onkel Lorenzos Bariton gesellte sich dazu. Füße trampelten. Paolo kannte diesen Spruch. Er beugte sich vor, trampelte mit und half dem Zauber dauern. Die ganze Familie tat mit. *»Schild-Kröten-Schild-Schutz! Schild-Kröten-Schild-Schutz! Schild-Kröten-Schild-Schutz!«* Über ihren gesenkten Köpfen tanzten und wirbelten die Glassplitter nun harmlos vor einer unsichtbaren Barriere. *»Schild-Kröten-Schild-Schutz!«* Aus der Mitte der gebeugten Rücken tönte Elizabeths süße Stimme und kam mit einem weiteren Zauber zu Hilfe. Tante Anna, Tante Maria und Corinna fielen ein. Es war wie ein himmlischer hoher Engelsgesang über einem rhythmisch stampfenden Chor.

Ohne dass man es ihm gesagt hatte, wusste Paolo, dass er den Schutz-Schild-Zauber in Gang halten musste, während Elizabeth an ihrem Spruch arbeitete. So machten es alle. Es war unglaublich, aufregend, großartig. Jeder einzelne Montana ging auf die kleinste Andeutung ein und spann sie weiter, als wäre sie ein Befehl. Paolo wagte es, hochzublicken, und sah, dass die Oberstimme bereits wirkte. Jeder Glassplitter, der gegen den unsichtbaren Schild prallte, den Paolo mitzaubern half, verwandelte sich in eine zornige Hornisse und sauste brummend gegen die Petrocchis. Aber die Petrocchis verwandelten die Viecher einfach wieder in Glassplitter und schleuderten sie zurück. Paolo konnte dem Rhythmus ihres Gesangs entnehmen, dass einige von ihnen daran waren, den Schutz-Schild-Zauber zu brechen. Paolo sang und trampelte noch angestrengter als zuvor.

Inzwischen erklangen Rinaldos Stimme und die seines Vaters sanft und tief. Die beiden waren mit einem neuen Spruch beschäftigt. Noch ein paar Damen stimmten in den Hornissengesang ein, so dass die Petrocchis die Vorbereitungen zu einem neuen Spruch nicht bemerkten. Und die ganze Zeit über trampelten alle weiter den Schild-Kröten-Schild-Schutz-Zauber. Es klang wie der großartigste Chor der größten Oper.

Und der Erfolg stellte sich ein: Die Petrocchis warfen die Arme hoch und wankten. Die Pflastersteine unter ihnen hoben sich und der solide Corso verwandelte sich in eine Art Grabenschlucht. Die Antwort des Hauses Petrocchi folgte auf dem Fuße. Es tönte ein gesungener Akkord mit unzähligen Missklängen und die Montanas fanden sich plötzlich von einem Flammenwall eingeschlossen.

Völliges Chaos brach aus. Paolo suchte taumelnd Schutz. Sein Haar war versengt. Er lief über Pflastersteine, die ihm unter den Schuhen bebten. *»Voltava* *herbei!*«, sang er halb verrückt. »*Voltava, fließe herbei!*« Hinter ihm zischten die Flammen. Dampfwolken stiegen auf und verdeckten sogar die große Kunstgalerie, als der Fluss auf den Zauber ansprach und den Corso heraufgesprudelt kam. Das Wasser stieg Paolo bis an die Knie und gleich darauf bis zum Bauch und weiter. Es war schrecklich viel Wasser. Jemand hatte falsch gesungen, und Paolo dachte, dass dies die Ursache war. Er sah seine Cousine Lena fast bis zum Kinn im Wasser und packte sie.

Lena hinter sich herschleppend, wankte er durch die Strömung über die Straße und versuchte, die Stufen vor dem Arsenal zu erreichen.

Jemand musste den Geistesblitz gehabt haben, einen Gegenspruch zu singen. Alles wurde plötzlich wieder klar. Dampf, Wasser und Rauch klärten sich. Paolo fand sich auf den Stufen der Kunstgalerie, nicht beim Arsenal. Der Corso hinter ihm war eine Masse aus wild gewordenen Pflastersteinen. Sie glänzten vor Schlamm und alles war voll Kuhfladen, Tomaten und Spiegeleiern.

Paolo hatte genug. Lena heulte. Sie war zu jung für so etwas. Man hätte sie bei Rosa daheim lassen sollen. Er konnte sehen, wie seine Mutter Lucia aus dem Schlamm klaubte und Rinaldo Tante Gina aufhalf.

»Gehn wir nach Hause, Paolo«, wimmerte Lena.

Aber der Kampf war noch nicht zu Ende. Entlang des ganzen Corsos standen kleine zornige, verdreckte Gruppen Montanas und Petrocchis und schleuderten Schmährufe gegeneinander.

»Glassplitter! Das zahlen wir euch heim!«

»Ihr habt angefangen!«

»Verlogene Petrocchi-Schweine! Kinderfresser!«

»Selber Kinderfresser! Pfuschzauberer! Verräter!«

Tante Gina und Rinaldo schlitterten auf etwas zu, das wie ein Randstein aussah. Eine gewaltige Masse, die sich als Tante Francesca entpuppte, erhob sich. Sie war über und über voll Schlamm und zorniger, als Paolo sie je gesehen hatte.

»Ihr lausigen Petrocchis! Ich fordere den Zweikampf!«

Ihre Stimme kreischte wie eine Säge und war auf dem ganzen Corso zu hören.

Siebentes Kapitel

Tante Francescas Herausforderung schien beide Seiten neu zu beleben. Eine weibliche Petrocchi-Stimme kreischte: »Wir stimmen zu!«, und alle Gruppen hasteten, verdreckt wie sie waren, wieder zur Mitte des Corsos.

Paolo kam gerade noch rechtzeitig bei seiner Familie an, um den Alten Niccolo sagen zu hören: »Sei nicht so kindisch, Francesca!« Er sah eher einem Schlammzwerg ähnlich als dem Oberhaupt einer großen Familie und war so außer Atem, dass er kaum sprechen konnte.

»Sie haben uns beleidigt und gegen uns gekämpft«, sagte Tante Francesca. »Sie verdienen, dass man sie mit Schimpf und Schande aus Caprona verjagt. Und ich werde kämpfen! Ich bin jedem Petrocchi gewachsen.« Sie sah auch so aus – gewaltig groß und schmutzig, wie sie war, das weite schwarze Kleid zerfetzt, und ihr graues Haar hing ihr wirr und aufgelöst über die Schultern.

Aber die Montanas wussten, dass Tante Francesca eine alte Frau war. Ein Chor von Proteststimmen wurde laut. Onkel Lorenzo und Rinaldo boten sich beide an, in dem Zweikampf statt ihrer in den Ring zu treten.

»Nein, du nicht, Rinaldo«, sagte der Alte Niccolo. »Du bist noch nicht wieder gesund nach deiner Verwundung.«

Er wurde von einem Pfeifkonzert der Petrocchis unterbrochen.

»Feigling! Zweikampf, Zweikampf, Zweikampf!«

Das verdreckte Gesicht des Alten Niccolo verzog sich ärgerlich. »Nun gut, sie sollen ihren Zweikampf haben«, sagte er. »Antonio, ich ernenne dich zu unserem Kämpfer. Tritt vor!«

Paolo fühlte einen Schauer von Stolz. Sein Vater war also wirklich der beste Zauberer der Casa Montana. Aber sein Stolz mischte sich mit Schrecken, als er sah, wie seine Mutter Antonio am Arm packte und wie das schmutzverschmierte Gesicht seines Vaters nur Besorgnis und Widerwillen ausdrückte und keine Spur von Begeisterung.

»So geh schon«, sagte der Alte Niccolo streng.

Langsam trat Antonio nach vorn auf das Stück Straße, das beide Familien trennte. Er stolperte dabei über ein paar lose Pflastersteine. »Ich bin bereit!«, rief er den Petrocchis zu. »Wer ist euer Kämpfer?«

Bei den Petrocchis herrschte Unentschlossenheit. Eine Stimme sagte bestürzt: »Es ist Antonio!«, dann war ein undeutliches Gemurmel zu hören. Aus dem Köpfewenden und unsicheren Hin- und Hergeschiebe schloss Paolo, dass sie nach einem Petrocchi Ausschau hielten, der unerklärlicher- und unverantwortlicherweise nicht da war. Aber das Durcheinander legte sich. Guido Petrocchi selbst trat vor.

Paolo sah deutlich, dass einige der Petrocchis genauso entsetzt dreinsahen wie zuvor Elizabeth.

»Auch ich bin bereit«, sagte Guido und entblößte zornig die Zähne. Sein Gesicht war genauso verschmiert wie alle anderen und das ließ ihn wild und gefährlich aussehen. Er war riesengroß und sehr kräftig. »Ich verlange einen unbefristeten Kampf!«, fauchte Guido. Er schien noch zorniger als der Alte Niccolo, wenn das überhaupt möglich war.

»Bestens«, sagte Antonio. In seiner Stimme lag eine Andeutung von Zittern. »Ist dir klar, was das heißt, ein Kampf bis zum Ende? Bist du dir darüber im Klaren?«

»Passt mir ausgezeichnet«, sagte Guido dröhnend wie ein Riese.

Paolo hatte plötzlich schreckliche Angst.

In eben diesem Augenblick erschien die herzogliche Polizei.

Sie war ganz unbemerkt dahergekommen, still und schlau auf Fahrrädern auf den Gehsteigen. Niemand sah die Polizisten, bis der Polizeichef und sein Leutnant neben den beiden Kämpfern standen.

»Guido Petrocchi und Antonio Montana«, sagte der Leutnant. »Ich verhafte euch …«

Die beiden wandten sich um und fanden sich plötzlich von blauen, bortengeschmückten Uniformen umringt.

»Schaut, dass ihr weiterkommt!«, sagte der Alte Niccolo und trat hastig vor. »Ihr habt euch da nicht einzumischen!«

»Jawohl, verschwindet!«, sagte Guido. »Wir haben zu tun!«

Der Leutnant wich erschrocken vor Guido zurück, der Polizeichef aber war ein kühner und temperamentvoller Mann mit einem wunderschönen Schnurrbart und er musste seinen Ruf als kühner und temperamentvoller Mann aufrechterhalten. Er verbeugte sich vor dem Alten Niccolo. »Die zwei stehen unter Arrest«, sagte er. »Den Übrigen befehle ich, ihren Streit zu begraben und sich zu erinnern, dass ein Krieg vor der Tür steht.«

»Wir sind schon im Krieg«, sagte der Alte Niccolo. »Verschwindet!«

»Bedaure«, sagte der Polizeichef. »Das ist unmöglich.«

»Sag dann wenigstens nicht, dass wir dich nicht gewarnt haben«, äußerte Guido.

Daraufhin erklang ein kurzes Lied, gesungen von den Erwachsenen beider Familien. Paolo kannte den Spruch nicht, aber er klang äußerst nützlich.

Sobald es vorbei war, kamen Rinaldo und ein junger Petrocchi auf die beiden Polizisten zu und zogen sie fort. Die Polizisten waren plötzlich so steif wie die Schaufensterpuppen in den verbarrikadierten Schaufenstern von Grossis Kaufhaus. Rinaldo und der junge Mann lehnten sie gegen die Stufen zur Kunstgalerie und kehrten jeder zu seiner Familie zurück, ohne einander anzusehen. Was den Rest der herzoglichen Polizei betraf, schien er verschwunden. Mitsamt den Fahrrädern.

»Fertig jetzt?«, fragte Guido.

»Fertig«, sagte Antonio.

Und nun begann der Zweikampf.

Wenn Paolo später daran zurückdachte, war ihm klar, dass dieser Kampf nicht länger als drei Minuten gedauert haben konnte, doch im Augenblick des Geschehens schien er endlos. Denn in dieser kurzen Zeit gebrauchten die beiden Kämpfer all ihre Kräfte, Geschicklichkeit und Schnelligkeit.

Der erste und wahrscheinlich längste Teil des Kampfes war die Eröffnung, in der die beiden einander abschätzten. Beide standen sie leicht vorgeneigt, murmelnd, summend, gelegentlich eine Hand bewegend, und es schien vergleichsweise wenig vorzugehen. Paolo starrte in das angespannte Gesicht seines Vaters und fragte sich, was eigentlich passierte. Dann war Guido plötzlich ein rot-weiß kariertes Staubtuch in Mannesgestalt. Jemand schnappte nach Luft. Aber Antonio wurde fast gleichzeitig zu einem Mann aus Pappe, der mit grünen Dreiecken bedeckt war. Dann verwandelten sie beide sich sogleich wieder in ihre eigene Gestalt zurück.

Die Schnelligkeit, mit der das geschah, erstaunte Paolo. Nicht nur ein Zauberbann war von beiden auf beide Seiten geworfen worden, sondern auch ein Gegenzauber, und gegen den wieder ein Zauberspruch – und all das dauerte nicht länger, als jemand braucht, um den Mund aufzureißen. Beide Kämpfer keuchten und beäugten einander wachsam. Es war offensichtlich: Die beiden waren einander unbedingt ebenbürtig.

Nach einer kleinen Pause, in der nichts zu sehen war außer einer Art Geflacker auf beiden Seiten, schlug Antonio plötzlich zu. Und er schlug so heftig zu, dass klar war: Er hatte die ganze Zeit über unter dem Geflacker alltäglicher unbedeutender Zaubersprüche, das Guido ablenken sollte, an einem neuen Spruch gearbeitet. Guido stieß einen Schrei aus und zerbröselte zu Staub, der sich spiralförmig auflöste. Aber irgendwie warf er im Verschwinden *seinen* Spruch auf Antonio. Antonio zerbrach in tausend kleine Stücke. Er sah aus wie ein mit der Laubsäge ausgesägtes, verstreutes Puzzlespiel.

Eine kleine Ewigkeit lang schwebten der Staubwirbel und das zerbrochene Puzzle frei in der Luft. Beide waren bemüht sich beisammenzuhalten und nicht auf die aufgerissene Straße voller loser Pflastersteine hinunterzuprasseln. Und sie machten dabei auch noch Zaubersprüche. Als endlich ein wieder ganz gewordener Antonio vorwärts schwankte, eine Art roter Frucht in der rechten Hand, blieb ihm kaum Zeit auszuweichen. Guido war ein Leopard mitten im Sprung.

Elizabeth schrie auf.

Antonio warf sich zur Seite, holte Atem und sang. *»Elefanten!«* Seine sonst so weiche, wohlklingende Stimme war rau und abgehackt, aber er traf die richtigen Töne. Ein riesiger Elefant, dessen Stoßzähne länger waren als Paolo groß, verdeckte die niedrig stehende Sonne und der Corso bebte unter seinen Schritten. Mit wehenden Ohren stürmte er daher, um den angreifenden Leoparden zu zertrampeln. Es war schwer zu glauben, dass diese ungeheure Bestie wirklich der ängstliche, magere Antonio Montana war.

Den Schatten einer Sekunde lang war der Leopard Guido Petrocchi, sein Gesicht war sehr bleich und ein unheimliches Rot flammte in seinem Bart. Er sang ein wildes Lied: *»Hackedipackedi grausige Maus.«* Und er musste die richtige Melodie erwischt haben. Der Leopard schien zu verschwinden. Die Montanas begannen gerade ein wildes Jubelgeschrei über Guidos Feigheit, da sprang der Elefant plötzlich in panischem Schrecken zurück. Paolo erblickte eine winzige Maus, die angriffslustig auf den riesigen Vorderfuß des Elefanten lossauste. Antonios schrilles Trompeten zerriss ihm beinahe das Trommelfell. Der Elefant war irrsinnig vor Angst. Er trampelte wie verrückt herum und kam auf die entsetzten Montanas zu. Lucia nahm Reißaus, die kleine Lena an ihre Brust gepresst. Paolo packte den kleinen Bernardo am Arm und rannte mit ihm davon, floh vor dem entsetzlich schrillen Trompeten seines Vaters.

Elefanten haben schreckliche Angst vor Mäusen. Und es gibt nur sehr wenige Zauberer, die sich in eine andere Gestalt verwandeln können, ohne die Natur des Wesens anzunehmen, in das sie sich verwandeln. Guido Petrocchi hatte offensichtlich nicht nur den Zweikampf gewonnen, sondern auch dafür gesorgt, dass der Großteil der Montanas zu Tode getrampelt würde.

Als Paolo wieder hinzusehen wagte, hatte sich Elizabeth dem Elefanten in den Weg gestellt. Sie starrte zu ihm auf, direkt in seine wilden kleinen Augen. »Antonio!«, schrie sie ihn an. »Antonio, beherrsch dich! Gib Acht, was du tust!« Sie war so winzig, dass Paolo entsetzt die Augen schloss.

Er öffnete sie gerade rechtzeitig wieder, um sehen zu können, dass der Elefant Elizabeth auf seinen Rücken schleuderte. Tränen der Erleichterung verschleierten Paolos Augen, so dass er beinahe Guidos nächsten Angriff versäumt hätte. Er hörte ein ohrenbetäubendes Krachen, roch einen scheußlichen Gestank und erkannte schließlich eine Art beweglichen Turm, der auf Antonio losstürmte. Der Elefant machte eine Wendung und Elizabeth auf seinem Rücken duckte sich nieder. Antonio sah sich einer ungeheuren, eisernen Maschine gegenüber, noch größer als er selbst, die von einem dröhnenden Motor betrieben wurde und den Corso mit scheusäligem blauem Rauch erfüllte. Das Metallding bewegte sich langsam vorwärts und auf Antonio zu und warf dabei hohe Furchen in der Straße auf. Ein Gewehr wurde an seiner Frontseite ausgefahren und suchte sein Ziel zwischen Antonios Augen. Im selben Augenblick wurde Antonio auch zur Maschine. Er beeilte sich damit so sehr und verstand so wenig von Maschinen, dass es eine sehr merkwürdige, bizarre Maschine war, in die er sich verwandelte. Sie war von fahlem Enteneierblau und hatte ungeheure Gummiwatschelräder. Sie schien überhaupt durch und durch aus Gummi zu sein, denn die Kugel aus Guidos Gewehr prallte von

Antonio ab und krachte in die Treppe des Arsenals. Die meisten Petrocchis und Montanas warfen sich flach zu Boden.

»Mama ist in der blauen Ente!«, kreischte Lucia. Sie musste wohl dort sein. Antonio als Elefant hatte keine Zeit gehabt, Elizabeth abzusetzen. Und nun watschelte er unbekümmert auf Guido los, patsch-bumm, patsch-bumm. Für Elizabeth musste das scheußlich sein. Glücklicherweise dauerte das Ganze nur eine Sekunde. Elizabeth und Antonio erschienen plötzlich in ihrer eigenen Gestalt, beinahe unter den mächtigen Radketten der Guido-Maschine. Elizabeth rannte los. Paolo hätte nie gedacht, dass sie so schnell laufen konnte. Wie der Wind rannte sie auf das Arsenal zu. Vielleicht war es die Bosheit der Petrocchis, vielleicht war auch nur die allgemeine Verwirrung daran schuld, aber der riesige Guido-Panzer richtete sein Rohr auf Elizabeth.

Antonio nannte Guido bei einem sehr hässlichen Namen und warf die Tomate nach ihm, die er noch immer in der Hand hatte. Die rote Frucht traf und zerplatzte. Tomatensaft rann Guido die eisernen Flanken hinunter. Paolo überlegte blitzschnell, was das für einen Sinn haben sollte, als Guidos Panzer plötzlich verschwand. Auch Guido selbst war nicht da. Statt seiner saß dort eine ungeheure Tomate. Sie saß bloß mitten auf der Straße und tat überhaupt nichts.

Das war der Entscheidungsschlag. Paolo erkannte es an dem Gesicht seines Vaters, als dieser langsam auf die Tomate zuschritt. Kampfesmüde beugte er sich nieder, um die Tomate aufzuheben. Vereinzelt erhob sich Wehgemurr bei den Petrocchis und es gab Hurrarufe von den Montanas, aber die klangen unsicher und fast noch vereinzelter.

Und dann schleuderte irgendwer einen neuen Zauberspruch.

Diesmal war es ein dicker, nasser Nebelzauber. Zu Beginn des Kampfes wäre das vielleicht nicht so schlimm gewesen, aber nach all dem Vorhergehenden, nun, wo der Kampf endlich vorbei war, war es für Paolo einfach zu viel. Er konnte nichts mehr sehen, nur dickes, undurchsichtiges Weiß. Und nach dem ersten Atemzug musste er husten. Überall konnte er Leute husten hören. Das war das einzige Zeichen, dass er nicht völlig allein war. Paolo wandte den Kopf, um zu sehen, wer da neben ihm hustete, aber er konnte niemanden erkennen, auch Lucia nicht. Selbst Bernardo war verschwunden, und er hatte doch eine Sekunde vorher noch Bernardos Arm festgehalten. Paolo verlor jedes Orientierungsgefühl. Er war ganz allein, hustend und zitternd in der kalten weißen Leere.

»Und ich werde *nicht* den Kopf verlieren«, sagte Paolo streng zu sich selbst. »Vater hat es nicht getan und darum werde ich es auch nicht tun. Ich werde mir irgendwo einen Unterschlupf suchen, bis dieser biestige Zauber vorbei ist. Dann geh ich heim. Es ist mir auch wurscht, ob Tonino schon zurück ist oder nicht.« Er hielt inne, weil ihm ein Gedanke kam wie eine erstaunliche Entdeckung. Wir werden Tonino nie finden, wenn wir ihn so weitersuchen wie bisher, sagte er sich.

Und damit hatte er Recht. Mit ausgestreckten Händen versuchte Paolo sich vorwärts zu tasten, die Augen weit aufgerissen in der Hoffnung, irgendetwas zu sehen, obwohl das ganz unwahrscheinlich war, denn sie waren voller Tränen. Das kam vom Nebel. Und auch seine Nase tropfte. Paolo hustete und tastete sich weiter, bis er mit den Zehen gegen etwas stieß. Paolo blickte hinunter, aber er konnte nicht sehen, was es war. Er versuchte vorsichtig einen Fuß hochzuheben und mit den Zehen das Hindernis zu befühlen. War das Hindernis vielleicht der Randstein? Paolo war nahe dem Gehsteig gewesen, als er vor dem Elefanten davongerannt war.

Paolo hob beide Füße auf den Randstein und schlurfte vorwärts. Dabei stolperte er und fiel über einen menschlichen Körper.

Paolo erschrak im ersten Moment so sehr, dass er sich nicht zu rühren wagte. Aber bald bemerkte er, dass der Körper zitterte. Die unbekannte Person versuchte gleichzeitig zu husten und zu sprechen.

»Heilige Madonna«, hörte Paolo eine heisere Stimme murmeln. Verwirrt streckte er die Hand aus und tastete nach dem Menschen. Seine Finger stießen auf kalte Metallknöpfe, Uniformtressen und darüber auf ein warmes Gesicht, aus dem ein erschrockenes Stöhnen drang, als Paolos Hand den Mund berührte. Und unter der Nase dieses Gesichtes befand sich ein großer, buschiger Schnurrbart.

Engel von Caprona!, dachte Paolo. Das ist der Polizeipräsident!

Paolo kniete nieder. Er musste hier auf den Stufen zur Kunstgalerie sein. Niemand war da, den er fragen konnte, was er tun sollte.

Es schien Paolo nicht anständig, jemanden hilflos im Nebel liegen zu lassen. Nebel war schon schlimm genug, wenn man sich frei bewegen konnte. In der Hoffnung richtig zu handeln, begann Paolo sehr sanft den allgemeinsten Zurücknahme-Zauberspruch zu singen, der ihm einfiel. Auf den Nebel machte das Zauberlied überhaupt keinen Eindruck – es war eindeutig ein sehr starker Zauber –, aber er hörte, wie sich der Polizeipräsident zur Seite rollte und seufzte. Seine Stiefel knirschten, als er vorsichtig seine Beine ausstreckte. »Mamma mia«, hörte Paolo ihn murmeln.

Es klang, als wäre er lieber allein. Paolo ließ ihn zurück und kroch die Treppe hinauf. Er hatte keine Ahnung, dass er schon oben war, bis er mit dem Ellbogen an eine Säule stieß und zugleich mit dem Kopf in Lucias Magen landete. Beide sagten in diesem Augenblick nichts Freundliches.

»Wenn du mit Fluchen fertig bist«, ächzte Lucia endlich, »könntest du vielleicht mit mir zwischen die Säulen kriechen und mich ein bisschen wärmen.« Sie hustete, dass es sie schüttelte. »Ist es nicht schrecklich? Wer kann das nur gewesen sein?« Sie hustete wieder. Sie war ganz heiser vom Nebel.

»Wir haben ihn jedenfalls nicht gezaubert«, erklärte Paolo. »Wir wüssten es. Auweh, mein Ellbogen!« Er hielt sich an ihr fest und ließ sich führen und sie setzten sich eng aneinander geschmiegt nieder. Paolo fühlte sich gleich ein wenig besser.

»Diese Schweine«, sagte Lucia. »Ich nenn so was einen gemeinen Trick. Komisch: Du hast dein Leben lang gehört, was für Schweine es sind, und hast geglaubt, das ist doch nicht wirklich möglich. Dann lernst du sie kennen und sie sind noch viel ärger, als man uns erzählt hat. Hast du da vorhin gesungen?«

»Ich bin auf den Stufen über den Polizeipräsidenten gestolpert«, sagte Paolo.

Lucia lachte. »Und ich bin über den anderen Polizisten gefallen. Ich hab ihm auch einen Rücknahme-Zauber gesungen. Er lag quer über alle Stufen und es muss ihm ordentlich wehgetan haben, als ich auf ihn gefallen bin.«

»Dieser Nebel ist schlimm, selbst wenn man sich bewegen kann«, stimmte Paolo zu. »Es ist wie Blindsein.«

»Scheußlich«, antwortete Lucia. »Dieser blinde Bettler in der Via Sant' Angelo – morgen geb ich ihm was!«

»Der mit den weißen Augen?«, fragte Paolo. »Ja, ich werd ihm auch was geben. Und ich will nie wieder irgendetwas von irgendeinem Zauberspruch hören!«

»Ehrlich gesagt«, sagte Lucia, »ich hab mir gewünscht, ich hätte mich getraut die Bibliothek und das Scriptorium anzuzünden. Und außerdem, kurz bevor ich über diesen Polizisten gestolpert bin, ist mir eingefallen, dass es gar nicht so viele Zaubersprüche geben kann, wie man auf diese widerlichen Kidnapper schleudern möchte«, stimmte Lucia ihm bei.

»Genau das hab ich mir auch gedacht!«, rief Paolo. »Ich weiß jetzt auch, der einzige Weg, Tonino zu finden, ist …«

»Warte!«, sagte Lucia. »Mir scheint, der Nebel lichtet sich!«

Sie hatte Recht. Als Paolo sich vorbeugte, konnte er zwei dunkle Flecken erkennen. Das waren der Polizeipräsident und der andere Polizist, die, den Kopf in die Hände gestützt, auf den Stufen saßen. Paolo konnte auch ein Stück des Corsos drüben erkennen, Pflastersteine, die dunkel und nass aussahen, aber zu seinem Erstaunen waren sie nicht mehr dreckig und sie lagen auch wieder auf ihrem alten Platz.

»Irgendwer hat Ordnung gemacht und sie zurückgezaubert«, sagte Lucia.

Der Nebel lichtete sich weiter. Man konnte jetzt die schimmernden Tore des Arsenals sehen und die ganze Weite des noch ein wenig vernebelten Corsos. Jeder Pflasterstein lag ordentlich wieder dort, wo er hingehörte. In der Mitte des Corsos standen Antonio und Guido einander Auge in Auge gegenüber.

»Oje, sie werden doch nicht noch einmal anfangen?«, jammerte Paolo.

Aber fast gleichzeitig vollführten Antonio und Guido jeder eine Kehrtwendung und marschierten voneinander weg.

»Gott sei Dank«, sagte Lucia. Sie und Paolo wandten sich einander zu und lächelten erleichtert. Nur –

das war nicht Lucia! Paolo starrte in ein weißes, spitziges Gesicht und in Augen, die dunkler, größer, schlauer waren als Lucias Augen. Das Gesicht war von Korkenzieherlocken umrahmt. Das Lächeln auf diesem Gesicht erstarb und machte erschrockenem Staunen Platz. Paolo starrte das Mädchen an und spürte, wie in seinem Gesicht dasselbe vorging.

Er hatte sich an einer Petrocchi gewärmt! Er wusste sogar, an welcher. Es war das ältere der beiden Petrocchi-Mädchen, die damals in den Palast mitgekommen waren, Renata. Ja, so hieß sie. Und sie erkannte ihn auch.

»Du bist doch dieser blauäugige Montana-Junge!«, schrie Renata und aus ihrem Munde klang das wie ein Schimpfwort.

Beide sprangen auf. Renata zog sich zwischen die Säulen zurück, als wollte sie in den Stein hineinkriechen, und Paolo ging rückwärts die Treppe hinunter.

»Ich hab dich für meine Schwester Lucia gehalten«, sagte er.

»Und ich dich für meinen Cousin Claudio«, antwortete Renata.

Irgendwie gelang es beiden, das so zu sagen, dass es wie ein Vorwurf klang.

»Ich bin nicht schuld«, erklärte Paolo ärgerlich. »Beschwer dich bei dem, der diesen Nebel gemacht hat, nicht bei mir. Es gibt einen feindlichen Zauberer, falls du das nicht weißt.«

»Kenn ich. Weiß ich. Chrestomanci hat es uns mitgeteilt«, sagte Renata.

Paolo fühlte, wie Hass gegen Chrestomanci in ihm aufstieg. Der hatte nicht das Recht hinzugehen und den Petrocchis dieselben Dinge zu eröffnen wie den Montanas. Aber den feindlichen Zauberer hasste er noch mehr. Er war verantwortlich für die größte Verlegenheit, in der Paolo sich jemals befunden hatte. Was für eine Schmach! Paolo wollte nichts wie weg.

»Renn nicht! Warte!«, sagte Renata so gebieterisch, dass Paolo ohne zu überlegen stehen blieb und Renata Gelegenheit gab, ihn am Arm festzuhalten.

Paolo stand ganz still und versuchte, sich mit der Würde zu benehmen, die einem Montana anstand. Er blickte auf seinen Arm und auf Renatas Hand, die ihn hielt, als wäre er eine schleimige Kröte. »Schau drein, wie du willst«, sagte Renata. »Das ist mir völlig egal. Aber ich lass dich nicht los, bis du mir gesagt hast, was deine Familie mit Angelica gemacht hat.«

»Nichts hat sie mit ihr gemacht«, sagte Paolo verächtlich. »Wir würden keinen von euch auch nur mit der Feuerzange anfassen. Was habt ihr mit Tonino gemacht?!«

Renata runzelte die weiße Stirn. »Ist das dein Bruder? Ist der wirklich auch weg?«

»Irgendwer hat ihm ein Buch geschickt mit einem Rufzauber drin«, sagte Paolo.

»Angelica hat auch ein Buch bekommen«, sagte Renata langsam. »Wir haben die Sache erst bemerkt, als es weggeschrumpft ist.«

Das Mädchen ließ Paolos Arm los. Sie starrten einander an. Der Nebel lichtete sich weiter.

»Es muss der feindliche Zauberer sein«, sagte Paolo.

»Er will uns vom Krieg ablenken«, sagte Renata. »Das musst du deiner Familie sagen, ja?«

»Wenn du's deiner sagst«, erwiderte Paolo.

»Natürlich werde ich. Für was hältst du mich?«, fragte Renata.

»Für eine Petrocchi«, sagte Paolo und musste zu seiner Verwunderung plötzlich lachen.

Aber als Renata nun auch zu lachen anfing, fand er, das ginge denn doch zu weit. Er wandte sich um und rannte los. Plötzlich sah er sich dem Polizeipräsidenten gegenüber. Der hatte offensichtlich zu alter Würde zurückgefunden.

»Also dann, Kinder, geht weiter, lauft nach Hause«, sagte er.

Renata floh sogleich, knallrot im Gesicht vor Scham, im Gespräch mit einem Montana ertappt worden zu sein. Paolo wartete. Es schien ihm richtig, der Polizei zu melden, dass Tonino verschwunden war.

»Ich hab gesagt, du sollst nach Hause gehen«, wiederholte der Polizeipräsident und zog mit einem drohenden Ruck seine Uniformjacke hinunter.

Paolo war fix und fertig. Ein Polizist war jedenfalls keine große Hilfe gegen einen Zauberer, dachte er und rannte davon.

Er rannte den ganzen Weg zur Casa Montana und ließ Nebel und Nässe hinter sich. Jenseits des Corsos war es trocken. Sobald Paolo in eine Seitengasse einbog, befand er sich in der rasch sinkenden Dämmerung eines Winterabends. Die untergehende Sonne leuchtete rot. Es war, als hätte ihn jemand in eine andere Welt zurückgeschleudert, in eine Welt, wo die Dinge waren, wie eben Dinge normalerweise sind. In eine Welt, in der nicht der eigene Vater sich in einen wahnsinnigen Elefanten verwandelte, eine Welt vor allem, in der sich die eigene Schwester nicht plötzlich als eine Petrocchi herausstellte. Paolos Gesicht glühte vor Scham, als er die Straße entlanglief. Das war von all den Scheußlichkeiten, die heute passiert waren, die allerärgste!

Die Casa Montana kam in Sicht, mit dem vertrauten Engel, der sicher über dem Eingangstor wachte.

Paolo schoss unter ihm durch und stieß beinahe seinen Vater um. Antonio stand unter dem Torbogen und keuchte, als wäre auch er den ganzen Weg nach Hause gerannt.

»Ach, du bist es, Paolo«, sagte Antonio. »Bleib, wo du bist!«

»Warum?«, fragte Paolo. Er wollte hinein, dorthin, wo er in Sicherheit war, und ein Stück Honigbrot essen. Zu seiner Überraschung wollte sein Vater das überhaupt nicht. Antonio schaute erschöpft drein und seine Kleider waren zerrissen und schmutzig.

Der Arm, den Antonio ausstreckte, um Paolo in der Einfahrt festzuhalten, war halbnackt und voller Kratzer. Paolo wollte sich losreißen, aber er sah, dass da wirklich etwas Ungutes geschehen sein musste. Beinahe alle Katzen drängten sich in der Toreinfahrt, sie duckten sich mit flach gelegten Ohren; Benvenuto bewachte den Eingang zum Hof wie ein dunkles, mageres Frettchen. Paolo konnte ihn knurren hören.

Antonios zerkratzte Hand fasste Paolo an der Schulter und zog ihn vorwärts, so dass er in den Hof sehen konnte. »Schau!«

Paolo blinzelte auf fußhohe Buchstaben, die mitten im Hof in der Luft zu hängen schienen. Im schwindenden Tageslicht glühten sie in einem widerlich fahlen Gelb:

STOPPT ALLE ZAUBERSPRÜCHE
ODER EUER KIND WIRD ES BÜSSEN
CASA PETROCCHI

Der Name war in noch größeren, noch helleren, noch widerlicheren Buchstaben geschrieben. Es gab keinen Zweifel, woher die Botschaft kam. Aber nach dem, was Renata gesagt hatte, wusste Paolo, dass die Botschaft nicht stimmte. »Es *waren* nicht die Petrocchis«, sagte er. »Es war der Zauberer, von dem uns Chrestomanci erzählt hat.«

»Ja, das ist so eine Sache«, sagte Antonio.

Paolo blickte seinen Vater an und sah, dass der ihm nicht glaubte. Vielleicht hatte er ihm nicht einmal richtig zugehört.

»Aber es ist wahr!«, sagte Paolo. »Dieser Zauberer will uns davon abhalten, Kriegszaubersprüche zu machen.«

Antonio seufzte und riss sich zusammen, um Paolo

die Sache zu erklären. »Paolo«, sagte er, »niemand außer Chestomanci glaubt an diesen Zauberer. In der Zauberei wie überall ist die einfachste Erklärung die beste. Mit anderen Worten: Warum einen unbekannten Zauberer erfinden, wenn du einen Feind hast, den du kennst, einen, der glaubwürdige, bekannte Gründe hat dich zu hassen? Warum sollten es nicht die Petrocchis sein?«

Paolo wollte etwas einwenden, sagen, dass Angelica Petrocchi gleichfalls verschwunden war, aber er war noch immer viel zu durcheinander. Er überlegte verzweifelt, wie er seinen Vater überzeugen könnte.

Da sprang ein Lichterviereck in der Galerie auf. Eine Tür hatte sich geöffnet.

»Rosa!«, schrie Antonio. Seine Stimme klang belegt vor Sorge. Rosas Gestalt erschien im Licht. Sie trug Cousine Claudias Baby. Das Licht selbst war so orangefarben und so anheimelnd neben dem gruslig fahlen Glühen der Buchstaben im Hof, dass Paolo von Erleichterung überflutet wurde. Hinter Rosa stand Marco. Er trug ein anderes Kleines.

»Gottlob«, flüsterte Antonio. Dann schrie er: »Ist euch nichts passiert, Rosa? Wo ist diese Botschaft hergekommen?«

»Das wissen wir auch nicht!«, rief Rosa zurück. »Sie ist einfach erschienen! Wir haben versucht sie wegzukriegen, aber wir bringen es nicht fertig.«

Marco beugte sich über das Geländer und rief hinunter: »Diese Worte lügen, Antonio! Die Petrocchis würden so etwas nie tun!«

Antonio rief zurück: »Halte dich mit solchen Ansichten zurück, Marco!« Er sagte es so gebieterisch, dass Paolo wusste, Antonio würde auch ihm nicht glauben, was immer er vorbringen würde. Wenn Paolo je eine Chance gehabt hatte Antonio von der Unschuld der Petrocchis zu überzeugen, nun hatte er keine mehr.

Achtes Kapitel

Als Tonino wieder zu sich kam, in ungefähr genau dem Augenblick, als das verwünschte Buch zu schrumpeln anfing, hatte er zuerst das Gefühl, alles wäre ein Albtraum. Er fühlte sich wie in einer Pappschachtel eingesperrt. Er rollte den Kopf auf seine Arme. Anscheinend lag er auf einem harten, aber leicht flauschigen Fußboden. Etwas weiter weg konnte er undeutlich jemand sehen, der wie eine Puppe gegen eine Wand lehnte, aber er fühlte sich zu sonderbar, als dass er sich für diese Puppe interessiert hätte. Tonino bewegte den Kopf auf die andere Seite und sah unmittelbar vor sich die Paneele einer Wand. Daraus schloss er, dass er sich in einem länglichen Raum befand. Wieder bewegte er den Kopf und blickte auf den flauschigen Boden. Er war gemustert, aber das Muster war zu groß, als dass er es mit einem Blick hätte erfassen können. Tonino nahm an, dass er auf einer Art Teppich lag.

Er schloss die Augen und versuchte sich zu erinnern, was eigentlich passiert war.

Er erinnerte sich, dass er einen Weg nahe der Neuen Brücke gegangen war. Er war aufgeregt gewesen, denn er hatte vorher ein Buch gelesen, in dem stand, wie er Caprona retten könnte. Er müsste, hieß es in dem Buch, eine Allee finden, eine Allee mit einem blauen Haus, von dem die Farbe abblätterte. Nun kam ihm das ein bisschen einfältig vor. Tonino wusste, dass Dinge in Wirklichkeit nie so ablaufen wie in Büchern. Trotzdem war er glücklich gewesen, als er wirklich die Allee entdeckt hatte und am Ende der Allee wirklich und wahrhaftig ein heruntergekommenes blaues Haus. Und zu seiner ungeheuren Aufregung kam auch tatsächlich ein Papierstreifen vor seine Füße geflattert. Tonino hatte sich niedergebeugt und das Papier aufgehoben.

Und dann hatte er nichts mehr von sich gewusst bis zu diesem Augenblick.

Ja, genauso war es gewesen. Tonino dachte alles, was ihm passiert war, ein paar Mal durch, aber jedes Mal stockten seine Erinnerungen an genau demselben Punkt: wie er sich bückte, um den Papierstreifen aufzuheben.

Danach hatte er nur noch die vage Erinnerung an einen Albtraum. Tonino war nun ganz sicher, dass er das Opfer eines Zaubers geworden war, und schämte sich dafür. Er setzte sich auf. Nun verstand er auch, warum er geträumt hatte, in einer Pappschachtel eingesperrt zu sein. Der Raum, in dem er saß, war lang und niedrig und hatte die Form einer Schuhschachtel. Die Wände und Decke waren cremefarben angemalt – eine Art dunkles Pappendeckelweiß –, schienen aber aus Holz zu sein, weil goldbemalte Schnitzereien sich von ihnen abhoben. Ein Kristalllüster hing von der Decke, aber das Licht kam von vier hohen, schmalen

Fenstern in einer der langen Wände her. Auf dem Boden lag ein kostbarer Teppich und an der Wand gegenüber den Fenstern stand ein eleganter Esstisch mit Sesseln. Auf dem Tisch gab es zwei silberne Kerzenleuchter. Es war ein sehr vornehmer Raum, aber irgendetwas stimmte hier nicht.

Tonino versuchte darauf zu kommen, was da nicht stimmte. Das Zimmer war schrecklich leer. Aber das war es nicht.

Es war etwas mit dem Tageslicht, das durch die vier hohen Fenster fiel, so als wäre die Sonne weiter weg, als sie sein konnte. Aber auch das war es nicht. Toninos Augen wanderten zu den vier Bändern allzu blassen Sonnenlichts, das durch die Fenster auf den Teppich fiel, und dann den Teppich entlang. Endlich stießen sie auf die Person, die gegen die Wand lehnte. Es war Angelica Petrocchi, die damals im herzoglichen Palast gewesen war. Ihre Augen unter der vorgewölbten Stirn waren geschlossen und sie sah elend aus. Sie war also auch gefangen worden.

Tonino blickte wieder auf den Teppich und es wurde ihm ungemütlich. Das war ja gar kein richtiger Teppich. Er war auf die sanft pelzige Oberfläche des Fußbodens gemalt. Tonino konnte die Pinselstriche in dem unregelmäßigen Muster sehen. Und das war auch der Grund, warum er gedacht hatte, das Muster sei zu groß: Das Muster *war* zu groß. Viel zu groß für dieses Zimmer.

Noch verwirrter als zuvor bemühte Tonino sich auf die Füße zu kommen. Er fühlte sich ein bisschen wacklig und fasste mit einer Hand nach der vergoldeten Schnitzerei an der Wand, um sich festzuhalten. Aber auch die Wand fühlte sich flauschig an, außer den Stellen, die golden waren. Dort war die Wand zwar glatt, aber nicht richtig hart.

Es fühlte sich an wie – Tonino dachte nach, aber ihm fiel kein anderer Vergleich ein: wie Farbe. Wie ein Farbanstrich. Seine Hand glitt über die Holzschnitzerei. Nichts als Schwindel. Die Wand war nicht aus Holz. Und die Schnitzerei war auch nur aufgemalt, in braunen und blauen und goldenen Linien. Wer immer sie gefangen hatte, wollte vorgeben reicher als seine Familie zu sein, aber der Schwindel war sehr schlecht gemacht.

Da rührte sich etwas am anderen Ende des Raumes. Angelica Petrocchi stand wacklig auf ihren Füßen und auch sie ließ ihre Hand über die gemalte Schnitzerei gleiten. Sehr ängstlich und vorsichtig wandte sie sich um und betrachtete Tonino.

»Wirst du mich jetzt bitte gehen lassen?«, sagte sie.

Ihre Stimme bebte. Tonino merkte, dass sie große Angst hatte. Jetzt, da er ihre Angst sah, fürchtete er sich plötzlich auch.

»Ich kann dich gar nicht gehen lassen«, sagte er. »Ich hab dich ja auch nicht gefangen. Wir können beide nicht weg. Ich sehe nirgends eine Tür.« Das war es, was hier nicht stimmte!

Kaum hatte er das gesagt, wünschte Tonino, er hätte den Mund gehalten. Angelica fing an zu schreien und ihr Geschrei versetzte auch Tonino in Panik. Es gab keine Tür! Er war in eine Pappschachtel eingesperrt, mit einem Petrocchi-Kind noch dazu!

Vielleicht hatte Tonino auch geschrien, er konnte sich später nicht mehr erinnern. Als er sich ein wenig gefasst hatte, griff er nach einem der vornehmen Sessel und schlug damit auf das nächste Fenster ein. Doch – und das war noch unheimlicher als alles andere – das Glas zerbrach nicht! Das Fenster war aus einem durchsichtigen, elastischen Material, von dem der Sessel einfach absprang.

Neben ihm hämmerte das Petrocchi-Mädchen mit einem der silbernen Kerzenleuchter auf ein anderes Fenster ein und sie hörte dabei nicht auf zu schreien. Draußen, außerhalb des Zimmers, konnte Tonino ganz deutlich die hübsche, spitz zulaufende Form eines kleinen Zypressenbaumes erkennen, von der Abendsonne beleuchtet. Sie mussten also in einer der reichen Villen nahe dem Palast sein. Aber er wollte hinaus, hinaus! Tonino hob den Sessel und drosch mit aller Kraft auf das Fenster ein.

Aber das war völlig wirkungslos, nur der Sessel zerbrach. Zwei schlecht geleimte Beine fielen ab, der Rest zerbarst in kleine Holzsplitter. Es war wirklich erbärmlich schlechtes Handwerk, dachte Tonino. Er warf die Holztrümmer auf den gemalten Teppich und nahm einen anderen Sessel. Diesmal schlug er auf die Wand neben dem Fenster ein. Aber wieder splitterten Teile des Sessels ab und flogen durch den Raum und Tonino hielt bald nur mehr das Sitzpolster in der

Hand. Die Stickerei darauf war genauso aufgemalt wie der Teppich. Wieder und wieder schlug Tonino mit dem Polster gegen die Wand. Das hinterließ lange, braune Kerben. Und was noch besser war, die Wand bewegte sich, sie zitterte und sie klang dumpf und hohl, als wäre sie aus einem sehr billigen Material gebaut. Tonino schlug und schlug und schrie dabei gellend.

Angelica schlug mit dem Kerzenleuchter gegen die Wand und gegen das Fenster und schrie gleichfalls.

Sie wurden durch ein dröhnendes Klopfen gestoppt. Jemand schlug donnernd auf die Zimmerdecke. Das Zimmer wirkte wie eine Trommel; das Klopfen war hier drinnen so laut, dass man es nicht aushalten konnte. Das Petrocchi-Mädchen ließ den Kerzenleuchter fallen und warf sich zu Boden. Auch Tonino kauerte sich nieder, die Hände an den Ohren, und schaute zu dem hin- und herschwankenden Kronleuchter hinauf. Er dachte, sein Kopf würde gleich platzen.

Dann hörte das Klopfen auf. Es war ganz still, bis auf ein leises Wimmern, und das kam von Tonino selbst.

Plötzlich sprach eine mächtige, dröhnende Stimme durch die Pappschachtel-Zimmerdecke: »So ist es besser! Seid still, oder ihr kriegt nichts mehr zu essen! Und wenn ihr weiter Unfug macht, werdet ihr bestraft. Verstanden?«

Tonino und Angelica setzten sich auf. »Lasst uns hinaus!«, brüllten sie. Aber sie bekamen keine Antwort. Nur ein entferntes Schlurfen war zu hören. Der Eigentümer der mächtigen Stimme schien davonzugehen.

»Ein gemeiner Trick mit erweitertem Zauber«, sagte Angelica. Sie hob den Kerzenleuchter auf und betrachtete ihn angewidert. Die Arme hatten sich in rechtem Winkel zum Sockelteil verbogen.

»Wo sind wir?«, fragte sie. »Alles hier ist so billig gemacht!«

Sie schlichen zu einem Fenster, in der Hoffnung, draußen irgendeinen Hinweis zu finden. Ein paar spitz zulaufende, schlanke Bäume waren deutlich zu sehen und eine Art Terrasse. Aber die Kinder mochten schauen, wie sie wollten, alles, was sie sonst noch erkennen konnten, war ein verschwommenes Blau mit einem oder zwei viereckigen Bergen und einer Sonne wie aus Glanzpapier in einer Ecke. Himmel schien es dort draußen keinen zu geben.

»Wir sind verzaubert«, sagte Angelica. Ihre Stimme klang, als würde sie gleich wieder in Panik geraten. »Es muss irgendein Zauber sein, der uns hindert zu erkennen, wo wir sind.«

Tonino glaubte auch, dass es so war. Eine andere Erklärung für diese seltsame Aussicht da draußen gab es wohl nicht. »Aber ich bin trotzdem sicher, dass ich die Gegend kenne«, sagte er. »Die Bäume. Wir sind in einer der reichen Villen neben dem Herzogspalast.«

»Du hast Recht«, sagte Angelica. Ihre Stimme klang wieder ruhiger. »Und ich werde die Leute, die da leben, nie wieder beneiden. Ihr ganzer Reichtum ist nur Schwindel!«

Sie wandten sich vom Fenster ab und entdeckten, dass ihr wildes Klopfen und Schlagen eines der Wandpaneele hinter dem Esstisch gelockert hatte. Es hing da wie eine offene Tür. Sie schubsten einander, um als Erster dort zu sein. Aber hinter dem Paneel war nur ein kleiderschrankgroßes Badezimmer ohne Fenster.

»Sehr gut«, sagte Angelica. »Ich hab mir schon Sorgen gemacht, was wir tun sollen. Und zumindest haben wir Wasser.«

Sie griff nach einem der Wasserhähne über dem Handwaschbecken – und hielt ihn plötzlich in der Hand. Wo er gewesen war, klebte ein Fleck Leim auf der Kachel. Dieser Wasserhahn war eindeutig niemals zum Gebrauch bestimmt gewesen.

Angelica schaute den Wasserhahn in ihrer Hand so verblüfft an, dass Tonino lachen musste. Angelica reckte sich zu ihrer vollen Größe. »Lach mich nicht aus, du widerlicher Montana!« Sie stolzierte ins Zimmer zurück und warf den nutzlosen Wasserhahn auf den Tisch.

Dann setzte sie sich auf einen Stuhl und stützte die Ellbogen auf den Tisch. Sie sah niedergeschlagen aus.

Nach einer Weile setzte sich Tonino ihr gegenüber. Der Stuhl unter ihm quietschte. Auch der Tisch quietschte und knackte, obwohl seine Oberfläche so täuschend echt gemalt war, dass sie wie poliertes Mahagoni aussah.

»Alles hier ist nur billiger Schwindel«, sagte er.

»Dich selbst eingeschlossen, Soundso Montana«, entgegnete Angelica. Sie war noch immer ärgerlich.

»Ich heiße Tonino«, sagte Tonino.

»Also, das ist doch wirklich das Letzte, mit einem Montana eingesperrt zu sein«, sagte Angelica. »Wie auch immer du heißt, ich werde deine dreckigen Manieren aushalten müssen.«

»Und ich werde deine aushalten müssen«, sagte Tonino gereizt. Plötzlich fiel es ihm schwer aufs Herz, dass er allein war, fern vom freundlichen Trubel in der Casa Montana. Wenn er sich dort auch mit einem Buch in einem Winkel verkroch, wusste er doch, dass die ganze Familie in der Nähe war. Und Benvenuto käme schnurrend oder auch kratzend, um ihn zu erinnern, dass er nicht allein war. Lieber alter Benvenuto! Tonino hatte Angst, er würde zu heulen anfangen, noch dazu vor einer Petrocchi. »Wie haben sie dich erwischt?«, fragte er, um sich abzulenken.

»Mit einem Buch.« Ein leichtes, wehes Lächeln erschien auf Angelicas strengem, weißem Gesicht. »Es hieß ›Das Mädchen, das sein Land rettete‹. Ich hab geglaubt, es kommt von Großonkel Luigi. Ich glaub immer noch, dass es eine schöne Geschichte war.« Sie sah Tonino herausfordernd an.

Tonino ärgerte sich. Es war nicht angenehm zu denken, dass er mit demselben Zaubertrick erwischt worden war wie eine Petrocchi. »Ich auch«, sagte er schroff.

»Und *ich* hab keine dreckigen Gewohnheiten«, erklärte Angelica spitz.

»Doch, das hast du. Das haben alle Petrocchis«, antwortete Tonino. »Aber das fällt dir wahrscheinlich gar nicht auf, weil sie für dich normal sind.«

»Na großartig!« Angelica hob den abgebrochenen Wasserhahn auf, als wollte sie ihn Tonino ins Gesicht schleudern.

»Deine Manieren sind mir im Übrigen völlig egal«, sagte Tonino. Und das stimmte auch. Das einzig Wichtige war, einen Weg aus diesem scheußlichen Zimmer zu finden und nach Hause zu kommen. »Wie kommen wir bloß hinaus?«, fragte er ratlos.

»Durch die Decke«, sagte Angelica höhnisch.

Tonino schaute nach oben. Dort hing der Kronleuchter. Wenn sie ihm einen Stoß gaben, würde er vielleicht ein Loch in die Pappe reißen.

»Sei nicht blöd«, sagte Angelica. »Da hängt bestimmt ein Zauberspruch und versperrt uns den Weg. Sonst wären wir doch schon längst draußen!«

Tonino befürchtete, dass sie Recht hatte, aber die Sache war ihm trotzdem einen Versuch wert. Er kletterte von seinem Stuhl auf den Tisch. Vielleicht konnte er von dort den Kronleuchter erreichen. Da krachte es heftig, und bevor Tonino sich aufrichten konnte, legte der Tisch sich schief, als wären alle vier Beine locker.

»Steig schnell herunter«, sagte Angelica.

Tonino sprang. Es war klar, dass der Tisch aus dem Leim gehen würde, wenn er oben blieb. Düster richtete er die schiefen Tischbeine wieder gerade. »So geht das nicht«, sagte er.

»Außer«, sagte Angelica plötzlich strahlend, »wir machen ihn mit einem Zauberspruch fest.«

Tonino richtete seinen kummervollen Blick von den Tischbeinen auf ihr spitzes Gesicht und seufzte. Die Sache war also zur Sprache gekommen.

»*Du* wirst den Zauberspruch machen müssen«, sagte er. Angelica starrte ihn an. Er spürte, wie er rot wurde. »Ich kann nämlich keine Zaubersprüche machen«, sagte er verlegen. »Ich – ich bin nämlich ein Langsamer.«

Er hatte erwartet, dass Angelica lachen würde, und sie lachte auch. Aber sie hätte nicht so gemein und triumphierend lachen und dazu noch »Das ist ja großartig« sagen müssen!

»Was ist denn da so lustig?«, fragte er patzig. »Du brauchst überhaupt nicht zu lachen! Ich weiß ganz genau, dass du deinen Vater hellgrün gezaubert hast. Du bist kein Haar besser als ich!«

»Wollen wir wetten?«, fragte Angelica, noch immer lachend.

»Nein«, sagte Tonino. »Zaubere endlich.«

»Ich kann doch auch nicht«, sagte Angelica. Jetzt war es Tonino, der Angelica anstarrte, und Angelica, die rot wurde. Ein blasses, leuchtendes Rosa stieg ihr bis in die Stirn und sie schob trotzig das Kinn vor. »Ich bin ein hoffnungsloser Fall von Zaubertalent«, sagte sie. »Ich hab noch nie in meinem Leben einen Zauberspruch richtig gesagt oder gesungen.« Und als Tonino nicht aufhörte sie anzustarren, fügte sie hinzu: »Schade, dass du nicht gewettet hast! Ich bin *viel* schlechter im Zaubern als du!«

Tonino konnte das nicht glauben. »Was?! Wirklich? Warum? Kannst du dir auch keine Sprüche merken? Oder was sonst?«

»Oh, auswendig lernen kann ich sie sehr gut!« Angelica nahm den abgebrochenen Wasserhahn wieder in die Hand und kratzte damit zornig tiefe, gelbe Kratzer in die gefirnisste Tischplatte. »Ich kenne Hunderte von Zaubersprüchen«, sagte sie. »Aber ich mach immer was falsch dabei. Zuerst einmal bin ich unmusikalisch. Ich kann keine Note richtig singen, und wenn es um mein Leben ginge. So wie jetzt zum Beispiel.« Sorgfältig, als wäre sie ein Handwerker, der kunstvolle Schnitzereien macht, schälte sie eine lange Locke Firnis vom Tisch ab. Dabei verwendete sie den Wasserhahn wie ein Hohleisen. »Aber es ist nicht nur das«, sagte sie ärgerlich und arbeitete emsig weiter. »Ich krieg auch falsche Wörter dazwischen. Alles ist falsch. Aber meine Sprüche funktionieren immer. Das ist das Allerschlimmste. Ich habe meiner Familie schon alle Regenbogenfarben angehext. Ich habe das Wasser in der Babybadewanne in Wein und den Wein in Bratensoße verwandelt. Einmal habe ich mir selber den Kopf verdreht, mit dem Gesicht nach hinten. Ich kann bestimmt viel schlechter zaubern als du. Ich *trau* mich einfach nicht, Zaubersprüche zu verwenden. Katzen versteh ich gut. Und trotzdem hab ich meine Katze unabsichtlich purpurrot gezaubert.«

Tonino sah ihr mit ziemlich gemischten Gefühlen zu, wie sie mit dem Wasserhahn Kerben in den Tisch schnitzte. Praktisch gesehen war das eine schlimme Neuigkeit. Keiner von beiden konnte also hoffen, gegen den mächtigen Zauberer, der sie gefangen hatte, anzukommen. Andererseits war Tonino noch nie jemandem begegnet, der noch schlechter im Zaubern war als er selbst. Ein wenig hochmütig dachte er, dass er noch nie einen Fehler im Spruchzaubern begangen hatte, und fühlte sich gleich viel besser. Wie würde meine Familie wohl reagieren, wenn ich ihnen der Reihe nach alle Farben des Regenbogens anzauberte?, überlegte er. Für die strengen Petrocchis war das sicher abscheulich. »Macht sich deine Familie was draus?«, fragte er.

»Nicht besonders«, sagte Angelica überraschenderweise. »Es macht ihnen genauso wenig aus wie mir. Nein, es macht ihnen nicht einmal halb so viel aus wie mir. Alle lachen freundlich, immer wenn ich wieder einmal einen Fehler mache. Aber sie haben es nicht gern, wenn jemand außerhalb der Casa es erfährt. Papa sagt, alle Leute wissen, dass ich ihn grün gehext habe, und er möchte nicht, dass mich draußen jemand auch nur sieht, bevor ich es nicht besser kann.«

»Aber du bist doch im Palast gewesen!«, sagte Tonino. Angelica übertreibt, dachte er.

»Nur weil meine Cousine Monica ein Baby bekommt und alle anderen bei der Alten Brücke mitarbeiten mussten«, sagte Angelica. »Papa musste Renata von ihrer Schicht wegholen und meinen Bruder aus dem Bett treiben, damit er kutschierte, nur damit wir genug waren.«

»Wir waren fünf!«, sagte Tonino mit erhobener Nase.

»Unsere Pferde sind im Regen eingegangen.« Angelica wandte sich von ihrer Schnitzerei ab und schaute Tonino tapfer an. »Mein Bruder hat gesagt, eure mussten auch zergehen, wo ihr doch nur einen Kutscher aus Pappe gehabt habt.«

Jetzt wird's ungemütlich, dachte Tonino. Es stand eins zu null für Angelica. »Unser Kutscher ist auch zergangen«, gab er zu.

»Das hab ich mir gedacht«, sagte Angelica. »Ich hab es dir gleich angesehen.« Siegesbewusst schnitzte sie weiter am Tisch herum.

»Es war nicht unsere Schuld«, protestierte Tonino. »Chrestomanci behauptet, dass es einen feindlichen Zauberer gibt.«

Angelica grub mit solcher Heftigkeit einen Span aus dem Firnis, dass der Tisch sich seitwärts neigte und Tonino ihm einen Stoß geben musste, damit er wieder gerade stand. »Und jetzt hat er *uns* erwischt«, sagte sie. »Und er hat sich genau die beiden ausgesucht, die nicht gut zaubern können. Wie kommen wir da bloß heraus und wischen ihm eins aus, Tonino Montana? Hast du eine Idee?«

Das Kinn in die Hand gestützt, saß Tonino da und dachte nach. Er hatte wahrhaftig genug Bücher gelesen. Und in Büchern wurden häufig Leute gekidnappt, in seinen Lieblingsbüchern – und das war wie ein schlechter Witz – entwischten sie, ohne Zauberkräfte irgendwelcher Art zu verwenden. Aber hier gab es keine Türen. Und das ließ eine Flucht unmöglich erscheinen. Aber – halt! Die Donnerstimme hatte ihnen Essen versprochen. »Wenn sie glauben, dass wir uns gut benehmen«, sagte Tonino, »bringen sie uns wahrscheinlich ein Nachtmahl. Und das müssen sie doch irgendwie hereintragen. Und wenn wir Acht geben, wie es hereinkommt, können wir vielleicht auf demselben Weg hinaus!«

»Vergiss nicht den Zauberspruch draußen«, sagte Angelica düster.

»Hör doch auf dauernd über Zaubersprüche zu lamentieren!«, sagte Tonino. »Habt ihr Petrocchis kein anderes Gesprächsthema?«

Angelica gab keine Antwort, sie kratzte einfach weiter mit ihrem Wasserhahn.

Tonino saß bleich auf seinem Stuhl und überdachte das bisschen Zaubern, das er wirklich beherrschte. Das Nützlichste schien ihm ein einfacher Gegenzauberspruch zu sein.

»Ein Gegenzauberspruch«, sagte Angelica und kratzte sorgfältig weiter. Auf dem Fußboden lag schon ein ganzes Häuflein gelber Farbspäne. »Ein richtiger Gegenzauberspruch hält vielleicht den Eingang offen. Weißt du einen?«

»Ich weiß einen«, sagte Tonino.

»Mein kleiner Bruder auch«, sagte Angelica, »und der ist noch ein Baby. Der könnte uns vielleicht mehr helfen.«

Das Nachtmahl erschien. Es erschien ohne Vorwarnung auf einem Tablett, das von den Fenstern her auf die Kinder zuschwebte. Tonino war völlig überrumpelt.

»Zauberspruch singen!«, rief Angelica. »Nicht glotzen!«

Tonino sang den Spruch, in aller Eile und überrascht, wie er war, aber er war doch sicher, dass der Gegenzauber richtig herauskam. Leider war es das Tablett, auf das der Zauber wirkte. Das Tablett mit dem Essen begann zu wachsen. Innerhalb von Sekunden war es größer als die Tischplatte. Es schwebte dabei weiter auf den Tisch zu und wurde immer größer. Tonino wich vor zwei dampfenden, badewannengroßen Schüsseln mit Suppe und orangefarbenem Spaghetti-Dickicht zurück. Alles wuchs immer weiter und kam immer näher. Es war nun schon fast so groß wie das Zimmer. Tonino drückte sich mit dem Rücken gegen die Wand und überlegte, ob vielleicht Angelicas Zauberspruchprobleme etwas mit diesem Irrtum zu tun hatten.

Angelica presste sich gegen die Badezimmertüre.

»Wirf dich auf den Fußboden!«, schrie Tonino. Beide waren in größter Gefahr. Sie krochen unter das Tablett, das nun über ihnen hing wie eine zu niedrige Zimmerdecke. Der ungeheure Duft der Spaghetti erdrückte sie fast.

»Was hast du bloß gemacht?«, sagte Angelica und kam auf Händen und Knien auf Tonino zugekrochen. »Du hast den Spruch nicht richtig erwischt!«

»Ja, aber das Tablett wird größer. Vielleicht bricht es das Zimmer auseinander!«, sagte Tonino.

Angelica sah ihn beinahe respektvoll an. »Das ist fast eine gute Idee.«

Aber es war eben nur fast eine. Das Tablett stieß an alle vier Wände. Sie hörten, wie es dagegenkrachte, es schwankte, knackste und quietschte, aber die Wände gaben nicht nach.

Das Tablett hörte auf zu wachsen.

»Dieses Zimmer ist wirklich verzaubert«, sagte Angelica. Aber das klang nicht nach »Ich-hab-es-dir-ja-gleich-gesagt«, sondern einfach niedergeschlagen.

Tonino sang den Gegenzauberspruch sorgfältig und korrekt. Das Tablett schrumpfte plötzlich. Die Kinder blieben auf dem Fußboden knien und bekamen ihr Abendessen in vernünftiger Größe hübsch in der Mitte des Tisches serviert. »Wir können essen«, sagte Tonino. Er ärgerte sich schon wieder, als Angelica ihren Löffel aufhob und sagte: »Ich bin froh, dass ich nicht der einzige Mensch bin, dem Sprüche schiefgehen.«

»Ich weiß genau, ich hab ihn richtig hingekriegt«, murmelte Tonino seinem Löffel zu, aber Angelica überhörte das. Und Tonino war noch viel mehr beleidigt, als er bemerkte, dass Angelica ihn neugierig ansah. »Was ist denn jetzt wieder los?«, knurrte er.

»Ich habe auf deine schlechten Essmanieren gewartet«, sagte sie. »Aber mir scheint, du hast heute deinen Gut-benimm-Tag.«

»Ich esse immer so ordentlich!« Tonino merkte, dass er zu viele Spaghetti auf die Gabel gerollt hatte. Eilig wickelte er sie wieder ab.

Auf Angelicas Stirn entstand eine ganze Landschaft von Falten. »Nein. Montanas essen immer unappetitlich«, sagte sie. »Das kommt davon, weil der alte Ricardo Petrocchi sie ihre eigenen Worte hat schlucken lassen.«

»Erzähl keinen Unsinn«, sagte Tonino. »Es war der alte Francesco Montana, der die *Petrocchis* gezwungen hat, *ihre* Worte zu schlucken.«

»Nein!«, sagte Angelica hitzig. »Das war die erste Geschichte, die ich überhaupt gelernt habe. Die Petrocchis haben die Montanas gezwungen, ihre ekelhaften Sprüche als Spaghetti zu essen.«

»Haben sie nicht. Es war genau umgekehrt!«, sagte Tonino. »Bei mir war es *auch* die erste Geschichte, die ich überhaupt gelernt habe.«

Sie hatten plötzlich keine Lust mehr, ihre Spaghetti aufzuessen. Sie legten die Gabeln nieder und stritten weiter.

»Und weil sie diese Sprüche geschluckt haben«, sagte Angelica, »sind die Montanas so unappetitlich geworden und haben angefangen, ihre Onkel und Tanten aufzuessen.«

»Nein! So was tun wir nie!«, rief Tonino. »Aber ihr fresst Babys!«

»Wie kannst du es wagen!«, schrie Angelica. »Ihr fresst Kuhfladen statt Pizza und man kann das Haus Montana schon riechen, wenn man auf dem Corso ist!«

»Die Casa Petrocchi riecht man schon von der Via Sant' Angelo!«, sagte Tonino. »Und eure Fliegen hört man schon auf der Neuen Brücke surren! Ihr kriegt Kinder wie Kaninchen, und …«

»Lüge!«, tobte Angelica. »Du denkst dir das alles nur aus, damit die Leute nicht erfahren, dass die Montanas nie ordentlich heiraten!«

»Doch! Wir heiraten!«, keifte Tonino. »*Ihr* heiratet nicht!«

»Das möchtest du wohl!«, schrie Angelica gellend. »Ich kann dir beweisen, dass mein Bruder geheiratet hat, in der Kirche! Gerade nach Weihnachten! So!«

»Das glaub ich dir nicht«, sagte Tonino. »Und meine Schwester wird im Frühjahr heiraten! So!«

»Ich war *Brautjungfer!*«, kreischte Angelica.

Während sie noch stritten, schwebte das Tablett ruhig vom Tisch und verschwand irgendwo in der Nähe der Fenster. Tonino und Angelica sahen sich danach um und ärgerten sich fürchterlich, dass sie versäumt hatten zu beobachten, wie es herein- und hinausgelangt war.

»Schau, was du angestellt hast!«, sagte Angelica.

»Es ist deine Schuld, weil du Lügen über meine Familie erzählst!«, sagte Tonino.

Neuntes Kapitel

»Wenn du nicht aufpasst«, sagte Angelica sprühend vor Zorn, »dann sing ich den ersten Spruch, der mir einfällt. Und hoffentlich verwandelt er dich in eine Schnecke.«

Das war wirklich eine Drohung. Tonino sank der Mut. Aber die Ehre der Montanas stand auf dem Spiel. »Nimm sofort zurück, was du über meine Familie gesagt hast!«, sagte er.

»Nur wenn du zurücknimmst, was du über meine Familie gesagt hast«, sagte Angelica. »Schwöre beim Engel von Caprona, dass keine einzige von diesen scheußlichen Lügen wahr ist. Schau, da ist der Engel. Komm her und schwöre!« Ihr rosa Finger zeigte auf die Tischplatte. Angelica erinnerte Tonino an seinen Lehrer in der Schule, wenn er einen schlechten Tag hatte.

Tonino verließ seinen quietschenden Stuhl und beugte sich über den Tisch, um zu sehen, worauf sie deutete. Angelica wischte einen Berg kleiner gelber Lacksplitter fort und zeigte ihm, dass sie mit dem nutzlosen Wasserhahn tatsächlich einen Engel in die Tischplatte geritzt hatte. Es war eine bemerkenswert gute Zeichnung, besonders wenn man bedenkt, dass ein Wasserhahn kein sehr gutes Schnitzwerkzeug ist und ständig abrutscht. Aber Tonino hatte keine Lust, Angelicas Werk zu bewundern.

»Du hast die Schriftrolle vergessen«, sagte er.

Angelica sprang so heftig auf, dass ihr zerbrechlicher Stuhl krachend umfiel. »Das reicht! Du willst es ja so haben!« Sie marschierte zu den Fenstern hinüber und stellte sich in Imponierhaltung auf. Von dort blickte sie mit erhobenen Händen zu Tonino hinüber, um zu sehen, ob er klein beigeben würde.

Tonino hätte gern klein beigegeben. Er wollte keine Schnecke sein. Er grub in seinem Hirn nach einem Ausweg, wie er nachgeben könnte, ohne dass es bloß nach Feigheit aussah, aber er war auch da ein Langsamer.

»Also gut«, sagte Angelica. »Jetzt verzaubere ich dich.« Und sie begann zu singen.

Angelicas Stimme klang schrecklich. Einmal schneidend scharf und einmal weich wie Watte. Und außerdem wechselte sie ständig die Tonart. Tonino hätte sie gern unterbrochen oder zumindest abgelenkt, aber er traute sich nicht. Es würde alles vielleicht noch schlimmer machen. So wartete er, während Angelica ein paar Verse eines Zauberspruches hervorquietschte.

Der Spruch schien sich um die Worte »dreh den Spruch um, brich den Spruch ab« zu drehen. Da Tonino aber ein Junge war und kein Zauberspruch, würde ihm hoffentlich nichts geschehen. Beim dritten Vers hob Angelica die Arme höher und kreischte:

»Dreh den Spruch ab, brich den Spruch rund!«

»Das ist falsch«, sagte Tonino.

»Jetzt hast du mich rausgebracht«, keifte Angelica und drehte sich um. Eine Hand zeigte nun zum Fenster. *»Ich befehle das Losbinden des Gebundenen, das Entfesseln des Gefesselten!«*, sang sie schrill.

Tonino blickte eilig an sich herunter, aber er schien noch immer vorhanden zu sein und war auch gefärbt wie gewöhnlich. Er sagte sich, er hätte schon immer gewusst, dass ein so verpfuschter Pfuschspruch nicht wirken konnte.

Da gab es ein lautes Krachen an der Decke direkt über dem Fenster. Der ganze Raum schwankte und dann sprang zu Toninos Freude die ganze Vorderfront des Zimmers, mitsamt Fenstern und allem, von den Seitenwänden und der Decke ab und fiel mit einem leisen Klappen nach draußen. Es war ein merkwürdiges Geräusch für den Einsturz einer ganzen Zimmerwand. Modergeruch kam durch die Öffnung gezogen.

Angelica war ebenso überrascht wie Tonino, aber das hinderte sie nicht daran, sich mit einem triumphierenden Lächeln zu ihm herumzudrehen. »Na, siehst du? Meine Sprüche wirken immer!«

»Gehn wir!«, sagte Tonino. »Schnell! Bevor wer kommt!«

Sie rannten über die gemalte Holzvertäfelung zu den Fenstern, über die Kerben hinweg, die Tonino mit dem Sessel geschlagen hatte. Sie stiegen über die überraschend saubere Kante, dort, wo die Wand die Decke berührt hatte, auf eine Terrasse vor dem Haus.

Sie schien aus Holz zu sein und nicht aus Stein, wie Tonino erwartet hatte. Und jenseits davon …

Sie blieben stehen, gerade noch rechtzeitig – am Rand einer hohen Klippe. Beide schwankten sie und hielten sich aneinander fest. Die Klippe ging steil senkrecht nach unten in undurchdringliche Dunkelheit. Sie konnten nicht bis ganz unten sehen. Sie konnten auch nicht viel mehr sehen, als sie dann aufwärts blickten, und auch nicht, als sie geradeaus sahen. Von dort kam gleißend rotgoldenes Sonnenlicht und blendete sie.

»Mir scheint, diese Aussicht ist noch verhext«, sagte Tonino.

»In diesem Fall«, erklärte Angelica, »gehn wir einfach weiter. Es muss eine Straße oder ein Garten da sein. Wir sehen sie bloß nicht.«

Es musste gewiss etwas dergleichen dort sein, aber es fühlte sich weder so an, noch sah es so aus. Tonino konnte die ungeheure Leere unter den Klippen förmlich spüren. Man hörte keinerlei Stadtlärm, aber da war dieser befremdende Modergeruch.

»Feigling!«, sagte Angelica.

»Geh doch du!«, sagte Tonino.

»Ich geh nur, wenn du gehst!«, sagte sie.

Plötzlich schwebten sie in der Luft und schauten einander verblüfft an.

Und als sie so schwebten, wurde der Glanz der Sonne von einer riesigen schwarzen Gestalt verdeckt. *»Abscheulich!«*, sagte die Donnerstimme. »Böse Kinder muss man strafen!«

Eine gewaltige Kraft schwemmte die Kinder zurück auf die herabgestürzte Zimmerwand. Die Wand erhob sich energisch und riss Angelica und Tonino mit sich. Hilflos rutschten und rollten sie, bis sie mit einem Plumps auf dem gemalten Teppich landeten. Tonino war so schwindlig, dass er kaum wahrnahm, dass die Wand mit einem Klick wieder zurück an ihren Platz schnappte. Dann wurde seine Benommenheit noch stärker. Tonino erkannte, dass er sich in der Macht eines weiteren Zauberspruchs befand. Er kämpfte wütend dagegen an, aber wer immer den Spruch geschleudert hatte, er war ungeheuer stark. Tonino fühlte ein Wogen und Stoßen. Das Licht von den Fenstern her wechselte wieder und wieder. Er hätte schwören können, dass das Zimmer fortgetragen wurde! Mit einem Ruck hielt es an. Er hörte Angelica ein Gebet murmeln und fand das sehr verständlich. Und dann verlor er das Bewusstsein.

Er kam wieder zu sich, weil der unbekannte Zauberer es so wollte. Dessen war Tonino sich ganz sicher. Denn seine Bestrafung wäre ja nur halb so unterhaltsam für diesen Zauberer, wenn Tonino nichts davon bemerkte. Er befand sich in einem Wirbel von Licht und Lärm. Tonino raste auf einer schmalen hölzernen Plattform hin und her und schleppte dabei eine Kette von Würsten. Er trug ein leuchtend rotes Nachthemd und in seinem Gesicht war etwas Schweres. Jedes Mal, wenn er das eine Ende der hölzernen Plattform erreichte, fand er dort einen weißen Hund aus Pappe mit einer Papierkrause um den Hals. Der

Pappmund des Hundes klappte auf und zu, er machte pappschwache Versuche, die Würste zu erwischen.

Es war unangenehm laut rundum. Tonino selbst trug mit seinem Geschrei auch noch zu diesem Lärm bei.

»Oh, was für ein intelligenter Bursche! Oh, was für ein intelligenter Bursche!«, hörte er sich selbst quäken mit einer Stimme, die mit der seinen keinerlei Ähnlichkeit hatte. Es klang eher so, wie wenn man auf einem seidenpapierbedeckten Kamm bläst.

Lärm kam von der erleuchteten Öffnung auf der einen Seite. Laute Stimmen brüllten und lachten und dazu erklang blecherne Musik. Ich träume, dachte Tonino, aber er wusste, dass er nicht träumte. Er hatte eine leise Vorstellung, was geschah, obwohl sein Kopf noch immer benommen war und seine Augen nur trüb sahen. Als er auf der kleinen Plattform zurück raste, schielte er auf das Schwere in seinem Gesicht. Und er konnte, wenn auch verschwommen, dort eine große rosarote Nase sehen, doppelt so groß wie seine eigene. Er, Tonino selbst, war Hanswurst!

Natürlich versuchte er sofort die Fersen in den Boden zu stemmen und das ewige Auf- und Abgerenne zu stoppen. Und er versuchte die Hand zu heben und die ungeheure rosarote Nase abzureißen. Er brachte beides nicht fertig. Noch schlimmer: Wer immer ihn in den Hanswurst verwandelt hatte, schien ein gemeines Vernügen daran zu haben, ihn immer schneller laufen zu lassen und die Würste immer heftiger um ihn herumwirbeln zu sehen.

»Sehr gut, sehr gut, bravo!«, schrie jemand gellend aus der erleuchteten Öffnung.

Tonino kannte die Stimme. Er hastete wieder vorwärts gegen den Papphund Peppino, wirbelte ihm die Würste vom Pappmaul fort und wartete, dass sein Kopf und seine Augen wieder klarer würden. Das würden sie, da war er ganz sicher. Denn jener gemeine Kerl wollte ja, dass er alles mitbekam.

»Oh, was für ein intelligenter Bursche!«, quäkte die Stimme, als Tonino quer über die Bühne wieder zurückraste. Er warf einen Blick über seine Riesennase gegen die erleuchtete Öffnung. Aber dort war alles verschwommen. So blickte er zur anderen Seite.

Er sah dort die Wand einer goldenen Villa mit vier hohen Fenstern. Neben jedem Fenster stand ein kleiner, dunkler Zypressenbaum. Nun wusste er, warum ihm der fremde Raum so unecht vorgekommen war. Er war als Szenerie gedacht, als Kulisse. Die Tür an der Außenwand war nur aufgemalt. Zwischen der Villa und der Bühne war ein Abgrund. Die Person, die die Puppen führte, musste dort unten gewesen sein, aber Tonino konnte nur schwarze Dunkelheit erkennen. Wahrscheinlich war das alles Zauberei.

Gerade als er dies dachte, wurde er von einer Person aus Pappe abgelenkt, die aus dem Abgrund auftauchte und quäkte, Hanswurst hätte ihre Würste gestohlen. Tonino war gezwungen still zu stehn und zurückzuquäken und er war froh, dass er wenigstens nicht schon wieder rennen musste. Inzwischen packte der Hund aus Pappe die Würste und verschwand damit außer Sichtweite. Zuschauer klatschten und brüllten: »Seht euch Peppino an!«

Die Pappfigur raste an Tonino vorüber und quäkte, er würde die Polizei holen.

Wieder versuchte Tonino einen Blick in den Zuschauerraum zu werfen. Diesmal konnte er undeutlich einen glänzend erhellten Raum erkennen und schwarze große Gestalten, die auf Stühlen saßen, aber er sah das alles wie jemand, der gegen die Sonne zu schauen versucht. Tränen standen ihm in den Augen. Eine Träne rollte an seiner rosaroten Nase hinunter. Tonino konnte fühlen, dass im Zuschauerraum jemand saß, der entzückt war ihn weinen zu sehen.

Tonino ärgerte sich, aber er freute sich auch. Denn er weinte ja nicht wirklich. Es sah ganz so aus, als könne die gemeine Person im Zuschauerraum mit ihren eigenen bösen Gedanken irregeführt werden. Tonino versuchte, den Betreffenden zu erkennen. Aber alles, was er deutlich sehen konnte, war eine Schnitzerei weit oben, schon fast an der Decke des undeutlich sichtbaren Zuschauerraumes. Es war der Engel von Caprona. Eine Hand hatte er segnend ausgestreckt, in der anderen hielt er die Schriftrolle.

Dann wurde Tonino umgedreht und sah sich Margarita gegenüber. Die Bühnenwand der Villa war verschwunden und die Szene spielte nun in dem Raum, den er nur zu gut erkannte, nur dass die silbernen Kerzenleuchter jetzt künstlich leuchteten. Margarita kam über die Bühne daher und trug ein weißes Wickelkleid. Sie hatte ein blaues Nachthemd an und eine blaue Mütze auf. Ihr Gesicht war malvenfarben mit einer Nase, die fast so groß und rosa war wie die Toninos. Aber die Augen zu beiden Seiten der Nase gehörten Angelica. Diese Augen waren weit aufgerissen vor Schreck, aber gleichzeitig blinzelten sie Tonino flehend an. Angelica quäkte: »Ich muss ausgehn, Hanswurst! Pass auf das Baby auf!«

»Ich will nicht auf das Baby aufpassen!«, quäkte er zurück.

Das ganze dumme nun folgende Gespräch lang konnte er sehen, wie Angelicas Augen ihm zuzwinkerten. Sie flehten ihn an, sich einen Zauberspruch auszudenken, damit all dies hier endlich aufhöre. Aber natürlich konnte Tonino das nicht. Er war überzeugt, nicht einmal Rinaldo oder nicht einmal Antonio hätten einen so mächtigen Zauber wie diesen aufhalten können. Engel von Caprona, dachte er. Hilf uns! Er fühlte sich gleich besser, obwohl der Zauber weiterging. Angelica drückte ihm das Baby in die Arme, duckte sich und verschwand.

Das Baby fing an zu plärren. Es war viel realistischer als der Hund Peppino. Es war zwar gleichfalls aus Pappe, aber es wackelte und winkte mit den Armen und schrie ganz fürchterlich. Tonino konnte sich gut vorstellen, dass er das Kind seiner Cousine Claudia im Arm hielt. Es war schrecklich für ihn, sich so mit dem Baby herumzuschlagen, und er fing an stumm das Lied des Engels von Caprona zu singen. Es waren vielleicht nicht die richtigen Worte, aber er fühlte, dass sie trotzdem etwas bewirkten. Als er schließlich das weiße Bündel von der Bühne in den Zuschauerraum warf, konnte er tief unten den schimmernden Fußboden sehen, auf den das Baby fiel. Tonino blickte zu den klatschenden Zuschauern hinunter und konnte sie endlich ganz deutlich sehen.

Die erste Person, die er erkannte, war der Herzog von Caprona. Er saß auf einem vergoldeten Stuhl in einem Geglitzer von Knöpfen und lachte dröhnend. Tonino hätte gern gewusst, wie er über so etwas Schreckliches lachen konnte, bis er sich erinnerte, dass ja auch er selber schon des Öfteren da unten gestanden und sich über dasselbe Schreckliche fast kaputtgelacht hatte. Aber da waren es ja nur Puppen gewesen. Ihm fiel ein, dass der Herzog natürlich glaubte, sie *wären* Puppen. Der Herzog lachte über die Geschicklichkeit des Puppenspielers.

»Oh, was für ein intelligenter Bursche!«, quäkte Tonino und musste nun fröhlich dazu herumtanzen, obwohl ihm überhaupt nicht danach zumute war. Aber während er tanzte, blickte er angestrengt in den Zuschauerraum, um zu erkennen, wer es war, der wusste, dass er keine Puppe war.

Zu seinem Schrecken schienen es einige zu wissen. Er las es in den Gesichtern dreier ernster Männer, die nahe beim Herzog saßen, und in den Gesichtern zweier Damen, die die Herzogin begleiteten.

Und dann sah Tonino die Herzogin. Und sobald er sie sah, die amüsiert hochgezogenen Brauen, ihr verstohlenes Lächeln auf den schmalen Lippen – da wusste er, dass *sie* es war, die so mit ihm umsprang.

Er beobachtete ihre Augen. Ja, sie war eine Zauberin. Das war es also, was ihn bei seinem Besuch im Herzogspalast so beunruhigt hatte. Die Herzogin fing seinen Blick auf und lächelte unverhohlen, weil Tonino mit seiner Erkenntnis überhaupt nichts anfangen konnte.

Und das erschreckte Tonino zutiefst.

Aber nun kam Angelica angestürzt mit einem dicken Prügel in den Armen und er hatte keine Zeit mehr, über die Herzogin nachzudenken.

»Was hast du mit dem Baby getan?«, quäkte Angelica. Und sie bearbeitete Tonino mit dem Stock. Es tat wirklich weh. Tonino ging in die Knie und sie schlug weiter auf ihn ein. Tonino konnte Angelicas Lippen zittern sehen. Trotz ihrer dummen, quäkenden Stimme, die immerzu sagte: »Ich werde dich lehren ein Baby wegzuwerfen«, formte ihr Mund die Worte des Liedes vom Engel von Caprona.

Sie wusste, wie das Stück weiterging. Tonino sprach gleichfalls die Worte des Engel-Liedes und versuchte, sich auf den Boden zu ducken. Aber das half ihm nichts. Jemand zwang ihn aufzuspringen, Margarita den Stock zu entreißen und damit Angelica zu verprügeln. Tonino konnte den Herzog lachen sehen. Die Höflinge schmunzelten. Die Herzogin lächelte jetzt ganz offen, denn sie wusste, dass Tonino nun Angelica erschlagen musste. Tonino versuchte, den Stock so zu halten, dass er Angelica nur streifte. Sie mochte eine Petrocchi sein und ein ganz und gar und durch und durch Ärger erregendes Mädchen, *das* hatte sie jedoch nicht verdient. Aber der Stock sprang auf und ab nach seinem eigenen Takt und riss Toninos Arme mit.

Angelica fiel hin. Sie lag da, ihr Kopf hing über die Vorderbühne hinab, und sie sah genau wie eine Puppe aus. Tonino musste sie in den Abgrund zwischen der falschen Villa und der Bühne hinunterstoßen. Er hörte sie weit unten aufschlagen. Und jetzt musste er noch hopsen und vor Freude gackern. Er sah, wie die Herzogin den Kopf zurückwarf und so herzlich lachte wie der Herzog.

Tonino hasste sie. Er war so wütend und es war ihm so elend dabei, dass er sich nicht darum scherte, als ein Polizist aus Pappe erschien. Er jagte ihn mit dem Prügel und fiel über den Polizisten her, als wäre der die Herzogin und nicht bloß ein Männchen aus Pappe.

»Geht's dir gut, Lucrezia? Gefällt es dir?«, hörte er den Herzog fragen.

Tonino blinzelte seitwärts, als er den nächsten mächtigen Schlag auf den Helm des Papppolizisten niedersausen ließ. Er sah die Herzogin zusammenzucken, als der Schlag traf, und war gar nicht überrascht, als der Polizist plötzlich entwischte. Er selbst wurde nun zu wilden Freudensprüngen und noch lauterem Quäken gezwungen. Er musste es einfach tun. Und er fühlte sich plötzlich wirklich vergnügt, als er zum tausendsten Mal »Oh, was für ein intelligenter Bursche!« quäkte. Denn er hatte plötzlich begriffen, wie das alles zusammenhing: Auf seltsame Weise *war* die Herzogin der Polizist! Sie tat irgendetwas von sich selbst in all diese Puppen hinein und ließ sie tanzen und handeln. Aber Tonino durfte sie nicht wissen lassen, dass er es wusste.

Er sprang und kicherte, er bemühte sich, dabei entsetzt zu wirken, und gleichzeitig behielt er den geschnitzten Engel im Auge, der hoch über der Eingangstür des Raumes schwebte.

Nun erschien der Henker. Er schleppte einen kleinen, hölzernen Galgen an, von dem eine Seilschlinge baumelte. Tonino sprang vorsichtiger. Diese Schlinge war für ihn bestimmt. Anderseits – wenn dieses Hanswurst-und-Margarita-Stück so weiterging, wie es vorgesehen war, dann könnte es für die Herzogin schlecht ausgehen.

Die dumme Szene begann. Tonino hatte sich noch nie in seinem Leben so angestrengt. Ununterbrochen wiederholte er in seinem Kopf die Worte des Engels, als Gebet und zugleich als Täuschungsmanöver, damit die Herzogin nicht mitbekam, was er vorhatte. Zur selben Zeit dachte er rachedurstig daran, dass der Henker nicht bloß eine Puppe war. Es war die Herzogin selbst, die ihm ans Leben wollte. Und ebenfalls zur selben Zeit blödelte er hanswurstelig, so sehr er es vermochte. So konnte es hoffentlich nicht schief gehen.

»Komm doch, Hanswurst«, krächzte der Henker. »Steck doch bitte nur ein bisschen deinen Kopf in diese Schlinge!«

»Wie macht man denn das?«, fragte Hanswurst

Tonino schlau. Es war gar nicht so einfach, sich dumm zu stellen.

»Du tust einfach deinen Kopf hier herein!«, krächzte der Henker und steckte eine Hand durch die Schlinge.

Hanswurst Tonino zitterte vor Hinterlist. Er hielt den Kopf zuerst auf die eine Seite der Schlinge, dann auf die andere. »Ist es so richtig? Oder besser so?« Und dann, sich noch dümmer stellend: »Ich weiß nicht, wie man das macht! Willst du es mir nicht zeigen?«

Entweder wollte die Herzogin mit Toninos Gefühlen spielen oder sie versuchte dieselbe List. Die Szene wiederholte sich einige Male. Und immer, wenn der Henker seine Hand in die Schlinge steckte, um dem Hanswurst zu zeigen, was er machen sollte, wagte Tonino es nicht, die Herzogin anzusehen. Er schaute den Henker an und dachte ununterbrochen: Das ist die Herzogin! Dabei sagte er innerlich verbissen den Engelspruch auf.

Endlich, zu Toninos großer Erleichterung, wurde der Herzog ungeduldig.

»Mach weiter, Hanswurst!«, rief er.

»Sie müssen den Kopf in die Schlinge stecken, damit ich mich auskenne«, sagte Hanswurst Tonino so eindringlich wie möglich.

»Na schön«, krächzte der Henker. »Wenn du *so* blöd bist!« Und er steckte seinen Pappkopf durch die Schlinge.

Hanswurst Tonino zog eilig die Schlinge zu und

erhängte ihn. Und die ganze Zeit über dachte Tonino: Das ist die Herzogin! Und er zog und zerrte, so fest er konnte. Einen Augenblick lang hing sein ganzes Puppengewicht am anderen Ende des Seils.

Das alles dauerte nur eine Sekunde. Tonino warf einen schnellen Blick auf die Herzogin im Zuschauerraum. Sie war aufgesprungen, die Hände an der Kehle.

Jetzt überfiel Tonino echter Siegestaumel. Doch da wurde er aufs Gesicht geworfen und rutschte halb bewusstlos quer über die Bühne.

Und da musste er liegen blieben. Sein Kopf hing von der Bühne herab. Er konnte nichts mehr sehen, aber er bekam doch mit, dass die Herzogin behutsam fortgeführt wurde. Der Herzog wuselte um sie herum.

Jetzt freu ich mich wie ein Hanswurst, dachte Tonino.

Zehntes Kapitel

Diesen Abend hätte Paolo später am liebsten aus seinem Gedächtnis gestrichen. Er starrte noch immer auf die fahlgelb leuchtende Botschaft im Hof, als die übrige Familie eintraf. Irgendwer schob ihn beiseite, um den Alten Niccolo und Tante Francesca vorbeizulassen, aber Benvenuto fauchte und spuckte wie heißes Fett im Feuer und wollte niemanden durchlassen. »Still, mein Guter«, sagte der Alte Niccolo. »Du hast dein Bestes getan.« Er wandte sich an Tante Francesca. »Das verzeih ich den Petrocchis nie«, sagte er. »Niemals!« Wieder war Paolo ganz erschrocken, wie elend und bleich sein Großvater aussah. Er hatte gedacht, der Alte Niccolo würde die erschöpft keuchende, immer noch schmutzverschmierte Tante Francesca stützen, aber nun merkte er, dass es eher umgekehrt war. »Wir müssen diese entsetzliche Botschaft loswerden«, sagte der Alte Niccolo gereizt zu den anderen.

Er hob die Arme, um der Familie den Einsatz für das Sprechen eines Zauberspruchs zu geben – und brach zusammen. Seine Hände griffen zum Herzen. Er sackte in die Knie. Sein Gesicht hatte eine höchst merkwürdige Farbe. Paolo dachte, der Großvater sei tot. Dann sah er, dass er noch atmete, in unregelmäßigen, abgehackten Stößen. Elizabeth, Onkel Lorenzo und Tante Maria stürzten auf den Alten Niccolo zu.

»Ein Herzanfall!«, sagte Onkel Lorenzo zu Antonio. »Kümmere du dich um den Zauberspruch. Wir müssen ihn hineintragen.«

»Paolo, lauf zum Doktor!«, rief Elizabeth.

Paolo rannte los. Hinter ihm brandete Gesang auf. Als er mit dem Doktor zurückkam, war die gelbe Botschaft verschwunden und der Alte Niccolo war zu Bett gebracht worden. Tante Francesca – immer noch schlammverschmiert und zerrauft – ging im Hof herum wie ein wandelnder Berg, weinte und rang die Hände.

»Sprüche sind verboten!«, rief sie Paolo zu. »Ich hab alles gestoppt!«

»Gut so«, sagte der Doktor säuerlich. »Ein Mann in Niccolo Montanas Alter sollte nicht auf der Straße raufen. Sieh zu, dass deine Großtante sich hinlegt. Sie gehört als Nächste ins Bett.«

Tante Francesca wollte aber allerhöchstens in den Salon gehen, wo sie sich allerdings nicht einmal zum Niedersetzen bewegen ließ. Sie rannte händeringend hin und her, jammerte über den Alten Niccolo, weinte wegen Tonino, erklärte, die großartige Kraft der Casa Montana wäre im Verschwinden begriffen, und stieß die fürchterlichsten Drohungen gegen die Petrocchis aus.

Die anderen benahmen sich nicht anders.

Die Kinder heulten vor Müdigkeit. Elizabeth und die Tanten ängstigten sich um den Alten Niccolo und um Tante Francesca. Im Scriptorium, zwischen den verlassenen Zaubersprüchen, hockten Antonio und die Onkel starr vor Kummer, und der Rest der Casa war angefüllt mit älteren Cousins und Cousinen, die auf und ab liefen und die Petrocchis verfluchten.

Paolo fand Rinaldo misslaunig an das Geländer der Galerie gelehnt, obwohl es nun schon ganz dunkel und empfindlich kühl geworden war.

»Fluch den Petrocchis!«, sagte Rinaldo düster zu Paolo. »Wenn wir nicht zaubern dürfen, können wir uns nicht mehr unser Brot verdienen, geschweige denn eine Hilfe sein, falls es Krieg gibt.«

Paolo fühlte sich trotz seines Jammers sehr geschmeichelt, dass Rinaldo ihn für alt genug zu halten schien mit ihm Familienprobleme zu erörtern. Er sagte: »Ja, es ist grässlich«, und versuchte sich mit derselben Gebärde über das Geländer zu lümmeln wie Rinaldo. Das war nicht leicht, denn Paolo war nicht annähernd groß genug dazu, aber er versuchte es zumindest und sann über Argumente nach, mit denen er Rinaldo überzeugen wollte, dass Tonino sich in den Händen eines feindlichen Zauberers befand. Auch das war nicht leicht. Paolo wusste, Rinaldo würde ihm nicht zuhören, falls er die leiseste Anspielung machte, er hätte mit einer Petrocchi gesprochen – abgesehen davon, dass er lieber gestorben wäre, als das seinem Cousin zu erzählen. Anderseits, wenn er Rinaldo überzeugen könnte, würde dieser Tonino binnen fünf stürmischer Minuten retten. Rinaldo war ein echter Montana.

Während Paolo noch grübelte, sagte Rinaldo ärgerlich: »Was hat diesen blöden Fratzen Tonino bloß dazu gebracht, das verdammte Buch zu lesen? Wenn er wieder da ist, kriegt er von mir einen ordentlichen Denkzettel!«

Paolo zitterte vor Kälte. »Tonino liest doch dauernd Bücher!« Dann richtete er sich ein wenig auf, denn diese elegante Haltung war höchst unbequem, und fragte schüchtern: »Wie werden wir ihn denn zurückkriegen?« Das war eigentlich nicht das, was er hatte sagen wollen. Paolo ärgerte sich über sich selbst.

»Frag nicht so dumm«, sagte Rinaldo. »Wir wissen, wo er ist – in der Casa Petrocchi. Und wenn er's dort ungemütlich hat, ist er selber schuld.«

»Aber er ist nicht in der Casa Petrocchi!«, protestierte Paolo. Soweit er es im Licht der Hoflampe erkennen konnte, blickte Rinaldo ihn spöttisch an. Paolo hatte sich dieses Gespräch ganz anders vorgestellt. »Ein feindlicher Zauberer hat ihn erwischt«, sagte er. »Und zwar genau der, von dem Chrestomanci geredet hat.«

Rinaldo lachte. »Kalter Kaffee, Paolo. Unser Freund hat auch mit den Petrocchis über die Sache gesprochen. Er macht es sich bequem. Er hat diesen Zauberer einfach erfunden, weil er will, dass wir alle miteinander für Caprona schuften. Die meisten von uns haben das sofort durchschaut.«

»Und wer bitte hat dann den Nebel auf dem Corso erzeugt? Wir waren's nicht. Und die Petrocchis auch nicht.«

Aber Rinaldo äußerte nur: »Wer sagt denn, dass sie es nicht waren?«

Da Paolo nicht erklären konnte, Renata Petrocchi hätte das gesagt, vermochte er nichts darauf zu antworten. »Komm mit zur Casa Petrocchi«, sagte er ganz verzweifelt. »Wenn du einen Such-und-Finde-Zauberspruch singst, könntest du gleich herauskriegen, dass Tonino nicht dort ist.«

»Was?«, fragte Rinaldo verblüfft. »Für was für einen Narren hältst du mich, Paolo? Ich geh doch nicht als Einzelner gegen eine ganze Familie von Zaubersprüchlern an! Und *wenn* ich hingehe und einen Spruch sage und sie tun Tonino was an? Jeder würde mir die Schuld daran geben. Denn etwas wissen wir auf jeden Fall. Es zahlt sich nicht aus, Paolo. Und eines will ich dir noch sagen …«

Er wurde von Tante Gina unterbrochen, die unten im Hof rief: »Notti ist der einzige Apotheker, der noch offen hat. Sagt ihm, es ist für Niccolo Montana!«

Mit einiger Erleichterung gab Paolo die elegante Haltung ganz auf und lehnte sich gemütlich über das Geländer, um Corinna und Lucia zu beobachten, die mit dem Rezept des Doktors über den Hof rannten. Der Anblick verursachte ihm Magenschmerzen. »Glaubst du, der Alte Niccolo wird sterben, Rinaldo?«

Rinaldo zuckte die Achseln. »Kann sein. Er hat ja schon ein schönes Alter. Es war ohnehin Zeit, dass der alte Trottel aufgibt. Wieder ein Schritt für mich auf dem Weg zum Familienoberhaupt!«

In Paolos Kopf gab es plötzlich einen seltsamen Knacks. Er hatte nie viel darüber nachgedacht, wer auf Niccolo als Familienoberhaupt der Casa Montana folgen würde – für ihn war klar, dass das sein Vater sein würde. Aus irgendeinem Grund aber hatte er nie daran gedacht, es könnte Rinaldo sein. Nun sah er im Geist Rinaldo vor sich, wie er die Aufgaben des Alten Niccolo übernahm. Und im selben Augenblick wusste er, dass Rinaldo dazu völlig ungeeignet war. Rinaldo war eitel und selbstsüchtig und ein bisschen feige – vorausgesetzt, er konnte ein Feigling sein und trotzdem eine gute Figur machen. Es war, als hätte Rinaldo einen Zauberspruch gesagt, der Paolo die Augen öffnete.

Obwohl Rinaldo doch ein Zauberspruchexperte war, kam es ihm nicht in den Sinn, dass ein paar Worte alles verändern können. Er beugte sich zu Paolo hin und senkte die Stimme zu einem melodiösen Gemurmel. »Ich war im Begriff es dir zu sagen, Paolo: Ich geh herum und werbe unsere jungen Leute an. Wir arbeiten einen Geheimracheplan gegen die Petrocchis aus. Wir werden etwas Grässlicheres tun, als sie ihre eigenen Worte schlucken lassen. Machst du mit? Willst du schwören, bei unserem Plan mitzumachen?« Rinaldo meinte es offenbar ernst. Das würde zu ihm passen: heimlich zu arbeiten mit vielen eifrigen Helfern. Aber Paolo war sich sicher, dass dieser Plan für Rinaldo ein Schritt zu seinem Ziel war, Oberhaupt der Casa Montana zu werden.

Paolo rückte ein Stück am Geländer weiter.

»Bist du bereit?«, flüsterte Rinaldo.

»Sag ich dir später«, entgegnete Paolo. Er wandte sich um und stürzte fort. Rinaldo lachte und versuchte nicht ihn aufzuhalten. Er dachte, Paolo hätte einfach Angst.

Paolo lief in den Hof hinunter und fühlte sich einsamer als je in seinem ganzen Leben. Tonino war nicht da. Tonino war nicht eitel oder selbstsüchtig oder feig. Und niemand würde ihm, Paolo, helfen, Tonino zu finden. Paolo hatte bisher nie bemerkt, wie sehr er Tonino brauchte. Immer hatten sie alles Wichtige zusammen gemacht. Sogar wenn Paolo allein mit seinen eigenen Sachen beschäftigt war, wusste er doch, dass Tonino irgendwo in der Nähe saß und las und jederzeit sein Buch weglegte, wenn Paolo ihn brauchte. Jetzt aber gab es offenbar nichts, was Paolo tun konnte. Und auf dem Haus lastete schwer der Kummer.

Er ging in die Küche und dort schien irgendetwas vorzugehen. Alle kleinen Cousins und Cousinen waren versammelt. Rosa und Marco versuchten Suppe für sie zu kochen.

»Komm herein und hilf uns, Paolo«, sagte Rosa. »Wir wollen Suppe kochen und die Kleinen dann endlich ins Bett stecken, aber es gibt da ein kleines Problem.«

Rosa und Marco sahen beide erschöpft aus. Die Kleinen weinten und quengelten durcheinander und das Baby plärrte.

Das Problem war immer noch Lucias Zauberspruch. Paolo begriff das, als Marco ihm das Baby in die Arme legte. Sein Wickeltuch war schmierig von orangefarbenem Fett.

»Uff!«, sagte Paolo.

»Schlimm, was?«, sagte Rosa. »Also, noch einmal, Marco! Mit einem sauberen Topf und sauberem Wasser. Das ist unser letztes Suppenpäckchen. Mach nicht so ein Gesicht, Paolo, wir haben alles Gemüse ausprobiert, es segelt direkt zum Mülleimer und ist faulig, bevor es dort ankommt.«

Nervös blickte Paolo zur Tür. War der feindliche Zauber mächtig genug ihn zu hören? »Sprecht doch einen Gegenzauberspruch!«, flüsterte er.

»Tante Gina hat sie schon heute Nachmittag alle ausprobiert«, sagte Rosa. »Keiner hat genützt. Weil Lucia die Engel-von-Caprona-Melodie benutzt hat. Jetzt versuchen wir's mit einer Idee von Marco. Fertig, Marco?«

Rosa öffnete das Suppenpäckchen und hielt es über den Kochtopf. Das trockene rosa Pulver rieselte ins Wasser, Marco beugte sich über den Topf und sang angestrengt. Paolo beobachtete sie zutiefst beunruhigt. Als alles Pulver im Wasser war, schauten Rosa und Marco ängstlich gespannt in den Topf. »Haben wir's geschafft?«, fragte Marco.

»Ich glaube –«, begann Rosa, aber dann schrie sie verzweifelt auf: »O nein! Nein!«

Die kleinen Teigmuscheln im Suppenpulver hatten sich in kleine graue echte Seemuscheln verwandelt. »So ein Viehzeug!«, sagte Rosa verzweifelt und holte einen Löffel voll heraus. »Wo ist Lucia? Hol sie her! Sag ihr, ich – nein, sag ihr nichts. Hol sie bloß her, Paolo.«

»Sie ist zur Apotheke gegangen«, sagte Paolo.

Da ertönte Geschrei vom Hof. Paolo reichte das schmierige Baby dem nächsten Cousin und schoss hinaus. Er befürchtete, eine neue fahlgelbe Botschaft zu finden oder dass Lucia irgendetwas passiert war. Aber es war Rinaldo.

Die Onkel mussten alle das Scriptorium verlassen haben, denn Rinaldo veranstaltete in der Mitte des Hofes ein Freudenfeuer aus Zaubersprüchen. Domenico, Carlo und Luigi schleppten geschäftig Arme voll Manuskripten, Kuverts und Schriftrollen von der Galerie herunter. Paolo entdeckte in den Flammen die sich bereits krümmenden Kriegszaubersprüche, die zu kopieren ihn und die anderen Kinder soviel Zeit gekostet hatte. Es war eine schreckliche Vergeudung von Arbeit.

»Die Petrocchis sind schuld!«, brüllte Rinaldo mit einer großartigen Geste. Er stand wirkungsvoll neben den Flammen. Es gehörte eindeutig zu seinem Plan, die Jüngeren für seine Sache zu gewinnen und mit hineinzuziehen.

Paolo war sehr froh, als er Antonio und Onkel Lorenzo aus dem Salon stürzen sah.

»Rinaldo!«, brüllte Antonio. »Rinaldo, wir machen uns Sorgen wegen Umberto. Du musst zur Universität gehn und nachfragen!«

»Schickt doch Domenico«, sagte Rinaldo und wandte sich wieder den Flammen zu.

»Nein«, sagte Antonio. »*Du* gehst.« In der Art, wie er das sagte, lag etwas, das Rinaldo veranlasste vor ihm zurückzuweichen.

»Ich geh ja schon«, sagte er mit einem kurzen Auflachen und hob theatralisch eine Hand. »Ich hab doch nur Spaß gemacht, Onkel Antonio!«

Er hatte es plötzlich sehr eilig. »Tragt die Sprüche zurück«, sagte Onkel Lorenzo zu den andern drei Cousins. »Ich finde es abscheulich, gute Arbeit zu vergeuden!« Domenico, Carlo und Luigi gehorchten wortlos. Antonio und Onkel Lorenzo gingen zu dem Freudenfeuer hin und versuchten die Flammen auszutreten, aber sie brannten zu heftig. Paolo sah die beiden einen schuldbewussten Blick wechseln und sich dann vorneigen und einen Spruch über das Feuer murmeln. Es erlosch augenblicklich, als hätte man es ausgeknipst. Paolo seufzte beunruhigt. Es war klar, dass niemand in der Casa sich abgewöhnen konnte Zaubersprüche zu verwenden. Er hätte gern gewusst, wie lange es dauerte, bis der feindliche Zauberer das bemerkte.

»Hol Licht!«, brüllte Antonio Domenico zu. »Und klaub die Sprüche heraus, die nicht verbrannt sind.«

Paolo verzog sich in die Küche, bevor sie ihn bitten konnten ihnen zu helfen. Das Freudenfeuer hatte ihn auf eine Idee gebracht.

»Es gibt noch ein Päckchen Fleischextrakt«, sagte Rosa gerade. »Wollen wir damit noch einen Versuch wagen?«

»Warum trägst du die Lebensmittel nicht ins Esszimmer?«, fragte Paolo. »Ich mach euch dort Feuer und dann könnt ihr darauf kochen.«

»Der Junge ist ein Genie«, sagte Marco.

Sie folgten Paolos Rat. Rosa kochte auf dem Kaminfeuer und Marco machte Kakao. Die Kinder, Paolo eingeschlossen, bekamen ihr Essen zuerst. Paolo saß auf einer der langen Bänke und war beinahe glücklich. Er durfte nur nicht an Tonino denken und an den Alten Niccolo, der oben in seinem Bett lag. Und er war überrascht und sehr geschmeichelt, als plötzlich ein Bündel aus Krallen und kuschelwarmen, eisenharten Muskeln auf seinen Knien landete. Auch Benvenuto vermisste Tonino. Er rieb sich an Paolo in verzweifelter Anhänglichkeit, aber er schnurrte nicht.

Rosa und Marco machten sich eben daran, die Kleinen zu Bett zu bringen, als in der Dunkelheit draußen plötzlich ein lauter, metallischer Ton zu hören war.

»Heiliger Himmel!«, sagte Rosa und öffnete die Tür zum Hof.

Der Lärm flutete herein, es war ein unregelmäßiger, metallischer Klang. Das Dröhnen – bumm bumm bumm – klang so nahe, dass es nur die Glocke von Sant' Angelo sein konnte. Weiter entfernt schlugen feierlich die Glocken der Kathedrale. Und von noch weiter weg, lauter und leiser, läuteten alle Kirchenglocken von Caprona.

Corinna und Lucia kamen gelaufen, die Gesichter glühend vor Aufregung.

»Es ist Krieg! Der Herzog hat den Krieg erklärt!«

Lucia warf einen kurzen Blick auf das Essen über

dem Kaminfeuer. »Ich lauf schnell zu Tante Gina und bring ihr das Rezept«, sagte sie und rannte aus dem Zimmer.

Marco und Rosa sahen einander an. »Drei Staaten sind gegen uns und wir haben keine Zaubersprüche«, sagte Marco und flüsterte Rosa zu: »Ein kurzes Eheglück war das für uns, Liebste! Ich muss nun gehen.«

»Nein, bitte bleib, Marco!«, schrie Rosa.

»Signor Notti sagt, sie werden morgen die Letzte Reserve einberufen«, sagte Corinna tapfer. Sie fing Rosas Blick auf. »Kommt, Kinder«, sagte sie zu den Kleinen. »Schlafenszeit!«

Während die Kinder zu Bett gebracht wurden, saß Paolo da und streichelte Benvenuto und war trauriger und ratloser denn je. Ob die Soldaten von Florenz, Pisa und Siena vielleicht schon morgen in Caprona waren? Würden sie in den Straßen schießen? Er dachte an große Marmorsplitter, die dann von der Kathedrale heruntergeschossen würden, und auch die Neue Brücke würde vielleicht kaputt geschossen trotz all der Zaubersprüche darin. Er sah feindliche Soldaten, die eine schreiende Rosa wegzerrten. Er wusste, dass all das wirklich geschehen konnte, noch bevor die Woche zu Ende war.

Und im selben Augenblick wusste er auch, dass Benvenuto ihm etwas mitteilen wollte. Er konnte es an dem eindringlichen Starren der gelben Katzenaugen erkennen. Aber er konnte nicht verstehen, *was* Benvenuto ihm sagen wollte.

»Ich möchte dich ja verstehen!«, sagte er zu dem Kater. »Wirklich!« Er hatte das vage Gefühl, dass Benvenuto darüber erfreut war, und davon ermutigt beugte er sich vor und blickte in Benvenutos starrende Augen. Vergeblich. Alles, was ihm dabei in den Sinn kam, war ein Bild vor seinem inneren Auge – ein Bild von irgendwo, das Bild der farbigen Marmorfront eines großen, prachtvollen Gebäudes.

»Meinst du die Kirche von Sant' Angelo?«, fragte er.

Benvenutos Schwanz begann ärgerlich zu schlagen und schlug noch immer, als Rosa und Marco zurückkamen. »Du meine Güte«, sagte Rosa zu Marco. »Jetzt sitzt der arme Paolo da und lässt sich schon wieder von den Sorgen der ganzen Casa Montana erdrücken.«

Paolo blickte überrascht auf.

Marco sagte: »Manchmal schaust du drein wie Antonio!«

»Ich versteh Benvenuto einfach nicht!«, sagte Paolo verzweifelt.

Marco setzte sich neben ihn auf den Tisch. »Dann muss er eben einen andern Weg finden uns zu sagen, was er möchte«, sagte er. »Benvenuto ist ein gescheiter Kater – der gescheiteste, den ich jemals gekannt habe. Er wird's schaffen.« Marco streckte eine Hand aus und Benvenuto ließ sich den Kopf kraulen. »Deine Ohren, lieber Herr Kater«, sagte Marco, »fühlen sich an wie Meeresdisteln ohne Stacheln!«

Rosa setzte sich nun auf der anderen Seite neben Paolo auf den Tisch. »Was hast du, Brüderchen? Machst du dir Sorgen wegen Tonino?«

Paolo nickte. »Niemand glaubt mir, dass der feindliche Zauberer ihn gefangen hat.«

»Wir glauben dir«, sagte Marco.

Rosa sagte: »Paolo, es ist gut, dass er Tonino erwischt hat und nicht dich. Tonino nimmt so was ruhiger hin.«

Paolo war ein wenig verwirrt. »Warum glaubt ausgerechnet ihr zwei an den Zauberer und sonst niemand?«

»Warum glaubst du, dass es ihn gibt?«, fragte Marco zurück.

Sogar Rosa und Marco gegenüber konnte Paolo es nicht über sich bringen, seine peinliche Begegnung mit einer Petrocchi zu gestehen. »Da war so ein schrecklicher Nebel am Ende des Kampfes am Corso«, sagte er.

Rosa und Marco sprangen auf und führten einen Freudentanz auf. Sie klatschten ihre Hände über Paolos Kopf zusammen.

»Es hat geklappt! Es hat geklappt!« Marco ergänzte: »Wir haben so gehofft, jemand würde einen Nebel erwähnen. Ist es dir nicht so vorgekommen, als wäre da ein riesengroßer Gegenzauber dabei?«

»Ja, doch«, sagte Paolo.

»*Wir* haben diesen Nebel erzeugt!«, rief Rosa. »Marco und ich! Wir haben gehofft, dass damit der Kampf aufhört, aber es hat eine kleine Ewigkeit gedauert, bis wir ihn fertig gebracht haben. Die ganze

Zauberkraft von Caprona war ja im Kampf eingesetzt.«

Paolo überlegte. Der Nebel war ihm als einziger Beweis für die Existenz eines fremden Zaubers erschienen, der nicht aus dem Mund eines Petrocchi kam.

Der feindliche Zauberer existierte also doch nicht. Vielleicht befand sich Tonino tatsächlich in der Casa Petrocchi. Er erinnerte sich, dass Renata nicht erwähnt hatte, Angelica werde vermisst, bevor der Nebel sich aufklärte und bevor sie wusste, wer er war. »Bitte«, sagte er, »wollt ihr nicht mitkommen in die Casa Petrocchi und nachsehen, ob Tonino dort ist?«

Paolo bemerkte, dass Marco und Rosa sich über seinen Kopf hinweg anblickten.

»Warum?«, fragte Rosa.

»Weil –«, begann Paolo, »weil –« In seiner Not fiel ihm endlich etwas Überzeugendes ein. »Weil Guido Petrocchi gesagt hat, dass Angelica Petrocchi ebenfalls verschwunden ist.«

»Ich fürchte, wir können nicht mitkommen«, sagte Marco. Es klang ehrlich bedauernd. »Du würdest es verstehen, wenn du wüsstest, warum nicht. Glaub mir!«

Paolo verstand überhaupt nichts. Er wusste ganz genau, dass diese beiden nicht zu feig waren, um zur Casa Petrocchi zu gehen, auch nicht zu stolz. Und das verwirrte ihn noch mehr. »Keiner will mir helfen!«, rief er verzweifelt.

Rosa legte den Arm um ihn. »Du bist genau wie

unser Vater, Paolo. Du glaubst, du musst alles allein machen. Wir können ja auch etwas tun.«

»Meinst du, wir sollten Chrestomanci rufen?«, fragte Marco.

Paolo fühlte, dass Rosa nickte. »Aber der ist doch in Rom!«, wandte er ein.

»Das macht nichts«, sagte Marco. »Er ist ein guter Zauberer. Wenn man ihn dringend genug braucht, dann kommt er, wenn man ihn ruft, wo immer er ist.«

»Ich muss mich wieder ums Essen kümmern!«, rief Rosa plötzlich und sprang vom Tisch.

Gerade als die Mitternachtssuppe fertig war, kam Rinaldo zurück. Er war allerbester Laune. Onkel Umberto und der alte Luigi Petrocchi hatten wieder einmal Streit gehabt und zwar im Speisesaal der Universität. Das war auch der Grund, warum Onkel Umberto nicht sofort nachsehen gekommen war, wie es dem Alten Niccolo ging. Er und Luigi lagen nun beide zu Bett vor Erschöpfung.

Rinaldo hatte mit ein paar Studenten zusammen Wein getrunken. Sie hatten ihm alles über den Zauberkampf erzählt, der abends in der Mensa der Universität stattgefunden hatte. Das Abendessen der Studenten war verhext worden. Koteletts und Nudeln waren im ganzen Saal herumgeflogen, später auch die Sessel und Tische und Bänke. Umberto hatte versucht Luigi in einem Suppentopf zu ertränken und Luigi hatte ihm daraufhin das gesamte Abendessen der Professoren ins Gesicht fliegen lassen. Die Studenten wollten nun streiken. Nicht wegen des Zauberkampfes, sondern weil sie durch Luigi erfahren hatten, dass das Essen der Professoren viel besser war als das der Studenten.

Paolo hörte kaum zu. Er dachte an Tonino und hätte gern gewusst, ob er es wagen sollte, auf das Wort einer Petrocchi zu bauen.

Elftes Kapitel

Nach einer Weile kam jemand und hob Tonino auf. Das war sehr unangenehm. Seine Arme und Beine schleiften und baumelten in alle Richtungen und er konnte nichts dagegen tun. Schließlich wurde er irgendwo hineingestoßen, wo es ganz dunkel war. Und dann lag er allein inmitten von Gepolter und Gescharr, als wäre er in einer Schachtel, die über den Fußboden gestoßen wird. Als die Schachtel anhielt, tastete er um sich. Am ganzen Körper zitternd, setzte er sich auf.

Er befand sich im selben Raum wie zuvor, aber der Raum schien nun viel kleiner zu sein. Wenn Tonino aufstand, streifte sein Kopf den kleinen Kronleuchter an der Decke. Tonino war also größer geworden. Zuerst war er etwa einen Daumen groß gewesen, nun musste er ungefähr dreimal so groß sein. Die Puppen mussten in der Größe zu dem Bühnchen passen, und die falsche Villa sah aus, als wäre sie ziemlich weit weg. Weil die Herzogin plötzlich erkrankt war, hatte sich wohl keiner ihrer Helfer darum gekümmert, wie groß Tonino nun war. Sie hatten sich nur dessen versichert, dass er wieder eingeschlossen war.

»Tonino!«, wisperte Angelica.

Tonino wirbelte herum. Die Hälfte des Raums war mit einem Haufen von schlaffen Puppenkörpern gefüllt. Toninos Blick streifte den Pappkopf des Polizisten, dann seinen Feind, den Henker, das weiß eingewickelte Baby und traf auf Angelica. Sie lag inmitten des Puppenhaufens. Sie hatte wieder ihr eigenes Gesicht, das ganz verschwollen und tränenverschmiert war. Tonino fuhr mit den Händen an seine Nase. Zu seiner Erleichterung war der rote Zinken fort, obwohl er noch immer Hanswursts scharlachrotes Nachthemd trug.

»Tut mir Leid«, sagte Tonino und seine Zähne klapperten plötzlich. »Ich hab versucht dir nicht wehzutun. Hast du dir was gebrochen?«

»Nei-ein«, sagte Angelica. Sie schien sich nicht ganz sicher. »Tonino, was ist geschehen?«

»Ich hab die Herzogin erdrosselt«, sagte Tonino, und während er das sagte, fühlte er stolze Siegesfreude in sich aufsteigen. »Obwohl – ich hab sie nicht ganz umgebracht«, fügte er kleinlaut hinzu.

Angelica lachte. Sie lachte so heftig, dass der Puppenhaufen in Bewegung geriet. Aber Tonino konnte das überhaupt nicht komisch finden. Er brach plötzlich in Tränen aus und es war ihm egal, dass er vor einer Petrocchi heulte.

»Oh du meine Güte!«, sagte Angelica. »Tonino! Hör auf, bitte!« Sie kämpfte sich aus dem Puppenhaufen heraus und er sah durch einen Tränenschleier, wie sie durch den Raum humpelte. Angelica stieß mit dem Kopf gegen den Kristalllüster. Der begann zu klimpern und irr tanzende Schatten auf sie beide zu werfen. Angelica kniete neben Tonino nieder.

»Tonino, bitte hör auf zu weinen! Sie wird verrückt vor Zorn werden, sobald sie sich wieder besser fühlt.« Angelica trug noch immer Margaritas blaues Gewand und ihre blaue Mütze. Sie nahm die Mütze ab und hielt sie Tonino hin. »Da! Putz dir die Nase! Ich hab mich in die Babywindel geschnäuzt, da war mir gleich viel besser.« Sie versuchte ihn anzulächeln, aber es sah ein wenig schief aus, weil ihr Gesicht so verschwollen war. Angelica musste direkt mit dem Gesicht auf den Boden gefallen sein, denn mitten auf ihrer vorgewölbten Stirn hatte sie eine große rote Beule. So sah ihr Lächeln eher grotesk komisch aus.

Tonino verstand, dass es freundlich gemeint war, und lächelte zurück, so gut er es mit seinen klappernden Zähnen konnte.

Angelica ging zu dem Puppenhaufen zurück, stemmte den Henker hoch. Sie kam mit dessen schwarzem Samtumhang zurück. »Hier! Häng dir das um!«

Tonino wickelte sich in den Umhang, schnäuzte sich in die blaue Mütze und fühlte sich gleich viel besser.

Angelica wühlte in den Puppen. »Ich werde die Jacke des Polizisten anziehen«, sagte sie. »Tonino, hast du so etwas für möglich gehalten?«

»Nicht wirklich«, sagte er. »Aber irgendwie doch.« Er hatte es von dem Augenblick an gewusst, als sein Blick auf die Herzogin gefallen war. Sie war der Zauberer, der die Kraft Capronas lähmte und die Zaubersprüche der Casa Montana zunichte machte. Was den Herzog betraf, war Tonino sich nicht ganz sicher. Vielleicht war er einfach zu dumm, er zählte nicht. Aber trotz der Zaubereien der Herzogin mussten die Sprüche der Casa Montana – und der Casa Petrocchi – noch immer so viel Kraft bewahrt haben, dass sie ihr ein Ärgernis waren. Er und Angelica waren gekidnappt worden, um die beiden Casas zu erpressen, keine Zaubersprüche mehr herzustellen. Und wenn sie tatsächlich aufhörten, Zaubersprüche zu erfinden und zu erzeugen, würde Caprona besiegt werden. Das Entsetzliche war, dass Tonino und Angelica die Einzigen waren, die das wussten. Und der Herzogin war es völlig gleichgültig, dass sie es wussten. Nicht einmal jemand, der so klug war wie Paolo, würde jemals auf den Gedanken kommen, in einer Hanswurstbühne im Herzogspalast nach ihnen zu suchen. Wahrscheinlich würden sie beide tot sein, bevor sie irgendjemand fand.

»Wir müssen hier weg«, sagte Angelica. »Unbedingt! Bevor die Herzogin sich erholt hat.«

»Sie wird damit rechnen«, sagte Tonino.

»Nicht unbedingt«, antwortete Angelica. »Alle waren so erschrocken, sag ich dir. Ich hab gesehen, wie sie dich durch den Fußboden gesteckt haben, und ich glaube, auf diese Weise könnten wir auch fliehen. Es wird jetzt leichter sein, weil wir ja nun größer sind.«

Tonino band den Umhang fest. Er fühlte sich so müde und zerschlagen, dass ihm beinahe alles egal war, aber er rappelte sich trotzdem mühsam auf – und schlug wieder mit dem Kopf gegen den Kristalleuchter. Sogleich begannen die flatternden Schatten im Zimmer zu tanzen und es sah aus, als würden sich die

Puppen bewegen. »Wo haben sie mich durchgesteckt?«, fragte er.

»Gerade dort, wo du jetzt stehst«, antwortete Angelica.

Tonino trat einen Schritt zurück und betrachtete die Stelle. Er hätte hier nie irgendeine Öffnung vermutet, aber nun, nachdem Angelica ihn darauf hingewiesen hatte, konnte er im Gewirr des Teppichmusters, verwischt durch den Tanz der schwankenden Schatten, eine kaum sichtbare schwarze Linie erkennen. Sie hatte die Form eines Rechteckes, etwa von der Größe des billigen Esstischs. Das Tablett mit dem Essen musste damals gleichfalls auf diesem Wege hereingekommen sein.

»Sing einen Aufmach-Zauberspruch!«, befahl Angelica.

»Ich weiß keinen«, musste Tonino bekennen.

An Angelicas stocksteifer Haltung konnte er erkennen, dass sie sich zusammenriss, um ihm nicht ein paar Grobheiten ins Gesicht zu schleudern.

»Hm, und ich trau mich nicht«, sagte sie schließlich. »Du hast ja gesehen, was das letzte Mal passiert ist. Wenn ich irgendetwas zaubere, fangen sie uns gleich wieder ein und wir müssen zur Strafe wieder auf der Bühne Puppen spielen. Und das halte ich nicht noch einmal aus.«

Tonino war sich nicht sicher, ob er es ein zweites Mal aushalten konnte. Er war auch nicht ganz sicher, ob der Bühnenauftritt tatsächlich eine Bestrafung gewesen war. Wahrscheinlicher war es doch, dass die

Herzogin sie auf jeden Fall auf der Bühne hatte spielen lassen wollen. Sie war boshaft. Andererseits wollte Tonino nicht noch einmal eine von Angelicas verhunzten Zaubereien erleben.

»Es ist eine Falltür«, sagte er. »Sie muss mit irgendwelchen kleinen Haken befestigt sein. Wir schlagen sie einfach mit den Kerzenleuchtern ein!«

»Und wenn sie verzaubert ist?«, fragte Angelica. »Nein, egal, versuchen wir es!«

Sie nahmen jeder einen Kerzenleuchter, knieten neben den Fenstern nieder und klopften vorsichtig auf die kaum sichtbare, schwarze Linie. Die Kerzenständer waren bald verbogen wie Trauerweiden. Aber es gelang den Kindern, ein winzig kleines Loch in eine Kante der verborgenen Türe zu stoßen. Tonino meinte, einen Schimmer von Metall zu erkennen. Er hob den verbogenen Kerzenleuchter hoch, um mit aller Kraft zuzuschlagen.

»Hör auf!«, zischte Angelica.

Sie hörten schlurfende Schritte näher kommen. Tonino ließ den Kerzenleuchter sinken, er wagte kaum zu atmen. Eine Stimme murmelte: »... sind wohl Mäuse ... nichts zu sehen ...«

Plötzlich war es finster. Jemand hatte draußen die Beleuchtung abgeschaltet und das einzige Licht, das sie nun hatten, war das Funkeln des kleinen Kronleuchters an der Decke. Die Fußtritte schlurften weg. Eine Tür schlug zu und dann war es ganz still.

Angelica legte den Kerzenleuchter weg und versuchte, den Boden ihres Pappkartons mit den Fingern zu zerreißen. Tonino stand auf. Es hatte keinen Sinn. Was immer sie taten, man würde sie hören. Der Palast war voll von Dienern, Höflingen und Soldaten. Beinahe hätte Tonino aufgegeben und auf die nächste Gemeinheit der Herzogin gewartet. Aber als er nun aufrecht stand, schien ihm das Pappschachtelzimmer so winzig klein, noch dazu war es halb voll mit Puppen. Er hatte kaum Platz, ein paar Schritte auf und ab zu gehen. Am liebsten hätte er sich in einer Ecke verkrochen und geweint.

Tonino drehte sich um und stieß dabei an den Tisch. Und weil er jetzt viel größer und schwerer war, begann der Tisch zu schwanken und zu ächzen.

»Ich hab's!«, rief Tonino. »Du musst den Engel fertig kratzen!«

Angelica blickte zu ihm hoch. »Ich bin jetzt nicht zum Herumkritzeln aufgelegt«, sagte sie.

»Das ist doch kein Herumkritzeln, das ist ein Zauber«, erklärte Tonino. »Und dann halten wir den Tisch über uns und reißen dabei ein Loch in den Fußboden.«

Er musste Angelica nicht erklären, dass der Engel der stärkste Zauber in Caprona war. Sie sprang auf die Beine.

»Das wäre eine Möglichkeit«, sagte sie. »Für einen Montana hast du ziemlich gute Ideen!« Wieder schlug sie mit dem Kopf gegen den Deckenlüster.

In der Dunkelheit konnten sie den Wasserhahn nicht mehr finden, mit dem Angelica gezeichnet hatte. Tonino zwängte Kopf und Arm in das kleine

Badezimmer und brach den zweiten Schwindel-Wasserhahn ab.

Der in die Tischplatte geschabte Engel war kaum zu erkennen. Er war jetzt so klein und zart. »Er braucht seine Schriftrolle«, sagte Angelica. »Und vielleicht sollte ich ihm auch einen Heiligenschein um den Kopf kratzen, damit er ganz bestimmt heilig ist.«

Angelica war nun soviel größer und stärker als zuvor, dass sie den Wasserhahn mit mehr Wucht handhabte. Sie kratzte den Heiligenschein zu groß und zu tief ein und die Schriftrolle gelang auch nicht recht. Der Tisch schwankte dahin und dorthin, der Wasserhahn zog tiefe Kerben und rutschte immer wieder ab. Beinahe hätte Angelica das Bild verpatzt.

»Es ist nicht sehr gut geworden«, sagte sie endlich. »Geht es so?«

»Nein«, sagte Tonino. »Soll das da eine Schriftrolle sein? Du musst sie abgerollter zeichnen. Und ein paar Worte muss man sehen!«

Er hatte Recht und Angelica wurde ärgerlich. »Schön! Dann mach's doch selber, wenn du's besser kannst, du Montana, du!« Sie hielt Tonino den Wasserhahn hin und er riss ihn ihr zornig aus der Hand. »So macht man das!«, sagte er und schälte eine lange Spanlocke aus der Politur. »Da muss es herunterhängen. Und die goldenen Worte gehn mehr nach der Seite. Schau, da steht's: *Carmen pa*, *Venit ang*, *Cap* und noch eine Menge, aber dafür ist kein Platz mehr.«

»Unser Engel«, sagte Angelica, »singt *sic saeculare*, *elus cantare* und *virtus data* zum Schluss.«

Tonino kratzte weiter und hörte ihr nicht zu. Es war schon schwer genug, mit einem Wasserhahn winzige Buchstaben zu ritzen, dass er nicht auch noch Angelicas Geplapper anhören konnte.

»So, das reicht«, sagte Angelica. »Ich hab mich schon oft gewundert, warum wir eigentlich nicht die Worte singen, die über unserer Haustür stehen!«

Beide hatten gleichzeitig denselben Gedanken. Sie starrten einander an, Nase an Nase über der zerkratzten Tischplatte.

»Die Worte finden, heißt sie suchen!«, sagte Tonino.

»Und sie stehen die ganze Zeit über unseren Haustüren! Oh, waren wir blöd!«, rief Angelica. »Komm, wir müssen jetzt weg!«

Tonino ließ die Schriftrolle mit dem Wort *carmen* enden. Es war wirklich kein Platz mehr für weitere Buchstaben. Die Kinder zerrten den quietschenden, schwankenden Tisch über das Loch, das sie in den Fußboden gerissen hatten, und begannen es im Schutz des Tisches zu erweitern. Jetzt rissen sie ganze Pappstücke aus dem gemalten Fußboden und bald konnten sie unterhalb eine Art Gitterwerk aus silbrigem Metall erkennen, das von der Falltür bis zum Fußboden darunter reichte. Tonino zwängte das dicke Ende des Kerzenleuchters zwischen die aufgerissenen Pappkanten und versuchte, das Gitter wegzuschieben.

»Da liegt ein Zauber drauf«, sagte er.

»Engel von Caprona!«, rief Angelica in diesem

Augenblick. Und das Gitter glitt zur Seite. Ein großes, rechteckiges Stück Fußboden klappte vor ihren Knien nach unten und gab ein tiefes, finsteres Loch frei.

»Holen wir das Seil des Henkers!«, sagte Angelica.

Sie tasteten sich zu dem Puppenhaufen zurück und lösten den Strick von dem kleinen Puppengalgen. Tonino band ihn an den Tischfuß.

»Da geht's aber tief hinunter«, sagte er zweifelnd.

»In Wirklichkeit ist es höchstens ein Meter tief«, entgegnete Angelica. »Und wir sind ja ganz leicht, wir können uns nicht ernsthaft verletzen. Wir sind schlapp und weich. Als du mich von der Bühne gestoßen hast ... nun, ich hab mir jedenfalls nichts gebrochen.«

Tonino ließ Angelica zuerst hinunterklettern. Sie glitt in den finsteren Schacht wie ein flinker blauer Affe. Knacks, machte der Tisch, quietsch – und das Bein, an dem das Seil befestigt war, legte sich schief.

»Engel von Caprona!«, flüsterte Tonino.

Die Tischkante rutschte in die Öffnung im Boden. Das Pappschachtelzimmer schwankte. Dann klang es wie Zersplittern und Krachen von Holz und plötzlich steckte der Tisch fast gänzlich in dem Loch. Eine Tischecke jedoch verkeilte sich in der Öffnung. Von unten kam ein dumpfer Aufschlag. Beinahe hätte der Tisch Tonino den Ausgang versperrt.

»Ich bin schon unten«, flüsterte Angelica. »Du kannst herunterklettern! Das Seil reicht fast bis zum Boden.«

Tonino beugte sich vor und tastete nach dem Strick. Ein Wunder war geschehen. Das Tischbein war nicht abgebrochen und der Tisch war auch nicht zur Gänze durch das Loch gerutscht.

Tonino sagte noch einmal leise: »Engel von Caprona!«, dann zwängte er sich neben dem Tisch in die Öffnung und glitt durch die Dunkelheit hinab. Der Tisch ächzte, aber er hielt stand. Das Seil riss Toninos Hände auf und dann war es plötzlich zu Ende. Seine Füße schlugen hart auf den Boden.

»Uff!«, sagte Tonino. Er hatte das Gefühl, seine Füße würden sich bis zu den Knien durchdrücken.

Die Kinder befanden sich in einem Saal des Herzogspalasts. Rundum ragten die Wände der Hanswurst-und-Margarita-Bühne auf. Die hintere Wand war ein Vorhang, der den Puppenspieler verbarg. Von seinem Rand her kam ein schwacher Lichtschimmer. Die Kinder zogen ein Stückchen Vorhang zur Seite. Er fühlte sich rau an, wie ein grober, schwerer Sack, und gleich hinter ihm war die Wand des Saales. Die Puppenbühne war offensichtlich einfach an die Wand geschoben worden.

Der Spalt zwischen Bühne und Wand war so schmal, dass Tonino und Angelica sich gerade durchzwängen konnten. Dann standen sie in einem großen Saal. Das Mondlicht warf harte, silberne Balken auf den schimmernden Fußboden. Es war derselbe Saal, in dem die Hofgesellschaft dem Puppenspiel von Hanswurst und Margarita zugesehen hatte. Tonino dachte daran, wie er und Angelica auf der Bühne wie am Rande eines Abgrunds hin- und hergetorkelt waren. Es hätte ihr Tod sein können. Wie durch ein Wunder waren sie heil davongekommen.

Sie mussten zuvor in einer Art Puppengarderobe oder Lagerraum gewesen sein. Aber als die Herzogin so wunderlich krank geworden war, hatte niemand sich die Mühe gemacht, die Puppen wieder dort zu verstauen.

Das Mondlicht glitzerte auf dem blanken Angesicht des Engels, der hoch oben auf der anderen Seite des Raums über einem Paar hoher Doppeltüren hing. Es gab auch noch andere Türen im Saal, aber Tonino und Angelica gingen ohne Zögern auf den Engel zu.

»Oje!«, sagte Angelica, bevor sie den ersten Streifen Mondlicht erreichten. »Wir sind ja noch immer klein. Ich hab gedacht, wir kriegten die richtige Größe, wenn wir erst einmal draußen sind.«

Tonino wollte nur fort, seine Körpergröße war ihm egal. »Wenn wir so klein sind, können wir uns besser verstecken«, sagte er. »Irgendwer aus der Casa kann uns doch leicht zurückzaubern.«

In dem großen Raum war es sehr kalt. Zitternd zog Tonino den Umhang des Henkers enger um sich. Durch die großen Fenster konnte er den Mond sehen, der hoch oben kalt in dem winterlich dunklen Blau des Himmels ritt.

Es würde kein Spaß werden, in einem roten Nachthemd durch die Straßen zu laufen.

»Aber ich will nicht so klein sein!«, jammerte Angelica. »Wir werden nie über die Treppen hinunterkommen.«

Tonino bemerkte sehr bald, dass sie Recht hatte. Der Weg über den blank polierten Fußboden des Palastsaales schien endlos weit und als sie endlich die Flügeltüre erreichten, waren sie erschöpft. Hoch über ihnen hielt der geschnitzte Engel die Schriftrolle. Sie konnten sie unmöglich lesen und der Engel sah plötzlich gar nicht mehr so freundlich aus. Aber die Tür war einen Spalt offen. Die Kinder stemmten sich mit dem Rücken dagegen und mit Mühe gelang es ihnen, den Spalt ein Stückchen weiter aufzudrücken.

Hinter der Tür lag ein noch größerer Raum. Er war voll von Stühlen und kleinen Tischen. Der einzige Vorteil ihrer Puppengröße war, dass sie unter den Möbelstücken in gerader Linie zu der nächsten Tür durchwandern konnten. Es war ihnen, als schleppten sie sich durch einen goldenen, monderleuchteten Wald, in dem jeder Baumstamm elegant gebogen war wie ein Schwanenhals. Der Fußboden dieses Saales schien aus Marmor zu sein.

Bevor sie die nächste Tür erreichten, fingen sie aus purer Müdigkeit wieder zu streiten an.

»Wir werden die ganze Nacht brauchen, bis wir hier herauskommen!«, murrte Angelica.

»Halt doch den Mund!«, sagte Tonino. »Du regst dich ja genauso über alles auf wie meine Tante Gina!«

»Ist deine Tante Gina auch ganz wund und weh, weil du sie verdroschen hast?«, fragte Angelica herausfordernd.

Als sie endlich bei der halb offenen Tür ankamen, war dahinter noch ein Zimmer, aber ein kleines. Darin lag ein Teppich. Vergoldete Sofas standen herum, groß wie Scheunen, und riesige, rüschenbesetzte Armlehnsessel. Angelica stieß ein verzweifeltes Wimmern aus. Tonino stellte sich auf die Zehenspitzen. Auf den Sofas und Lehnsesseln lagen Kissen. »Wir könnten uns hinter einem Kissen verstecken und ein wenig schlafen, was meinst du?«, schlug er friedfertig vor.

Angelica wirbelte herum. »Bist du blöd!«, rief sie zornig. »Kein Wunder, dass du mit Zaubersprüchen nicht zurechtkommst. Wir sind zwar klein, aber gerade deshalb werden sie uns finden! Wir stinken ja geradezu nach Zauberei! Sogar mein kleiner Bruder würde uns ganz leicht finden, der ist zwar noch ein Baby, aber er ist viel gescheiter als du!«

Tonino gab keine Antwort. Wütend marschierte er einfach in das Teppichzimmer hinein. Zuerst war es angenehm für seine müden Füße, aber das Gehen auf dem Teppich erwies sich ebenfalls als sehr schwierig, denn es war wie ein Waten in hohem, buschigem Gras. Dazu mussten sie auch noch ständig um Lehnsessel, groß wie Häuser, herumwandern, um rüschenbesetzte Fußbänkchen und um Wandschirme groß wie Scheunentore.

Als sie endlich die nächste Tür erreichten, war sie geschlossen. Angelica und Tonino warfen sich mit aller Kraft gegen das harte Holz, aber das Türblatt zitterte nicht einmal.

»Und jetzt?«, fragte Tonino und lehnte sich gegen die Tür. Der Mond ging schon unter. Die silbernen Balken aus Mondlicht, die durch die weit entfernten Fenster fielen, streiften jetzt nur mehr die oberen Enden der Sessellehnen, sie ließen das Gold der Sofarücken funkeln und die bunten Glasvasen in einer Vitrine aufblitzen. Bald würde es völlig dunkel werden.

»Da oben gibt es auch einen Engel«, sagte Angelica weinerlich.

Sie hatte Recht. Tonino konnte vage Farbflecken an der Wand erkennen. Unter dem Engel gab es noch eine Tür, besser gesagt ein großes schwarzes Loch, denn die Türe stand weit offen. Zu müde, um ein Wort zu verlieren, machte Tonino sich auf den Weg über den kilometerweiten Teppich, vorbei an hoch aufragenden Möbelklippen, bis zur anderen Seite des Zimmers. Als sie endlich die offene Türe erreicht hatten, waren sie völlig erschöpft. Vier Stufen führten jenseits der Tür hinab. Irgendwie gelangten die Kinder hinunter und ließen sich auf den rauen Teppich im Untergeschoss fallen. Kein Schimmer Mondlicht drang hier hinunter. Es war stockfinster. Angelica schnupperte in die Dunkelheit. »Hier riecht's nach Zigarren!«, sagte sie.

Tonino war es völlig egal, wonach es roch. Er wollte nichts als die nächste Tür und den Weg hinaus finden. Er tastete die Wände ab und Angelica stolperte hinter ihm drein. Sie stießen gegen ein hohes Riesenmöbel, tasteten sich daran entlang und krachten an ein zweites, das noch weiter in den Raum ragte. Und so gingen sie stolpernd und gegen Möbel stoßend weiter, wateten über den Teppich, bis sie endlich wieder bei den vier Stufen ankamen. Sie befanden sich in einem – für einen Palast – kleinen Raum und er hatte nur eine einzige Tür. Tonino tastete nach der ersten Stufe. Sie befand sich in der Höhe seines Kopfes und er wusste, dass sie zu erschöpft waren, um sie wieder hinaufzuklettern. Der Engel hatte sie also doch nicht richtig geführt.

»Da hat doch vorhin etwas vorgestanden«, sagte Angelica, »ich weiß nicht, was es war, aber es war hohl, wie eine Schachtel. Sollen wir es riskieren und uns darin verstecken?«

»Suchen wir's!«, sagte Tonino.

Sie fanden das Ding oder etwas, das ihm ähnlich war, indem sie unversehens daran stießen. Es war eine steilwandige Schachtel, die ihnen bis zu den Achselhöhlen reichte. Und ein großes Stück Metall, wie ein breiter Türklopfer, hing davor. Drinnen ertasteten sie Blätter steifen Leders und etwas Raschelndes, Zerknittertes, das vielleicht Papier war.

»Ich glaube, das ist eine offene Schublade«, sagte Tonino.

Angelica antwortete nicht. Sie stieg einfach hinein. Tonino hörte sie rascheln und im Papier knistern – wenn es Papier war. Na schön, dachte er. Angelica konnte hundertmal gesagt haben, sie würden nach Zauberei stinken, er war so müde, dass er auch hineinkletterte. Er fiel in ein warmes, kuschliges, knisterndes

Nest, in dem Angelica bereits schlief. Tonino war zu müde sich jetzt noch Gedanken zu machen, ob man sie hier fand oder nicht. Aber er hatte noch Verstand genug ein Stück Pergament über sie beide zu zerren, bevor auch er in Schlaf fiel.

Zwölftes Kapitel

Tonino erwachte frierend. Fahles Licht beschien ihn, weil etwas Gelbliches auf seinem Gesicht lag. Tonino starrte hinauf und überlegte, was für ein merkwürdiges flaches, steifes Ding das war. Es war mit großen schwarzen Lettern beschrieben. Toninos Augen wanderten die Buchstaben entlang. KRIEGSERKLÄRUNG (Duplikat, Kopie) las er.

Plötzlich fiel ihm ein, dass er nur neun Zoll groß war und in einer Schublade im Herzogspalast lag. Es war schon heller Tag. Gleich würde man sie finden. Fast hätte sie schon jemand gefunden. Das war es wohl gewesen, was ihn aufgeweckt hatte. Er konnte jemand durchs Zimmer gehen hören. Es war ein undeutliches Tappen und Schlurfen. Gelegentlich pfiff dieser Jemand ein paar Töne des Liedes vom Engel von Caprona. Dann hatte der Wer-immer-es-war die Schublade erreicht. Tonino hörte das Rascheln eines Kleides, laut und unmittelbar neben ihm. Es musste die Herzogin sein, die nach ihnen suchte. Er bewegte vorsichtig den Kopf und blickte direkt in Angelicas angstvolles Gesicht. Das Mädchen lag dicht neben ihm auf einem zerknüllten Papier.

»Dieser Herzog«, sagte die Frau mit einer Stimme, die unmöglich der Herzogin gehören konnte. »Er ist wirklich der unordentlichste Mann der Welt!« Ihr Atem kam näher, und bevor Tonino oder Angelica noch einen Gedanken fassen konnten, was sie nun tun sollten, bewegte sich die Schublade. Sie wurden in die Dunkelheit geschoben, Füße voran, und die Lade wurde hinter ihren Köpfen zugeknallt.

»Hilfe!«, wisperte Angelica.

»Scht!«

Die Kinder konnten hören, wie draußen etwas zurechtgerückt wurde, dann ein Geklimper, wie wenn jemand ein Klavier abstaubt. Dann ein Schlagen. Und endlich nichts mehr.

Als die Kinder ganz sicher waren, dass die Frau weg war, flüsterte Angelica: »Und was machen wir jetzt?«

Sie konnten in der Schublade aufrecht sitzen, aber nicht aufstehen. Wo die Schublade den Schrank, oder was immer es war, berührte, drang ein Lichtschimmer herein. So konnten sie recht gut sehen. Die Kinder streckten die Hände nach dem Holz über ihren Köpfen und wollten es hoch- oder sich dagegen stemmen. Aber die Lade war aus festem, würzig duftendem Holz und sie brachten sie nicht vom Fleck.

»Jetzt sind wir schon wieder eingesperrt und es gibt keine Türen!«, schrie Angelica. Sie wühlte sich mühsam durch die Papiere bis zu dem Ende der Lade, wo das Licht hereinfiel. Tonino kroch ihr nach.

Sobald sie dort ankamen, bemerkten sie, dass es hier einen Ausweg gab. An der Hinterseite war die Lade niedriger als vorn, sie reichte nicht bis ganz hinauf an den hölzernen Rahmen, in dem sie steckte. Als sie ihre Köpfe durch den Spalt schoben, konnten sie die Rückseiten anderer Schubladen sehen, wie die Stufen einer Leiter, und einen Streifen Tageslicht ganz oben. Sie quetschten sich durch den Spalt und kletterten Seite an Seite an den Schubladen hoch. Sie waren nur noch eine Lade von dem Streifen Tageslicht entfernt, als sie hörten, dass wieder jemand im Zimmer war.

»Sie sind hier heruntergekommen, Madam«, sagte eine weibliche Stimme.

»Dann haben wir sie erwischt«, antwortete die Herzogin. »Sehen Sie sorgfältigst nach!«

Tonino und Angelica hingen an einer Schublade und wagten keine Bewegung. Seidene Gewänder raschelten, als die Herzogin und ihre Zofe durch den Raum gingen.

»Hier ist nichts, Madam!«

»Und ich könnte schwören, dass dieses Fenster nicht offen war«, sagte die Herzogin. »Machen Sie alle Schubladen an dem Schrank auf!«

Es gab ein heftiges Rumpeln über Toninos Kopf. Staubiges helles Licht floss herunter, als die oberste Lade aufgezogen wurde. Papiere wurden raschelnd durchstöbert. »Nichts«, sagte die Zofe. Die oberste Lade wurde wieder zugestoßen. Tonino und Angelica hingen an der Lade darunter. So schnell und so leise sie konnten, kletterten sie abwärts zur dritten. Die zweitoberste Lade wurde aufgerumpelt – und zugeschmettert. Der Krach war ohrenbetäubend. Und nun wurde an der Lade, an der sie hingen, gerüttelt. Glücklicherweise klemmte sie. Die Zofe zerrte und zog, und das gab Tonino und Angelica genügend Zeit eiligst wieder zu der zweitobersten Lade hinaufzuklettern. Dort hingen sie in dem dunklen, engen Spalt, während die Zofe die dritte Lade öffnete und zustieß und dann die unterste aufzog.

»Sehen Sie sich das an!«, schrie sie. »Sie sind hier gewesen! Es sieht aus wie ein Mäusenest!«

Seide raschelte, als die Herzogin näher kam. »Verflucht und zugenäht«, sagte sie. »Und erst vor kurzem! Ich kann sie sogar durch den Zigarrengestank riechen! Schnell! Sie können noch nicht weit gekommen sein! Sie müssen hinausgelangt sein, bevor das Zimmer sauber gemacht wurde!«

Die Lade rumpelte zurück in den Schrank. Seide knisterte, eilige Schritte entfernten sich über die Stufen in das Zimmer mit den Lehnsesseln und dann hörten die Kinder das heftige Zuschlagen der Tür.

»Glaubst du, wir sitzen jetzt in der Falle?«, wisperte Angelica.

»Nein«, sagte Tonino. Er war sicher, dass die Herzogin keine Ahnung hatte, wo sie waren. Aber nun, nachdem die Tür zugeschlagen war, saßen sie in diesem Zimmer gefangen, und er konnte sich nicht vorstellen, wie sie die Tür aufkriegen sollten.

Sie kletterten auf die oberste Schublade und von dort auf die Platte eines Schreibtisches. Ehe sich ihre Augen an das Licht gewöhnt hatten, stieß Tonino sich die Zehe an einem großen Federkiel wund. Der

Federkiel schien ihm so groß wie ein junger Baum. Gleich darauf stolperte er über ein riesengroßes Papiermesser. Angelica stieß gegen ein Porzellanfigürchen. Es schwankte. Angelica schwankte auch und schlang die Arme um die Figur. Sie wischte sich ein paar Tränen aus den Augen und erkannte, dass sie einen porzellanenen Hanswurst umarmte, mit roter Nase und rotem Nachthemd, und er war genauso groß wie sie. Eine porzellanene Margarita stand am anderen Ende des Schreibtisches.

»Wir kommen nicht los von diesem Gesindel«, sagte Angelica.

Der Schreibtisch war mit glattem rotem Leder bezogen, das sich sehr angenehm unter den Füßen anfühlte. Darauf lag ein großes, weißes Löschpapier, über das zu spazieren noch angenehmer war. Vor dem Schreibtisch stand ein Sessel mit rotem Polster. Auf diesen Sessel könnten sie ganz leicht hinunterspringen, aber noch einfacher war es, an den Griffen der Schreibtischladen hinunterzuturnen. Andererseits stand das Klavier, das das Stubenmädchen abgestaubt hatte, direkt neben dem Schreibtisch und unweit davon war das Fenster. Um es zu erreichen musste man nur einen großen Schritt vom Klavier hinüber machen. Das Fenster war geschlossen, aber es hatte einen Hebel. Wenn sie nur hinaufreichten, würden sie es leicht öffnen können.

»Schau!«, sagte Angelica und zeigte auf eine ganze Reihe von Hanswurst- und Margarita-Puppen, die auf dem Klavier standen.

»Ich glaube, das ist das Studierzimmer des Herzogs«, sagte Angelica. Und beide mussten plötzlich kichern.

Immer noch kichernd, stieg Tonino auf das Klavier und wanderte über die Tasten auf das Fenster zu. »Do-re-mi-fa«, klang es.

»Komm zurück!« Angelica lachte.

Tonino lief eilig zurück – »fa-mi-re-do« –, denn die Tür des Zimmers öffnete sich und jemand kam die Stufen herunter. Angelica und Tonino fiel nichts Besseres ein als steif und still stehen zu bleiben, wo sie waren, und zu hoffen, dass man sie für Hanswurst und Margarita hielt. Glücklicherweise schien der Mann, der hereinkam, ganz durcheinander. Er schleuderte einen Stoß Papiere auf den Schreibtisch, ohne auch nur einen Blick auf die zwei neuen Puppen zu werfen, und ging wieder hinaus. Die Tür schloss er sacht hinter sich.

»Puh!«, sagte Angelica.

Sie gingen um die Papiere herum und betrachteten sie neugierig. Auf einem stand:

»Frontbericht von 8.00 Uhr.
Kurzer Überblick: Truppen nähern sich an allen Fronten, um den Angriff zurückzuschlagen. Schwere Artillerie und Reservisten kommen ihnen zu Hilfe. Berichte von schweren Verlusten an der Pisafront. Flotte gesichtet – pisanisch? Sie fährt mit Volldampf auf die Voltavamündung zu.«

»Wir haben Krieg«, sagte Tonino. »Warum?«

»Weil die Herzogin uns erwischt hat, natürlich«, sagte Angelica. »Und weil unsere Familien sich deswegen nicht trauten Kriegsabwehrsprüche zu erzeugen. Tonino, wir *müssen* hinaus. Wir müssen ihnen sagen, welches der richtige Text des Engels ist!«

»Aber warum will die Herzogin, dass Caprona geschlagen wird?«, fragte Tonino.

»Das weiß ich nicht«, sagte Angelica. »Aber irgendetwas stimmt mit ihr nicht, das weiß ich. Tante Bella sagt, es hat einen Riesenwirbel gegeben, damals, als der Herzog sie heiraten wollte. Niemand kann sie ausstehn!«

»Vielleicht kriegen wir das Fenster auf«, sagte Tonino.

Er machte sich wieder auf den Weg über die Klaviatur. »Do-re-mi-fa-so-la …«

»Pst!«, machte Angelica.

Tonino bemerkte, dass das Klavier keinen Ton von sich gab, wenn er jeden Fuß ganz langsam und vorsichtig auf die Tasten setzte. Er war schon halb drüben und Angelica hatte schon einen Fuß vorgestreckt, um ihm zu folgen, als sie wieder jemand die Tür öffnen hörten. Sie hatten keine Zeit vorsichtig zu sein.

Angelica floh in Richtung Schreibtisch. Tonino fiel mit einer schrecklichen Dissonanz über die Tasten, rappelte sich wieder auf und zwängte sich unter die Noten auf dem Ständer. Gerade noch rechtzeitig!

Er stand ganz still und blinzelte zum Schreibtisch hinüber. Dort sah er den Herzog von Caprona höchstselbst. Er schaute gleichzeitig traurig und verwirrt drein. Er schlug sich mit dem »Frontbericht« auf den Mund und schien Angelica, die reglos wie eine Puppe zwischen dem Hanswurst und der Margarita auf seinem Schreibtisch stand, nicht zu bemerken, obwohl ihre Augen im Widerschein der glänzenden Knöpfe des Herzogs blitzten.

»Aber ich hab den Krieg doch nicht erklärt«, murmelte der Herzog vor sich hin. »Ich hab doch dem Puppenspieler zugesehen. Wie ist das möglich?« Er seufzte und nahm den Bericht einen Augenblick lang verstört zwischen die großen, glänzenden Zähne. »Hab ich den Verstand verloren?«, fragte er und schien damit Angelica anzusprechen. Sie hatte soviel Geistesgegenwart, nicht zu antworten. »Ich muss Lucrezia fragen gehn!«, sagte der Herzog. Er schleuderte den Kriegsbericht Angelica vor die Füße und stürzte eilig aus dem Studierzimmer.

Tonino rutschte vorsichtig den Klavierdeckel hinunter auf die Klaviatur zurück – plum-plim. Angelica über ihm zeigte auf das Fenster. Sie brachte vor Entsetzen kein Wort über die Lippen. Tonino wandte sich um und war einen Augenblick lang ebenso entsetzt wie Angelica. Draußen vor dem Fenster saß ein dunkles Ungeheuer. Es starrte ihn durch das Glas an, breitgesichtig und ganz zerlumpt. Das Wesen hatte Augen wie gelbe Lampen.

Und dann, ganz zart durch das Glas hindurch, hörte er das leise, gereizte Ersuchen, sich zusammenzureißen und das Fenster zu öffnen.

»Benvenuto!«, brüllte Tonino.

»Oh, das ist ja nur eine Katze!«, sagte Angelica zitternd. »Wie schrecklich, wenn ich jetzt eine Maus wäre!«

»Nur eine Katze«, sagte Tonino empört. »Das ist Benvenuto!«

Er versuchte dem Kater zu erklären, dass es nicht so leicht ist, ein Fenster zu öffnen, wenn man kaum einen halben Meter groß ist.

Benvenuto wurde ungeduldig. Er ließ Toninos letztes magisches Übungsheft vor dessen innerem Auge auftauchen, mit aufgeschlagener erster Seite.

»Danke«, sagte Tonino und schämte sich. Schon auf dieser Seite standen drei Öffne-dich-Sprüche und er hatte sich keinen einzigen davon gemerkt.

Er wählte den leichtesten, schloss die Augen, damit er die unsichtbare Seite besser lesen konnte, und sang den Spruch.

Sanft und leise schwangen die Fensterflügel auf und ließen einen kalten Windstoß herein. Benvenuto kam ins Zimmer, mit dem Wind und fast so leicht wie der Wind. Als der riesige Kater sanft die Tonleiter herauf auf ihn zutrottete, musste auch Tonino einen Augenblick lang daran denken, wie es wäre, eine Maus zu sein. Aber dann überwog die Freude, Benvenuto wieder zu sehen. Er streckte dem Kater die Arme entgegen, um die narbigen Ohren zu kraulen. Benvenuto rieb die stumpfe schwarze Nase an Toninos Gesicht und beide standen sie wie entrückt auf der Klaviatur, einen endlosen, klingenden Akkord lang.

Benvenuto berichtete, dass er Paolo einfach nicht dazu bringen konnte, zu begreifen, wo Tonino war. Tonino müsse Paolo eine Botschaft senden. Aber könne ein so winziger Tonino überhaupt schreiben?

»Auf dem Schreibtisch ist ein Federkiel!«, rief Angelica.

Tonino erinnerte sich, dass sie gesagt hatte, sie verstünde die Katzensprache. Benvenuto erkundigte sich besorgt, ob es Tonino sehr stören würde, wenn er mit einer Petrocchi redete.

Einen Augenblick lang war Tonino überrascht über diese Frage. Er hatte ganz vergessen, dass er und Angelica einander eigentlich hassen sollten. Aber das war nun wirklich sinnlos, wo sie doch beide gemeinsam in solchen Schwierigkeiten steckten.

»Nein, gar nicht«, sagte Tonino.

»Geht vom Klavier herunter«, sagte Angelica. »Alle zwei. Dieses Geklimper ist schrecklich!«

Benvenuto gehorchte mit einem einzigen, fließenden Sprung. Tonino hastete hinter ihm her. Die Ellbogen über dem Klavierdeckel eingehängt, hangelte er sich über die schwarzen Tasten vorwärts. Als er den Schreibtisch erreichte, hatten sich Angelica und Benvenuto bereits höflich miteinander bekannt gemacht. Benvenuto gab den Kindern den Rat, ja nicht aus dem Fenster zu klettern. Das Zimmer befand sich im dritten Stock. Das Gemäuer sei brüchig und sogar eine Katze hätte gewisse Schwierigkeiten, darauf Halt zu finden. Wenn sie warteten, würde Benvenuto Hilfe holen.

»Aber die Herzogin!«, sagte Tonino.

»Und der Herzog«, sagte Angelica. »Das hier ist nämlich seine Studierstube.«

Benvenuto hielt den Herzog für harmlos und meinte, sie befänden sich an dem sichersten Ort im ganzen Palast. Sie müssten sich nur verborgen halten und ihm, Benvenuto, eine Nachricht auf einen Zettel schreiben, der klein genug war, dass er ihn im Maul transportieren könne.

»Sollen wir ihn dir nicht lieber um den Hals hängen?«, fragte Angelica.

Benvenuto hatte niemals zugelassen, dass man irgendwas um seinen Hals hängte, und er hatte auch nicht die Absicht, jetzt damit anzufangen. Außerdem könnte jemand im Palast dann die Botschaft bemerken.

Also stellte Tonino einen Fuß auf den Frontbericht und es gelang ihm, mit beiden Händen eine Ecke davon abzureißen. Angelica reichte ihm den Federkiel, den er gleichfalls mit beiden Händen packte. Das Federkielende musste er mit der Schulter abstützen. Dann stellte Angelica sich auf das Papier, damit es nicht verrutschte, während Tonino die Feder führte. Es war Schwerarbeit und er fasste die Botschaft daher so kurz wie nur möglich ab: *Im Herzogspalast. Herzogin ist Zauberin, T.M. & A.P.*

»Schreib ihnen, wo der Engeltext ist«, sagte Angelica. »Nur für alle Fälle!«

Tonino drehte das Blatt um und schrieb: *Engeltext bei Engel über Tor. T. & A.* Dann, ganz erschöpft vom Heben und Senken des großen Federkiels, faltete er das Papier mit den beiden Botschaften zusammen und trat es flach. Benvenuto öffnete das Maul und Tonino verstaute die Botschaft unter Benvenutos rauer Zunge. Benvenuto warf Tonino einen liebevollen Blick zu und sprang fort. Er streifte eine Klaviersaite, vielleicht das eingestrichene C, landete mit dem leichtesten Plumpser auf dem Fensterbrett und verschwand.

Tonino und Angelica starrten ihm nach. Sie bemerkten nicht, dass der Herzog zurückgekommen war.

»Komisch«, sagte der Herzog. »Da steht ja jetzt ein neuer Hanswurst! Und eine neue Margarita ist auch da!«

Tonino und Angelica standen steif wie Säulenheilige, jeder an einem Ende des Löschblattes, in zum Sterben unbequemen Stellungen. Glücklicherweise bemerkte der Herzog das geöffnete Fenster. »Diese Zofen und ihre Sucht nach frischer Luft!«, knurrte er und ging hinüber, um es zu schließen. Tonino ergriff die Gelegenheit, sich auf beide Füße zu stellen, Angelica, ihren verrenkten Hals grade zu richten. Draußen krachte ein Gewehrschuss und sie zuckten erschrocken zusammen. Ein zweiter Schuss. Der Herzog beugte sich aus dem Fenster und schien irgendetwas zu beobachten. »Armes Kätzchen«, sagte er und seine Stimme klang traurig. »Warum bist du nicht daheim geblieben? Sie hasst Katzen!«

Tonino und Angelica hätten sich nicht rühren können, selbst wenn sie es gewollt hätten. Sie waren vor Traurigkeit wie gelähmt.

Der Herzog runzelte die Stirn. Er hatte bemerkt, dass von dem Kriegsbericht eine Ecke abgerissen war. »Jetzt esse ich auch schon Papier!«, sagte er. Sein verwirrtes Gesicht wandte sich Tonino und Angelica zu. »Ich glaube, ich vergesse ständig etwas«, sagte er. »Und ich rede mit mir selber. Das ist ein schlimmes Zeichen. Und an euch zwei kann ich mich wirklich nicht erinnern. Das heißt, an die neue Margarita kann ich mich wohl erinnern, aber«, wandte er sich an Tonino, »an dich nicht. Wie seid ihr denn überhaupt hergekommen?«

Tonino war völlig durcheinander wegen Benvenuto. Außerdem sprach der Herzog ihn direkt an. Ohne zu überlegen sagte er: »Bitte, Signore, ich will es Ihnen erklären …«

»Halt doch den Mund!«, zischte Angelica. »Oder ich verzaubere dich!«

»Sagen Sie mir nur bitte, ob man meine Katze erschossen hat«, sagte Tonino.

»Ich glaube«, sagte der Herzog. »Es hat ausgesehen, als hätten sie sie erwischt.« Er holte tief Atem, wandte die Augen zur Zimmerdecke und betrachtete sie eine Weile, bevor er Tonino und Angelica wieder ansah. Keines der beiden Kinder regte sich. Angelica starrte Tonino an und drohte ihm mit unausdenkbaren Verwünschungen, falls er noch ein einziges Wort sagte. Und Tonino begriff, dass er sich wie der blödeste Idiot benommen hatte. Benvenuto war tot und nichts und niemand konnte das ändern.

Inzwischen hatte der Herzog ein großes Taschentuch hervorgezogen. Eine leicht verbogene Zigarre kam zum Vorschein und fiel auf den Tisch. Der Herzog klaubte sie auf und steckte sie geistesabwesend zwischen die blanken Zähne. Dann nahm er sie wieder aus dem Mund und wischte sich über sein glänzendes Gesicht.

»Ihr habt gesprochen«, sagte er, steckte sein Taschentuch ein und holte ein goldenes Feuerzeug hervor. »So etwas kennt ihr doch?«, fragte er und steckte die Zigarre in den Mund zurück. Er warf einen verstohlenen Blick rundum, klickte an dem Feuerzeug und zündete sich die Zigarre an. »Ihr habt einen ziemlich verrückten Herzog vor euch«, sagte er. Rauch wölkte aus seinem Mund, so viel Rauch, als wäre der Herzog ein Drache.

Angelica nieste. Tonino dachte, er müsste ebenfalls niesen. Als er tief Atem holte, um es zu unterdrücken, brach er in fürchterliches Husten aus.

»Aha!«, schrie der Herzog. »Hab ich euch erwischt!« Seine großen, feuchten Hände griffen zu, packten die beiden Kinder an den Beinen und hielten sie auf der Löschunterlage fest. Dabei setzte er sich auf den Stuhl und neigte triumphierend sein glänzendes Gesicht, bis es in gleicher Höhe mit den Gesichtern der Kinder war. Die Zigarre im Mundwinkel festgeklemmt, fuhr er fort Rauch über sie zu blasen. Sie wedelten mit den Armen, um sich im Gleichgewicht zu halten, und husteten nun beide. »Also, wer seid ihr?«, fragte der Herzog. »Wieder eine von ihren verflixten Erfindungen, damit ich glaube, ich sei verrückt? Hm?«

»Nein, das sind wir nicht!«, hustete Tonino, und Angelica hustete: »Ach, bitte, hören Sie mit dem Rauchen auf!«

Der Herzog lachte. »Die alte chinesische Zigarren-Tortur«, sagte er fröhlich. »Erweckt garantiert jede Statue zum Leben!«

Seine rechte Hand schob den stolpernden Tonino quer über das Löschblatt zu Angelica, dort fing er ihn mit der linken auf. Dann nahm er mit der rechten Hand die Zigarre aus dem Mund und legte sie an die Schreibtischkante. »So«, sagte er. »Lasst euch einmal anschauen!«

Angelica und Tonino rieben sich die tränenden Augen und blickten ängstlich zu dem großen, grinsenden Gesicht auf. Sie konnten unmöglich das ganze Gesicht auf einmal anschauen. Angelica fixierte das linke Auge des Herzogs, Tonino das rechte. Beide Augen guckten sie an, rund und unschuldig wie die Augen des Alten Niccolo.

»Verflixt«, sagte der Herzog. »Ihr seid doch die Spruchzaubererkinder, die in meine Pantomime kommen sollten! Warum seid ihr nicht gekommen?«

»Wir haben nie eine Einladung erhalten, Euer Gnaden«, sagte Angelica. »Du vielleicht, Tonino?«

»Nein«, sagte Tonino betrübt.

»Also deshalb«, sagte der Herzog nachdenklich. »Ich hab die Einladungen selbst geschrieben. Aber so ist mein Leben. Keiner meiner Befehle ist noch jemals befolgt worden und schreckliche Sachen sind geschehen, die ich nie angeordnet habe.« Langsam öffnete er die Hand. »Ihr kitzelt mich«, sagte er. »Wenn ich euch laufen lasse, sagt ihr mir dann, wie ihr hereingekommen seid?« Und er öffnete auch die andere Hand.

Sie erzählten es ihm. Der Herzog hörte ihnen überrascht zu. Es war gar nicht so leicht, einem riesenhaften, erwachsenen Herzog ihre Erlebnisse zu berichten. Tonino hatte das Gefühl, er würde einem seiner kleinen Cousins ein selbst erfundenes Märchen erzählen. Aus der Art, wie der Herzog die Augen aufriss und ständig »weiter, weiter!« sagte, schloss Tonino, dass er seiner Erzählung nicht mehr Glauben schenkte als die kleinen Montanas der Geschichte von Hans dem Riesentöter. Aber als sie geendet hatten, sagte der Herzog: »Dieses Puppenspiel gestern hat um halb neun angefangen und bis Viertel vor zehn gedauert. Ich weiß das genau, weil gerade oberhalb der Bühne eine Uhr war. Sie behaupten alle, dass ich gestern Abend um neun Uhr den Krieg erklärt habe. Hat einer von euch beiden bemerkt, wie ich den Krieg erklärt habe?«

»Nein«, antworteten sie wie aus einem Munde.

»Obwohl ich«, fügte Angelica säuerlich hinzu, »zu dieser Zeit gerade totgeschlagen wurde, und es könnte sein, dass es mir nicht aufgefallen ist.«

»Tut mir Leid«, sagte der Herzog. »Aber hat einer von euch Schießen gehört? Nein! Aber das Feuer hat um etwa elf Uhr begonnen und die ganze Nacht gedauert. Es geht noch immer weiter. Man kann es vom Turm über diesem Arbeitszimmer aus sehen, aber nicht hören. Das hat vermutlich wieder mit so einem verdammten Zauberspruch zu tun. Man nimmt wohl an, dass ich hier sitze und nicht bemerke, wie Caprona in Trümmer geschossen wird.« Er legte das Kinn in die Hände und blickte die Kinder jammervoll an. »Ich weiß, dass ich närrisch bin«, sagte er. »Aber nur weil ich das Theater liebe und besonders das Puppentheater, bin ich noch lange kein Idiot! Doch jetzt ist die Frage, wie wir euch beide hier hinauskriegen, ohne dass Lucrezia es merkt.«

Tonino und Angelica blieb vor Überraschung die Sprache weg. Und während sie noch vergeblich versuchten danke schön zu sagen, sprang der Herzog auf und starrte auf die Tür.

»Sie kommt! Ich hab da einen Instinkt entwickelt! Schnell! Springt in meine Tasche!«

Er trat an den Schreibtisch und hielt eine Tasche seines Rocks mit zwei Fingern auf. Angelica rutschte hinein und versteckte sich in einem Taschentuch. Der Herzog drückte seine Zigarre am Schreibtisch aus und stopfte sie Angelica nach. Dann wandte er sich um und hielt die andere Rocktasche für Tonino auf. Als Tonino in die kuschelige Dunkelheit hinabglitt, hörte er, wie die Tür des Studierzimmers geöffnet wurde. Und er hörte die Stimme der Herzogin sagen:

»Herr Herzog, Sie haben hier schon wieder Zigarren geraucht!«

Dreizehntes Kapitel

Paolo wachte an diesem Morgen auf und wusste, dass er selbst nun nach Tonino suchen musste. Wenn sein Vater und Rinaldo und sogar Rosa und Marco ablehnten es zu versuchen, dann hatte es keinen Sinn, jemand anderen darum zu bitten.

Er setzte sich auf und bemerkte, dass die Casa voll ungewöhnlichen Lärms war. Unten im Hof stand das Tor offen. Er konnte die Stimme Elizabeths und die Stimmen von Tante Anna, Tante Maria und Cousine Claudia hören. Sie hatten das Brot für den heutigen Tag geholt.

»Schaut euch den Engel an!«, sagte seine Mutter. »Wie ist denn das passiert!«

»Weil wir unsere Zaubersprüche gestoppt haben«, sagte Cousine Claudia.

Gleich darauf folgte ein einzelner Ton, den Tante Anna sang und der von einem Quietschlaut unterbrochen wurde. Tante Maria sagte zornig: »Keine Zaubersprüche, Anna! Denk an Tonino!«

Noch viel mehr interessierten Paolo die Geräusche außerhalb: marschierende Füße, gebrüllte Befehle, Trommelgedröhn, Pferdegetrappel, lautes Gerumpel und Fluchen. Paolo schoss aus dem Bett. Das konnte nur die Armee sein.

»Hunderte sind das!«, hörte er Tante Anna sagen.

»Und die meisten jünger als mein Domenico«, sagte Tante Maria. »Claudia, nimm bitte den Korb, ich will das Tor schließen. Da ziehn sie alle gegen drei Armeen und haben nicht einmal einen Schutzzauber. Es ist zum Weinen!«

Paolo rannte die Galerie entlang, er zog sich im Laufen die Jacke an und eilte über die Stufen hinunter in das winterlich blasse Sonnenlicht.

Doch so sehr er sich beeilte, er kam zu spät. Das Tor war schon verrammelt und der kriegerische Lärm ausgeschlossen. Die Damen gingen mit ihren Körben über den Hof.

»Wo willst du denn hin?!«, rief ihm Elizabeth zu. »Niemand verlässt heute das Haus. Es wird Kämpfe geben. Die Schulen haben geschlossen.«

Sie stellten ihre Körbe nieder, um die Küchentür zu öffnen. Paolo sah, wie sie zurückschraken, und hörte sie entsetzt aufschreien.

»Ach, du meine Güte!«, rief Elizabeth.

»Dass mir das keiner Gina erzählt!«, sagte Tante Maria.

Im gleichen Augenblick klopfte jemand dröhnend ans Tor der Casa. »Schau nach, wer das ist, Paolo!«, rief Tante Anna.

Paolo öffnete das Guckloch am Tor. Jetzt konnte er wenigstens einen Blick auf die Armee werfen. Und dass die Schulen geschlossen waren, freute ihn besonders. Er hatte ohnehin nicht vorgehabt, zur Schule zu gehen.

Draußen stand ein Mann in Uniform, der brüllte: »Aufmachen! Im Namen des Herzogs!« Hinter dem Mann konnte Paolo glänzende marschierende Stiefel sehen und weitere Uniformen. Er öffnete das verrammelte Tor.

Inzwischen war klar, dass man Tante Gina nicht von der Küche fern halten konnte. Ihre Schritte klapperten schon auf der Treppe. Dann war eine Schrecksekunde lang Stille. Gleich darauf war die ganze Casa von Ginas Geschrei erfüllt.

»Oh mein Gott! Madonna mia! Ungeziefer!« Ihr Geschrei erstickte sogar den Lärm der Militärkapelle, die eben vorbeimarschierte, als Paolo das Tor öffnete.

Der Mann draußen warf Paolo ein Blatt Papier zu, stürzte weiter und hämmerte gegen das nächste Tor. Paolo sah auf das Papier. Er hatte plötzlich die verrückte Idee, der Mann hätte ihm eben die Worte des Engels in die Hand gedrückt. Und plötzlich fiel ihm der Engel über dem Haustor ein. Aber dann starrte er auf das Papier, er vergaß Tante Gina, die kreischend verkündete, was sie alles mit Lucia tun wollte, er vergaß auch die große Kanone, die eben, von vier Pferden gezogen, vorbeirumpelte. Paolo las:

»Staat Caprona, Blatt Fr3, Einberufung der Letzten Reservisten. Die Folgenden mögen sich am 14. Januar, 3 Uhr, beim Arsenal zum sofortigen Dienst melden: Antonio Montana, Lorenzo Montana, Piero Montana, Ricardo Montana, Arturo Montana (geborener Notti), Carlo Mon-

tana, Luigi Montana, Angelo Montana, Luca Montana, Giovanni Montana, Piero Jacopo Montana, Rinaldo Montana, Domenico Montana, Francesco Montana.«

Das waren praktisch alle. Paolo hatte nicht daran gedacht, dass auch sein Vater zur Letzten Reserve gehörte.

»Mach das Tor zu!«, schrie Tante Maria.

Paolo wollte eben gehorchen, als ihm einfiel, dass er immer noch nicht auf den Engel geblickt hatte. Er drückte sich nach draußen und starrte hinauf, während ein halbes Regiment Infanterie hinter ihm vorbeimarschierte. Es schien, als hätten in der letzten Nacht alle Tauben Capronas sich einen Sitzplatz auf dem goldenen Schnitzwerk gesucht. Es war über und über voll Vogelkot. Auf dem ausgestreckten Arm, der die Schriftrolle hielt, lag besonders viel. Und die Rolle selbst war eine einzige verkrustete weiße Masse. Paolo schauderte. Es erschien ihm wie ein Omen. Er bemerkte nicht, wie einer der marschierenden Soldaten sich aus seiner Abteilung löste und hinter ihn trat. »An deiner Stelle würde ich das Tor schließen«, sagte Chrestomanci.

Paolo blickte zu ihm auf und hätte gern gewusst, warum Leute so anders aussahen, wenn sie Uniform trugen. Er riss sich zusammen und zog die beiden Torflügel zu. Chrestomanci half ihm die großen Eisenstangen einzuhaken, um das Tor zu verschließen. Dabei sagte er: »Ich war schon in aller Früh in der Casa Petrocchi, ihr braucht mir also nicht viel zu erklären. Aber wissen möchte ich, was mit eurer Küche los ist.«

Paolo riss die Augen auf. Acht Körbe, bis oben gefüllt mit gelbbraunen Brotlaiben, standen vor der Küchentür. Aufgeregte Geräusche drangen aus der Küche und ein merkwürdiger Summ- und Brummton.

»Ich glaube, das ist schon wieder wegen Lucias Zauberspruch«, sagte er. Paolo und Chrestomanci rannten in den Hof, aber noch bevor sie drei Schritte zurückgelegt hatten, brachen sämtliche Tanten aus der Küche und stürzten auf die beiden zu. Antonio und die Onkel eilten von der Galerie herab und von sonst überall her strömten Cousins und Cousinen. Tante Francesca wogte aus dem Salon. Sie hatte die ganze Nacht dort verbracht und sie sah auch so aus. Chrestomanci befand sich bald mitten in der Menge und musste allen zugleich Erklärungen abgeben.

»Es war ganz richtig, dass ihr mich zu Hilfe gerufen habt«, sagte er zu Rosa und Tante Francesca. »Der Alte Niccolo wird noch hundert Jahre alt. Aber ihr solltet euch ein bisschen ausruhen.« Zu Elizabeth und Antonio sagte er: »Ich weiß etwas von Tonino.« Und zu Rinaldo: »Das ist heute schon meine vierte Uniform. In den Hügeln wird gekämpft. Und irgendwie musste ich ja durchkommen. Was ist bloß in den Herzog gefahren«, fragte er die Onkel, »dass er den Krieg so früh erklärt hat? Ich hätte Hilfe von Rom haben können. Er hätte nur Geduld aufbringen müssen!«

Keiner von ihnen wusste, was in den Herzog gefahren war, das teilten ihm alle zugleich mit. »Ich weiß«, sagte Chrestomanci, »ich weiß. Keine Kriegszaubersprüche. Ich glaube, der feindliche Zauberer hat bezüglich Tonino und Angelica einen Fehler begangen. Das gibt mir, wenn schon sonst nichts, wenigstens freie Hand.« Als Aufregung und Lärm trotzdem nicht geringer wurden, sagte Chrestomanci: »Übrigens, die Letzte Reserve ist einberufen.« Er gab Paolo einen Wink, das Papier Antonio zu überreichen.

In der ernüchterten Stille, die darauf eintrat, bahnte Chrestomanci sich seinen Weg zur Küche und steckte den Kopf hinein. Paolo hörte ihn murmeln: »Oh, du mein lieber Gott!«

Paolo verzog sich aus der Menge, die sich um Antonio drängte, und blickte unter Chrestomancis Ellbogen durch. Er sah ganze Gebirge von wimmelndem Ungeziefer. Die Luft war voll Geschwirr, Gesumm und Gebrumm von Fliegen aller Art, Stechmücken, Wespen. Käfer, Ameisen, Küchenschaben und hunderterlei anderes Krabbelzeug saßen und krochen auf dem Fußboden, auf den Regalen und dem Abwaschbecken. Paolo spähte durch das summende, brummende Gewölk und glaubte, auf dem Küchenofen einen Heuschreckenschwarm zu sehen. Es war noch schlimmer, als er sich als kleines Kind die Petrocchi-Küche vorgestellt hatte.

Chrestomanci tat einen tiefen Seufzer. Paolo hatte den Verdacht, dass er sich ein Lachen verbiss. Lucia war herbeigeeilt und stand hinter ihnen zwischen den Brotkörben. Sie überlegte, ob sie nicht lieber wegrennen sollte.

»Ich bin sicher«, sagte Chrestomanci zu Lucia – er bemühte sich wirklich, nicht zu lachen, und musste noch einmal anfangen, »ich bin sicher, dass du schon was von Zauberspruchmissbrauch gehört hast. Ich frage nur aus Interesse: Was für einen hast du verwendet?«

»Ihren eigenen Text zum ›Engel von Caprona‹«, rief Tante Maria zornig aus der Menge herüber. »Gina hat darüber fast den Verstand verloren.«

»Alle Kinder haben mitgemacht«, erklärte Lucia herausfordernd. »Ich war es schließlich nicht allein.«

Chrestomanci sah Paolo an und Paolo nickte. »Meine Hochachtung für die Kräfte der jungen Montanas!«, sagte Chrestomanci. Er wandte sich um und schnalzte mit den Fingern in die summende, krabbelnde Küche. Es passierte nicht viel. Die Insektenwolken lichteten sich ein wenig, so dass Paolo tatsächlich Heuschrecken auf dem Herd erkennen konnte, aber das war auch schon alles. Chrestomanci hob die Augenbrauen und schnippte noch einmal. Diesmal passierte überhaupt nichts. Er trat zurück und blickte nachdenklich drein.

»Mit allem schuldigen Respekt für den Engel von Caprona«, sagte er zu Paolo und Lucia, »aber diese Kraft kann nicht von ihm allein stammen. Ich fürchte, dieser Spruch wird bloß durch eigene Abnützung verschwinden.« Und zu Tante Maria sagte er: »Kein Wunder, dass der feindliche Zauberer vor der Casa Montana solche Angst hat. Bedeutet das Gehexe da vielleicht, dass es nichts zu essen gibt?«

»Nein, nein, wir kochen im Esszimmer«, sagte Tante Maria verwirrt.

»Gut«, antwortete Chrestomanci. »Es gibt nämlich etwas, das ich sagen muss, wenn alle hier sind.«

Als alle um die Tische versammelt waren, um trockene Semmeln zu essen und schwarzen Kaffee zu trinken, der über dem Kaminfeuer gekocht worden war, stellte Chrestomanci sich vor das Feuer hin, eine Kaffeetasse in Händen, und sagte: »Ich weiß, nur wenige von euch sind der Meinung, dass Tonino sich nicht in der Casa Petrocci befindet. Ich schwöre euch aber, dass er wirklich nicht dort ist und dass Angelica Petrocchi auch vermisst wird. Ich glaube, ihr habt ganz Recht damit, dass ihr aufhört Zaubersprüche zu machen, bis die Kinder gefunden sind. Was ich aber sagen will, ist Folgendes: Sogar dann, wenn ich Tonino und Angelica in dieser selben Minute fände, könnten alle Zaubersprüche der Casa Montana und der Casa Petrocchi zusammen Caprona jetzt nicht mehr retten. Die drei feindlichen Staaten werden von dem feindlichen Zauberer missbraucht, der den Krieg sucht und Caprona vernichten will. Das Einzige, was helfen kann, ist der echte Text vom ›Engel von Caprona‹. Habt ihr das alle begriffen?«

Sie hatten es alle begriffen. Eine Zeit lang sprach niemand. Dann begann Onkel Lorenzo zu murren, weil Motten in seine Reservistenuniform geraten waren. »Jemand hat den Mottenzauberspruch herausgetrennt!«, beschwerte er sich. »Ich kann mich ja so nicht sehen lassen.«

»Das ist doch völlig egal«, sagte Rinaldo. Er war sehr bleich und nahm nichts als etwas Kaffee zu sich. »Du wirst ohnehin bald tot sein!«

»Sei doch still«, fuhr Domenico ihn an.

Onkel Lorenzo war so überrascht, dass er nicht weiterredete. Das Frühstück wurde unter niedergeschlagenem Gemurmel beendet.

Paolo stand auf und glitt hinter die Bank, auf der Chrestomanci saß. »Entschuldigen Sie, Signore, wissen Sie, wo Tonino ist?«

»Ich wollte, ich wüsste es«, sagte Chrestomanci. »Aber dieser Zauberer ist einfach zu geschickt. Ich habe bis jetzt nur zwei Anhaltspunkte. In der letzten Nacht, als ich von Siena heraufeilte, kam mir irgendjemand mit sehr merkwürdigen Zaubersprüchen zuvor.«

»Tonino?«, fragte Paolo eifrig.

Chrestomanci schüttelte den Kopf. »Der erste war eindeutig von Angelica. Sie hat etwas, das man einen individuellen Stil nennen könnte. Aber der zweite Spruch hat mich verwirrt. Glaubst du, dein Bruder ist in der Lage, etwas so Starkes zustande zu bringen, dass er einen anderen Zauber durchbricht? Angelica ist das durch reinen Überraschungszauber gelungen. Hätte Tonino das gekonnt?«

»Ich glaube schon«, sagte Paolo. »Er weiß nur wenige Sprüche, aber die verwendet er immer richtig und sie wirken.«

»Dann bleibt die Sache ein Geheimnis«, sagte Chrestomanci. Er seufzte.

Er sieht müde aus, dachte Paolo. »Danke, Chrestomanci«, sagte er und lief weg. Er reimte sich sorgfältig ein Durcheinander unwahrscheinlicher Ausreden zusammen, was er jetzt, da die Schule doch geschlossen war, tun würde. Er wollte nämlich nicht, dass irgendjemand merkte, was er wirklich vorhatte.

Er schlüpfte durch den Wagenschuppen an den zerknitterten Pferden, dem Kutscher und an der Kutsche vorüber und öffnete die kleine Tür an der Hinterwand. Er war schon fast draußen, als er am Vordereingang des Schuppens Rosa hörte, die unsicher fragte: »Paolo? Bist du da drin?«

Nein, bin ich nicht, dachte Paolo und schloss die kleine Tür hinter sich, so behutsam er konnte. Dann rannte er los.

Zu diesem Zeitpunkt waren keine Soldaten und auch sonst niemand auf den Straßen. Paolo rannte an gelben Häusern mit verrammelten Fensterläden vorüber. Er rannte in einer Stille dahin, die nur hin und wieder von unbehaglichem Glockengeläut unterbrochen wurde. Von Zeit zu Zeit glaubte er, ein schwaches, entferntes Dröhnen und Geknatter zu hören. Wo immer die Häuser den Blick freigaben und Paolo die Hügel erkennen konnte, sah er Soldaten. Er sah sie nicht als Soldaten, sondern als kriechende, huschende, funkelnde Linie, die sich aufwärts schlängelte. Und er sah vereinzelte kleine Rauchwolken. Der Kampf war sehr nahe.

Paolo war der einzige Mensch in der Via Cantello. Die Casa Petrocchi war genauso verrammelt und verbarrikadiert wie die Casa Montana. Und ihr Engel war gleichfalls mit weißem Vogelkot bedeckt. Wie die Montanas hatten die Petrocchis aufgehört, Sprüche herzustellen. Chrestomanci hat Recht gehabt in Bezug auf Angelica, dachte Paolo. Das munterte ihn auf und machte ihm Mut, an das alte Tor zu hämmern.

Von innen war kein Laut zu hören. Aber nach höchstens einer Sekunde sprang eine weiße Katze auf das Tor und schaute mit Augen herunter, die noch blauer waren als die Paolos.

Diese Augen erinnerten Paolo daran, dass seine eigene Augenfarbe ihn verraten konnte. Er würde es kaum wagen, die Farbe mit einem Zauberspruch zu verändern, falls die Petrocchis es bemerkten. So sagte er sich, dass er die einzige Person auftreiben musste, die geeignet war Tonino suchen zu helfen. Und er sagte zu der Katze: »Renata. Könnte ich mit Renata sprechen?«

Die weiße Katze starrte ihn an. Vielleicht sagte sie ihm irgendetwas? Dann sprang sie nach drinnen, in die Casa hinein, und ließ Paolo mit dem unbehaglichen Gefühl zurück, dass sie wusste, wer er war. Aber Paolo wartete. Als er sich schon fast entschieden hatte doch wegzugehen, wurde das Guckloch aufgeschoben. Erleichtert sah Paolo Renatas spitzes Gesicht durch die kleine Öffnung.

»Holla!«, sagte sie. »Jetzt weiß ich, warum Vittoria mich geholt hat. Gut, dass du kommst.«

»Hilf mir Tonino und Angelica suchen«, sagte Paolo. »Niemand hört auf mich!«

»Hm.« Renata zog eine Strähne ihres roten Haars

in den Mund und kaute daran. »Wir dürfen nicht einfach weggehen. Denk dir einen Grund aus.«

»Deine Lehrerin ist krank und hat einen Schock gekriegt wegen des Krieges. Sie will, dass wir bei ihr sitzen und Händchen halten«, schlug Paolo vor.

»Das könnte klappen«, sagte Renata. »Komm herein, bis ich gefragt hab.« Paolo hörte, wie innen die Eisenstangen ausgehakt wurden. »Sie heißt Frau Grimaldi«, flüsterte Renata und öffnete das Tor. »Sie wohnt in der Via Sant' Angelo. Und es geht ihr ganz fürchterlich schlecht, falls sie dich fragen. Komm herein!«

Paolo betrat die Casa Petrocchi und merkte erfreut, dass er sich nicht besonders fürchtete. Er fühlte sich wie vor einer Prüfung, für die er besonders viel gelernt hatte.

Er sah einen Hof und eine Galerie. Sie waren dem Hof und der Galerie in der Casa Montana so ähnlich, dass er hätte glauben können, er sei auf zauberhafte Weise nach Hause geraten. Natürlich gab es Unterschiede. Das Geländer der Galerie war aus fantastisch gearbeitetem Schmiedeeisen mit eisernen Leoparden darauf. Die Katzen, die auf den Wassertonnen saßen und sich sonnten, waren meist rot oder getigert oder gefleckt. In der Casa Montana mit dem Oberkater Benvenuto waren die meisten entweder schwarz oder schwarz und weiß. Ein Strom Küchenduft wehte herüber – gebratene Zwiebeln. Paolo hatte keinen solchen Duft gerochen, seit Lucia ihren unglückseligen Zauberspruch gesungen hatte.

»Mutter!«, schrie Renata.

Aber die erste Person, die erschien, war Marco. Marco kam die Stufen der Galerie heruntergaloppiert, ein Paar hoher glänzender Stiefel in einer Hand, eine verknitterte rote Uniform über dem Arm. »Mutter!«, brüllte er in der unbekümmerten Art, in der Söhne oft nach ihren Müttern rufen. »Mutter! In meiner Uniform sind Motten! Wer hat den Mottenzauberspruch herausgetrennt?«

»Blödian!«, sagte Renata zu ihm. »Wir haben doch letzte Nacht alle Zaubersprüche weggeräumt!« Und zu Paolo sagte sie: »Das ist mein Bruder Marco!«

Marco wandte sich ungeduldig an Renata: »Aber Motten brauchen doch Monate –« Dann erkannte er Paolo.

Es ist schwer zu sagen, wer von beiden mehr erschrak.

In eben diesem Augenblick kam eine sorgenvoll blickende Dame über den Hof. Sie trug einen kleinen Jungen. Das Baby hatte die gleiche vorgewölbte Stirn wie Angelica. »Ich weiß nicht, Marco«, sagte sie. »Bitte Rosa, dass sie sie stopft. Was ist los, Renata?«

Marco unterbrach sie. »Rosa«, sagte er und sah Paolo dabei streng an, »ist bei ihrer *Schwester*. Wer ist dein Freund, Renata?«

Paolo konnte nicht widerstehen. »Ich bin Paolo Andretti«, sagte er boshaft. Marco warf ihm einen viel sagenden Blick zu, worauf Paolo kein weiteres Wort zu äußern wagte.

Renata war erleichtert. Jetzt wusste sie, wie sie Paolo vorstellen sollte. »Paolo möchte, dass ich mitkomme und mich um Frau Grimaldi kümmere. Sie liegt krank zu Bett, Mutter.«

Marco schien besorgt. Seine Augen wurden weit und verengten sich dann zu schmalen Schlitzen. Er wollte Renata nicht fortlassen. Aber wie sollte er das durchsetzen? Er konnte nicht verraten, dass er Paolo kannte, ohne sich und Rosa zu verraten. Paolo hätte am liebsten laut gelacht.

»Die arme Frau Grimaldi«, sagte Signora Petrocchi. »Aber ich glaube nicht, Renata, dass …«

»Weiß Frau Grimaldi denn nicht, dass Krieg ist?«, fragte Marco. »Hat Paolo dir berichtet, dass sie krank ist?«

»Jawohl«, antwortete Paolo schlagfertig. »Meine Mutter ist mit Frau Grimaldi eng befreundet. Meine Mutter macht sich Sorgen um sie, weil es ihr gar so schlecht geht.«

»Und selbstverständlich weiß sie, dass Krieg ist«, sagte Renata. »Hab ich dir nie erzählt, Marco, wie sie sich unter ihrem Pult verkriecht, wenn's irgendwo kracht? Sie wird sofort steif vor Schreck, wenn sie nur einen Schuss hört!«

»Es war alles zu viel für sie, sagt meine Mutter«, setzte Paolo hinzu.

Marco versuchte es anders. »Aber warum will denn Frau Grimaldi ausgerechnet *dich* sehen, Renata? Seit wann bist du ein Lehrer-Liebling?«

»Bin ich doch gar nicht«, sagte Renata, die Paolo an Zungenfertigkeit nicht nachstand. »Sie möchte, dass ich sie mit ein paar Sprüchen unterhalte.«

»Du darfst keine Sprüche verwenden! Wegen Angelica!«, riefen Frau Petrocchi und Marco gleichzeitig.

»Aber natürlich nicht«, fuhr Renata fort. »Ich will ihr bloß ein paar Lieder vorsingen. Sie hat es so gern, wenn ich singe. Und Paolo soll ihr aus der Bibel vorlesen. Sag doch, dass wir gehen dürfen, Mama! Stell dir vor, die Arme liegt im Bett, ganz allein!«

»Also gut«, sagte Frau Petrocchi.

»Die Straßen sind nicht sicher«, sagte Marco.

»Ich hab überhaupt niemanden gesehen«, entgegnete Paolo.

»Mutter«, sagte Renata. »Du wirst doch bitte Marcos Uniform stopfen, ja?«

»Jaja, natürlich!«, sagte Frau Petrocchi.

Renata nahm das als Erlaubnis, mit Paolo wegzugehen. »Komm«, sagte sie zu ihm und rannte an Marco vorüber auf ein Gebäude zu, das augenscheinlich der Wagenschuppen war. Paolo flitzte ihr nach.

Aber Marco war noch nicht besiegt. Bevor Renata die Hand nach dem Riegel des Tors ausstrecken konnte, lehnte sich jemand, offensichtlich ein Onkel, über das Galeriegeländer. »Renata, sei ein liebes Mädchen und such mir meinen Tabak!« Jemand anders, offensichtlich eine Tante, kam aus der Küche. Sie sah aus, wie Tante Gina mit rotem Haar ausgesehen hätte, und heulte mit einer zum Verwechseln ähnlichen Stimme: »Renata! Hast du mein einziges scharfes Messer genommen?« Ein paar kleine Cousins und Cousinen sprangen aus der nächsten Tür:

»Renata, du hast versprochen, du spielst mit uns Verkleiden!« Und Frau Petrocchi hielt Renata besorgt und unentschlossen den kleinen Bruder hin und sagte: »Renata, du musst auf Roberto aufpassen, solange ich nähe!«

»Ich hab keine Zeit mehr!«, schrie Renata zurück. »Die arme Frau Grimaldi!« Sie riss das große Tor des Schuppens auf und stieß Paolo hinein. »Was ist denn los?«, flüsterte sie.

Paolo war klar, was da los war. Es war wie in der Casa Montana – Marco hatte einen Zauber ausgesendet, nicht einen Schreckzauber, das wagte er nicht, aber eine Art allgemeinen Unbehaglichkeitszauber.

»Marco versucht uns aufzuhalten«, sagte er.

»Das merke ich«, entgegnete sie.

Sie liefen an der glänzenden Petrocchi-Kutsche vorüber – Paolo fand das sehr interessant –, an vier schwarzen Papppferden, die so verknittert und verdreckt waren wie die Pferde in der Casa Montana.

»Warum tut er das? Warum will er uns aufhalten? Wieso weiß er denn, dass …«, fragte Renata atemlos.

Hinter ihnen erhob sich ein Brausen von Petrocchi-Stimmen, die alle nach Renata riefen. »Er weiß es eben«, sagte Paolo. »Beeil dich!«

Die kleine Tür zur Straße hatte einen großen, unhandlichen Schlüssel. Renata nahm ihn in beide Hände und bemühte sich ihn umzudrehen. »Kennt er dich?«, fragte sie.

Wie als Antwort klang Marcos Stimme hinter der Kutsche hervor: »Renata!« Und dann, sanfter:

»Paolo! Paolo Montana – kommt her!« Die Tür war offen. »Lauf jetzt, wenn du mitkommen willst!«, sagte Paolo zu Renata. Sie schossen auf die Straße hinaus und rannten. Marco stand in der Tür und schrie ihnen etwas nach, aber er schien sie nicht zu verfolgen. Trotzdem rannte Paolo weiter und Renata rannte mit. Paolo wollte nicht reden. Er musste den Schock verdauen. Marco – Marco Andretti war tatsächlich Marco Petrocchi! Er musste Guidos ältester Sohn sein. Rosa Montana und Marco Petrocchi … Wie hatten sie das gemacht? Wie in aller Welt hatten sie das fertig gebracht? Und wie würden sie es in Zukunft schaffen?

»Schon gut, das reicht!«, keuchte Renata. Sie hatten den Corso überquert und befanden sich am Flussufer. Sie trotteten die menschenleeren Kais entlang, in Richtung Neue Brücke.

»Jetzt erzähl mir, wieso Marco dich kennt!«, sagte Renata. »Oder ich geh keinen Schritt weiter!«

Paolo betrachtete sie prüfend. Er hatte bereits entdeckt, dass Renata, wie Tante Gina sagen würde, einen solchen Scharfblick hatte, dass man sich daran schneiden konnte, und er mochte es nicht, wie sie ihn ansah. »Marco hat mich natürlich im Palast gesehen«, sagte er.

»Nein, hat er nicht«, sagte Renata. »Er hat nämlich unsere Kutsche gefahren. Er war unser Kutscher. Er kennt deinen Namen *und* weiß, warum du gekommen bist. Na?«

»Vielleicht hat er auf den Stufen zur Kunstgalerie

gestanden und wir haben ihn im Nebel nicht bemerkt!«, sagte Paolo.

Renatas scharfe Augen musterten ihn auf eine Weise, die ihm gar nicht gefiel. »Gut gebrüllt, Löwe«, sagte sie. Paolo versuchte ihrem Blick auszuweichen, indem er sich umwandte und am Kai weiterschlenderte. Renata folgte ihm und bemerkte: »Damit wolltest du mich bloß verwirren, damit ich nicht weiterfrage. Aber da haben Sie sich geschnitten, Signor Montana! Denn, schade, Marco war gar nicht bei dem Gerangel auf dem Corso dabei! Sie wollten ihn bei dem Zweikampf antreten lassen, aber er war nicht da. Und so musste Papa kämpfen. Und ich sag dir, du willst einfach nicht, dass ich weiß, wieso Marco dich kennt. Und ich sag dir, Marco weiß gar nichts. Sonst hätte er mir gesagt, wer du bist. Denn er hätte bestimmt geglaubt, dass er mich damit zurückhalten kann.«

»*Du* hast dich geschnitten!«, gab Paolo über die Schulter zurück. »Weil du gar so gescheit sein willst. Ich weiß nicht, wieso Marco mich kennt. Aber es war jedenfalls freundlich von ihm, nichts zu sagen …« Er hielt inne. Er schnupperte. Er befand sich auf Höhe einer Allee, an deren Ende ein Haus mit abblätternder blauer Farbe stand. Es lag etwas in der Luft rund um diese Allee. Paolo schnupperte mit einem Gespür, von dem er kaum wusste, dass er es besaß. Es lag ihm im Blut. Es war Generationen von Spruchzauberern angeboren. Er spürte: Hier war ein Zauber geworfen worden, ein sehr starker, und erst vor kurzem.

Renata holte ihn ein. »Du wirst dich nicht herauswinden!« Sie hielt inne. »Da hat doch jemand einen Zauber gelegt!«

»Angelica vielleicht? Kannst du das erkennen?«, fragte Paolo.

»Warum fragst du?«

Paolo erklärte ihr, was Chrestomanci gesagt hatte. Renata wurde rot und sie stieß mit dem Fuß gegen eine Ankerkette, die quer über dem Weg lag. »Individueller Stil«, sagte sie. »Der macht Witze! Es ist nicht Angelicas Schuld. Sie hat's von Geburt an. Und einen Spruch wirken zu lassen, auch wenn alles an ihm falsch ist, das kann wirklich nicht jeder. Ich glaube, sie ist so etwas wie ein Hintenherum-Genie. Und das hab ich auch der Herzogin von Caprona gesagt, als sie so lachte.«

»Aber ist es Angelicas Spruch?«, fragte Paolo. Er konnte von irgendwo flussabwärts Gewehrfeuer hören, vermischt mit dem dumpfen Gedröhn von den Hügeln, wie ein grobes Klopfen – bumm bumm –, als wenn ein Riese Holz hackt. Paolo hob den Kopf, um zu lauschen, und er sagte: »Ich weiß, dass es nicht Tonino war, der zaubert genauer.«

»Kann sein«, sagte Renata und hob gleichfalls den Kopf. »Aber es fühlt sich ein wenig lasch an, nicht? Jedenfalls nicht sehr stark. Der Krieg klingt schrecklich nahe. Ich glaube, wir sollten vom Kai weg.«

Paolo zögerte. Er war sicher, sie waren dem Zauber dicht auf der Spur. Der schale Spruch verströmte Kränkliches, das ihn an die fahl gelbe Botschaft im Hof erinnerte.

Während er noch zögerte, schien der Krieg plötzlich über ihnen zu toben. Ohrenbetäubend, metallen schmetternd, schrecklich. Es hörte sich an, als schlüge jemand mit einem enormen Stück Blech um sich oder als rassle ein riesiger Wecker. Dazu ein gellendes, metallisches Kreischen. Paolo und Renata duckten sich und legten die Hände an die Ohren. Ungeheure Dinge wirbelten über sie hin. Was immer es war, es flog über sie hinweg auf den Fluss hinaus. Paolo und Renata kauerten auf dem Kai und starrten hinterher. Die metallenen Trümmer flatterten jetzt in einer Gruppe dahin. Es waren mindestens acht Stück. Sie lärmten und kreischten. Paolo dachte zuerst an Flugapparate und dann an das Flügelpferd der Montanas. An den großen dunklen Körpern schienen Beine zu baumeln und ihre Metallflügel wirbelten wütend. Etliche flogen nicht sehr gut. Einer verlor an Höhe, obwohl er wie verrückt mit den Flügeln klapperte, und stürzte aufklatschend in den Fluss, dass die Tropfen bis über die Neue Brücke stoben und Renata und Paolo nass spritzten. Ein anderer verlor gleichfalls an Höhe und schlug mit dem Eisenschwanz, um sich im Gleichgewicht zu halten. Paolo erkannte, dass es einer der Greifvögel von der Piazza Nuova war. Der Vogel fiel gleichfalls platschend ins Wasser.

Renata begann zu lachen. »Also, das war Angelica!«, sagte sie. »Ihren Zauber würde ich unter tausenden herauskennen.«

Sie sprangen auf und rannten über die Treppe zur Piazza Nuova hinauf. Das Getöse der Vögel übertönte fast das Geknatter des Gewehrfeuers. Renata und Paolo stürzten die Stufen hinauf und wandten sich auf jedem Treppenabsatz um, um zu sehen, was mit den übrigen Vögeln geschah. Weitere zwei stürzten in den Fluss, die nächsten beiden in die Gärten reicher Villen. Aber die letzten zwei flogen gut. Als Paolo wieder hinsah, kämpften sie darum, Höhe zu gewinnen, um über die Hügel jenseits des Palastes zu gelangen. Das entfernte Dröhnen klang heftig und wütend. Die Metallflügel waren nur noch verschwommen zu erkennen.

Paolo und Renata wandten sich ab und stiegen weiter hinauf. »Was hat das zu bedeuten? Ein Hilferuf?«, keuchte Paolo.

»Das muss es sein!«, schnaufte Renata. »Angelicas Zaubersprüche - haben - immer - eine Art verrückte Vernunft.«

Das Echo eines Gedröhns ließ die Kinder herumwirbeln. Noch ein Vogel war abgestürzt, aber sie sahen nicht, wo. Wie gebannt beobachteten sie die Bemühungen des allerletzten. Er hatte nun die marmorne Front des Herzogspalastes erreicht, aber er war nicht hoch genug, um ihn überfliegen zu können. Der Greif schien das zu wissen. Er streckte die Krallen aus, als wollte er auf den marmornen Zinnen der Brustwehr landen. Aber es gelang nicht. Sie sahen, wie er die bunte Marmorfassade herabglitt, sie konnten sogar hören, wie er daran entlangschürfte, tiefer und tiefer, bis er endlich auf das Dach der marmornen Toreinfahrt krachte und dort hängen blieb. Über dem

Vogel waren zwei lange Kratzfurchen zu sehen, die ganze Front des Palastes herunter.

»Auweh!«, sagte Paolo.

Er und Renata stiegen zu der seltsam leeren Piazza Nuova hinauf. Sie war jetzt nicht mehr als eine große gepflasterte, von einer niedrigen Mauer umgebene Plattform. Neben den abgebrochenen Sockeln und Stümpfen der Greifvögel in der Mauer waren die zerbrochenen grünen oder scharlachroten Plaketten zu sehen. In der Mitte, dort, wo der verschlungene Vogel-Greif-Brunnen gewesen war, rann ein dünner Wasserstrahl aus einem Rohr.

»Schau doch! Was für Zaubersprüche sie gebrochen hat!«, schrie Renata. »Ich hätte nie geglaubt, dass sie so etwas fertig bringt! Das ist ja ungeheuerlich!«

Paolo schaute neidvoll zu dem Palast hinüber, in dessen Marmor Abwehrzaubersprüche gemeißelt waren. Angelica musste sie alle gebrochen haben. Das Seltsamste war, dass er ihren Zauber hier nicht spüren konnte. Die Piazza Nuova hätte nach Zauber stinken müssen, aber er nahm nichts wahr. Verwirrt sah er sich um. Und da kam, langsam und müde, eine vertraute braune Gestalt die niedrige Mauer entlanggetrottet.

»Benvenuto!«, flüsterte er.

Einen Augenblick lang sah es aus, als würde Benvenuto an Paolo vorübergehen, wie er es so oft tat. Aber Benvenuto blieb stehen. Er starrte Paolo drängend an. Vorsichtig öffnete er das Maul und spie einen klein gefalteten Papierstreifen aus. Dann legte er sich nieder und schien das Interesse an der Welt zu verlieren. Seine braunen Flanken bebten. Paolo hob das Papier auf. Renata blickte ihm über die Schulter, als er den Zettel auffaltete – er tat es ziemlich angeekelt, weil das Papier nass war. Die Schrift war eindeutig Toninos Handschrift, obwohl sehr, sehr klein geschrieben. Und nicht viel von Toninos Botschaft hatte in Benvenutos Maul überlebt. Aber das konnte Paolo nicht ahnen. Sie lasen:

gel ext ei En ü or

Es war kein Wunder, dass sie das missverstanden. Von der Piazza Nuova aus war jetzt, da die Greife fort waren, ein Engel deutlich sichtbar, golden und streng bewachte er oben auf der großen Kathedrale Caprona, das schon umringt war vom Rauch der Gewehrfeuer.

»Glaubst du, wir können dort hinauf?«, fragte Paolo.

Renatas Gesicht war bleich. »Versuchen wir es. Aber ich warne dich. Mir wird leicht schwindlig!«

Sie eilten hinunter in den Ort und ließen Benvenuto schlafend auf der Mauer zurück. Nach einer Weile rappelte der Kater sich auf und trottete weiter. Er hatte sich erholt. Es waren mehr als ein paar Gewehrschüsse nötig, um Benvenuto außer Gefecht zu setzen.

Vierzehntes Kapitel

Die warme Rocktasche, in der Tonino saß, schwankte und wankte, als der Herzog aufstand. »Natürlich rauch ich eine Zigarre«, sagte er beleidigt zu der Herzogin. »Jeder Mensch würde eine Zigarre rauchen, wenn er drauf kommt, dass er den Krieg erklärt hat. Und zwar ohne es zu wissen; und wenn er noch dazu sicher ist, dass er geschlagen wird.« Seine Stimme dröhnte eher durch seinen Leib als von außen an Toninos Ohr.

»Ich hab dir erklärt, Herr Herzog, Zigarrenrauchen schadet deiner Gesundheit«, sagte die Herzogin. »Wo gehst du hin?«

»Ich? Oh!«, sagte der Herzog. Die Rocktaschen schwankten wieder, als er die Stufen zur Tür hinaufstieg. »In die Küche natürlich. Ich hab Hunger!«

»Du könntest dir doch etwas zu essen bringen lassen«, sagte die Herzogin, aber es klang nicht ungehalten. Tonino wusste, dass sie glaubte, er und Angelica wären noch im Studierzimmer. Sie wollte den Herzog so lange draußen haben, bis sie die Kinder gefunden hätte.

Tonino hörte, wie die Tür geschlossen wurde. Die Rocktaschen schwangen rhythmisch, wie der Herzog so dahinging. Als Tonino sich einmal daran gewöhnt hatte, war es gar nicht so schlimm. Es war eine große Tasche. Darin war Platz für Tonino und das Feuerzeug des Herzogs und sein Taschentuch, eine weitere Zigarre, ein Stück Bindfaden, ein paar Münzen, einen Rosenkranz und etliche Würfel. Tonino machte es sich mit dem Taschentuch als Polster bequem und wünschte nur, der Herzog würde nicht ständig auf die Tasche klopfen, um sich zu vergewissern, dass er noch da war.

»Geht's euch gut da drin?«, brummte der Herzog. »Niemand da. Ihr könnt den Kopf herausstrecken. Ich hab an die Küche gedacht, denn ihr seht mir nicht danach aus, als hättet ihr schon gefrühstückt.«

»Sie sind sehr freundlich«, sagte Angelica zart. Tonino kämpfte sich auf die Füße und streckte im Schutz der Taschenklappe den Kopf heraus. Er konnte Angelica nicht sehen, aber er hörte sie sagen: »Sie haben allerhand in Ihren Rocktaschen, nicht? Wissen Sie vielleicht, was da an meinem Fuß klebt?«

»Äh – ein Karamellbonbon, nehme ich an«, sagte der Herzog. »Würdest du mir die Freude machen, ihn aufzuessen?«

»Danke«, sagte Angelica zögernd.

»Sagen Sie bitte«, fragte Tonino, »wieso hat die Herzogin nicht gewusst, dass wir in Ihren Taschen stecken? Vorher hat sie uns riechen können!«

Der Herzog brach in lautes Gelächter aus, dass es Tonino schüttelte. »Zigarren, mein Junge«, sagte er. »Warum, glaubst du, rauche ich Zigarren? Sie kann nichts durch den Rauch riechen und eben das kann sie nicht ausstehen. Sie hat versucht mir einen Zauber anzuhängen, damit ich aufhöre zu rauchen, aber da bin ich so grantig geworden, dass sie den Zauber wieder aufheben musste.«

»Entschuldigen Sie, Euer Gnaden«, sagte Angelica in der anderen Rocktasche. »Merkt keiner, dass Sie mit sich selbst reden, während Sie hier entlanggehen?«

Der Herzog lachte wieder. »Keine Seele merkt was! Ich rede immer mit mir selbst. Und ich lach auch vor mich hin, wenn ich etwas lustig finde. Sie glauben alle, ich bin komplett verrückt. Nun, habt ihr zwei schon daran gedacht, wie wir euch hier hinausbringen? Der sicherste Weg wäre eure Familien herzuholen. Dann könnte ich euch im Geheimen übergeben und die Herzogin ist die Dumme.«

»Können Sie sie nicht sofort holen lassen?«, schlug Tonino vor. »Sagen Sie einfach, Sie brauchen sie wegen des Kriegs!«

»Sie würde den Braten riechen«, sagte der Herzog. »Sie behauptet, dass eure Kriegsspruchkunst ein für alle Mal erledigt und erschöpft ist. Denkt euch etwas aus, das nichts mit dem Krieg zu tun hat.«

»Sondereffekte für eine neue Pantomimenaufführung, Theaterzauber«, schlug Tonino vage vor. Aber er merkte, dass nicht einmal der Herzog ein Stück aufführen konnte, während Caprona angegriffen wurde.

»Ich habe eine Idee«, sagte Angelica. »Ich werde einen Spruch schleudern.«

»Nein, bitte nicht!«, rief Tonino. »Dann passiert wieder irgendwas!«

»Das spielt keine Rolle«, erklärte Angelica. »Meine Familie würde dann wissen, dass ich es bin, und sofort herkommen.«

»Aber du hext vielleicht den Herzog grün!«, sagte Tonino.

»Das würde mir nicht viel ausmachen«, sagte der Herzog milde. Er ging mit langen, gebieterischen Schritten durch Zimmer und Korridore des Palastes. Angelica und Tonino hielten sich an den Rändern seiner Rocktaschen fest und riefen einander über den herzoglichen Bauch hinweg weitere Überlegungen zu.

»Du könntest mir helfen!«, schrie Angelica. »Und dein Zauber würde bestimmt wirken. Nimm an, wir erzeugen miteinander einen Rufzauber und holen damit – sagen wir: alle Ratten und Mäuse von Caprona in den Palast. Ich denke mir aus, was kommen soll, und du rufst.«

»Und warum ausgerechnet Ratten und Mäuse?«, fragte Tonino.

»Benvenuto zu Ehren, hab ich mir gedacht!«, schrie Angelica.

Tonino dachte an Benvenuto, der vielleicht tot irgendwo auf dem Palastdach lag. Er schrie zurück, er würde niemals etwas so Pietätloses tun.

»Willst du mir vielleicht erzählen, du bringst keinen Rufzauber zustande?«, rief Angelica. »Das kann sogar mein kleiner Bruder!« Sie brüllten so laut, dass der Herzog zweimal »Pst« sagen musste. Ein Mann in Militäruniform eilte auf sie zu.

»Kein Grund, mich so anzustarren, Major«, sagte der Herzog. »Ich habe ›Pst‹ gesagt und ich habe ›Pst‹ gemeint. Ihre Stiefel quietschen, Major. Was gibt's?«

»Ich fürchte, die Streitkräfte Capronas im Süden sind im Rückzug, Euer Gnaden«, sagte der Major. »Und unsere Küstenbataillone sind in schwere Abwehrkämpfe mit der Pisanischen Flotte verwickelt!«

Beide Rocktaschen senkten sich, als der Herzog die Schultern sinken ließ. »Danke, Major«, sagte er. »Berichten Sie mir persönlich, sobald Sie neue Nachrichten haben.« Der Major salutierte und ging, zwei- oder dreimal blickte er verstohlen über die Schulter zurück.

Der Herzog seufzte. »Der glaubt auch, dass ich verrückt bin. Habt ihr zwei nicht behauptet, ihr wärt die Einzigen, die wissen, wo man den Text für den Engel findet?«

Tonino und Angelica streckten die Köpfe wieder aus den Rocktaschen. »Ja«, sagten sie.

»Dann«, meinte der Herzog, »solltet ihr euch zu einem Zauberspruch entschließen. Ihr müsst wirklich fort. Ihr müsst diesen Text retten, solange noch etwas von Caprona übrig ist.«

»Also gut«, sagte Tonino. »Rufen wir Mäuse!« Er hatte vorher nicht bedacht, wie dringend die Sache war.

Sie befanden sich in einem geräumigen Erker. Der

Herzog zündete sich den Zigarrenstummel aus Angelicas Tasche mit dem Feuerzeug aus der Rocktasche an, in der Tonino saß, um den entstehenden Zauberspruch mit dem Geruch von Zigarrenrauch zu überdecken und zu schützen. Tonino beugte sich aus der Rocktasche und sang; er sang genau und sorgfältig bis in jede Silbe den einzigen Rufzauber, den er kannte. Angelica stand in der anderen Rocktasche, die Arme erhoben, und sprach schnell, zuversichtlich und – ganz gewiss etwas Falsches. Nachher schwor sie, das sei nur deshalb so gewesen, weil sie mit einem aufsteigenden Lachen habe kämpfen müssen.

Wieder erschien ein Mann. Tonino hielt ihn für einen der Höflinge, die bei der Puppentheateraufführung unter den Zuschauern gesessen hatten; er war aber nicht sicher, weil der Herzog die Taschenklappen über ihren Köpfen schloss und selber zu singen begann.

»Himmlische Musik erklingt,
seht, ein Engel kommt und singt …«,

brüllte der Herzog. Nicht einmal Angelica konnte so falsch singen. Tonino hatte die größten Schwierigkeiten, den richtigen Ton zu halten. Sicher war genau das der Augenblick, in dem der Zauberspruch schiefging. Er hatte plötzlich das Gefühl, dass ein ungeheures Gewicht an seinen Worten hing.

Der Herzog brach seinen abscheulichen Gesang ab und sagte: »Es geht doch nichts über ein schönes

Lied, während Caprona brennt, nicht wahr, Pollio? Nero hat das auch gewusst!«

»Jawohl, Euer Gnaden«, sagte der Mann leise. Die Kinder hörten, wie er forteilte.

»Jetzt ist er endgültig überzeugt, dass ich verrückt bin«, sagte der Herzog. »Seid ihr fertig?«

Gerade da lösten sich Toninos Worte leicht und locker mit einer Art Ruck von seinen Lippen und er wusste, der Spruch hatte, so oder so, gewirkt. »Ja«, sagte Tonino.

Aber nichts schien zu geschehen. Der Herzog meinte philosophisch, dass eine Maus gewiss eine ganze Weile brauche, um vom Corso bis zum Palast zu rennen, und er marschierte weiter zur Küche.

In der Küche glauben sie jetzt bestimmt auch, dass er verrückt ist, dachte Tonino. Der Herzog bat nämlich um zwei Semmeln und zwei Portionen Butter und steckte je eine Semmel und ein Butterstückchen feierlich in jede Tasche. Sicherlich hielten ihn die Leute für noch verrückter, als er – scheinbar zu niemandem – sagte: »In meiner rechten Rocktasche ist ein Zigarrenabschneider. Damit kann man gut Butter streichen.«

»Wirklich, Euer Gnaden?«, hörten die Kinder jemanden antworten.

In diesem Augenblick kam ein Diener schreiend hereingestürzt und brüllte, die Greifvögel von der Piazza Nuova hätten sich in die Luft erhoben. Die Vögel kämen über den Fluss geradewegs auf den Palast zugeflogen. Allgemeine Panik brach aus. Alle kreischten und jammerten, das sei ein Vorzeichen für eine

Niederlage. Dann stürzte wieder jemand in die Küche und schrie, ein Greif käme direkt auf die Palastmauer zu. Daraufhin begann ein noch größeres Geschrei und gleich darauf behaupteten alle, der große goldene Engel an der Kathedrale würde fortfliegen.

Tonino nützte die allgemeine Verwirrung, um sich mit dem Feuerzeug des Herzogs ein Stück von der Semmel abzubrechen. Da schrie der Herzog: »Unsinn!« und plötzliche Stille trat ein. Tonino wagte nicht sich zu rühren, weil in diesem Moment gewiss alle auf den Herzog blickten.

»Seht ihr denn nicht«, sagte der Herzog, »das ist doch alles nur ein Trick des Feindes. Aber wir in Caprona fürchten uns nicht so leicht, oder? Ihr da - geht und holt die Montanas. Und ihr da - ihr geht und holt die Petrocchis. Sagt ihnen, es ist dringend. Sagt ihnen, es sollen so viele von ihnen kommen wie nur möglich. Ich werde in der Nordgalerie auf sie warten.« Und dann entfernte sich der Herzog eiligst. Tonino wurde gegen die Semmel geschleudert und versuchte, nicht in die Butter zu treten.

Als der Herzog die Galerie erreichte, setzte er sich ans Fenster. Angelica und Tonino guckten aus seinen Rocktaschen und brachten es dabei fertig, von ihren Buttersemmeln zu essen. Der Herzog reichte liebenswürdig nacheinander dem einen und dem anderen den Zigarrenabschneider, aber er schien gedankenverloren. Er blickte auf die Granatwolken über den Hügeln hinter Caprona.

Angelica schien mit sich und der Welt zufrieden zu

sein. »Ich hab's dir doch gesagt«, erklärte sie Tonino, »meine Sprüche wirken. Immer!«

»Eiserne Greifvögel«, sagte Tonino, »sind keine Mäuse.«

»Nein, aber ich hab noch nie vorher so was Großes fertig gebracht«, sagte Angelica. »Ich bin froh, dass ich nicht den Palast in Trümmer gelegt habe.«

»Die Kanonen von Pisa werden das gewiss bald tun«, meinte der Herzog niedergeschlagen. »Ich sehe Kanonenboote auf dem Fluss. Und ich bin sicher, dass es nicht unsere sind. Ich wollte, eure Familien würden sich beeilen!«

Aber es dauerte eine halbe Stunde, bis ein höflicher Diener in der Galerie erschien. Der Herzog ließ eilig die Taschenklappen über den Kindern zufallen. »Euer Gnaden, Mitglieder der Familien Montana und Petrocchi erwarten Euch im Großen Empfangssaal«, sagte der Diener.

»Gut«, erwiderte der Herzog. Er sprang auf und rannte so schnell, dass Tonino und Angelica die Füße auf den Säumen der Innennähte spreizten und sich am Stoff festklammern mussten. Sie verloren mehrmals den Halt, obwohl der Herzog beim Rennen hilfreich seine Rocktaschen festhielt. Die Kinder spürten, wie er plötzlich stehen blieb. »Zum Teufel«, sagte er, »immer wieder passiert mir das!«

»Was denn?«, fragte Tonino atemlos. Er war völlig durchgeschüttelt.

»Sie haben mir das falsche Zimmer gesagt!«, rief der Herzog und wieder fing das Gerenne an. Sie spürten, dass er einen Korridor entlanghastete. Die Taschen schwangen. Sie taten einen gewaltigen Ruck, als der Herzog plötzlich schlitterte und stehen blieb. »Lucrezia, das ist zu arg! Hast du mich deshalb in ein falsches Zimmer schicken lassen?«

»Herr Herzog«, antwortete die Herzogin mit ihrer kältesten Stimme aus einiger Entfernung. »Ich bin nicht für die Nachlässigkeit der Dienerschaft verantwortlich. Was ist denn los?«

»Das ...«, sagte der Herzog. Die Kinder merkten, wie er zitterte. »Das da sind – das da waren – waren doch die Montanas und die Petrocchis. Antworte mir, Lucrezia, ich lass mich nicht mehr für dumm verkaufen. Ich habe nach diesen Leuten geschickt. Das weiß ich ganz genau!«

»Und wenn sie es wären ...«, sagte die Herzogin, nun sehr nahe. »Willst du vielleicht ihr Schicksal teilen, mein lieber Herr Herzog?«

Tonino und Angelica fühlten, wie der Herzog zurückwich. »Nein. Nein, natürlich nicht, meine Liebe. Dein Wunsch und Wille war und ist mir ein Vergnügen. Immer. Ich – ich möchte nur wissen, warum du so mit ihnen umspringst. Sie sind doch nur wegen ein paar Greifvögeln gekommen!«

Die Stimme der Herzogin antwortete: »Wenn du es unbedingt wissen willst: Antonio Montana hat mich erkannt!«

»Aber – aber ...«, sagte der Herzog und lachte unfroh. »Jedermann kennt dich doch, meine Liebe. Du bist die Herzogin von Caprona!«

»Er hat erkannt, wer ich wirklich bin«, sagte die Herzogin von fern. Eine Tür wurde zugeschlagen.

»Seht euch das an!«, sagte der Herzog mit zitternder Stimme. »Seht euch das an!« Angelica und Tonino stemmten ihre Füße gegen den Taschenrand und streckten die Köpfe unter den Klappen hervor. Sie sahen denselben Raum, in dem sie seinerzeit gewartet und Kuchen gegessen hatten, sie sahen dieselben vergoldeten Stühle und die engelgeschmückte Zimmerdecke. Aber diesmal lagen überall auf dem Fußboden Puppen verstreut, schlaffe, wunderliche und komische Dinger, sie lagen, wie Menschen liegen, die plötzlich umgefallen sind. Es waren zwei Gruppen. Man konnte nicht sagen, welche Puppe wer war. Es gab Hanswurste und Margaritas, Henker, Wurstverkäufer, Polizisten noch und noch und einen seltsamen Teufel. Es waren so viele, als hätten beide Familien, die Montanas wie die Petrocchis, bemerkt, dass Tonino und Angelica hinter dem mysteriösen Flug der Greifvögel steckten, und beinahe alle Erwachsenen der Casas geschickt.

Tonino brachte kein Wort hervor. Angelica sagte: »Dieses abscheuliche Weib!«

»Es tut mir Leid für euch beide«, sagte der Herzog unglücklich. »Sie ist stärker als wir. Eine schreckliche Frau! Ich weiß nicht, warum ich sie geheiratet habe. Aber ich nehme an, dass ein Zauber dahinter steckt.«

»Was glauben Sie, ahnt sie, dass wir bei Ihnen sind?«, fragte Tonino. »Sie muss sich doch wundern, wo wir stecken.«

»Kann sein, kann sein«, antwortete der Herzog. Er ging im Zimmer auf und ab. Die Kinder lehnten sich aus den Taschen und blickten auf die Menge der verstreut herumliegenden, schlappen Puppen. »Vielleicht seid ihr beiden ihr jetzt egal«, sagte der Herzog. »Sie hat beide Familien erwischt, alle. Ach, was bin ich doch für ein Trottel!«

»Es ist nicht Ihre Schuld«, sagte Angelica.

»Doch, doch!«, antwortete der Herzog. »Ich zeige eben nie die geringste Entschlossenheit! Ich gehe immer den leichtesten, einfachsten Weg! Was ist denn ...«, unterbrach er sich und Dunkelheit sank um die Kinder nieder, als der Herzog die Rocktaschenklappen zumachte.

»Euer Gnaden«, antwortete der Major, dessen Schuhe quietschten, »die Pisanische Flotte setzt bei den Neuen Kais Männer an Land. Unsere Truppen im Süden werden in die Vorstädte zurückgeworfen!«

Die Kinder fühlten, wie der Herzog zusammensackte. »Wir sind erledigt«, sagte er. »Danke, Major – nein, warten Sie! Seien Sie so gut und gehen Sie zu den Ställen und befehlen Sie, dass meine Kutsche kommt. Die Lakaien sind alle davongerannt, wie Sie wissen. Die Kutsche soll in fünf Minuten am Tor vorfahren!«

»Aber Euer Gnaden!«, sagte der Major.

»Ich habe vor, mich in die Stadt zu begeben und zum Volk zu sprechen. Ich will – wie heißt das doch – ja, also – ich will es moralisch stärken!«

»Ein sehr vornehmes Vorhaben!«, sagte der Major

und seine Stimme klang jetzt wärmer. »In fünf Minuten, Euer Gnaden!« Seine Stiefel eilten quietschend fort.

»Habt ihr das gehört?«, fragte der Herzog. »Euer Gnaden hat er mich genannt, der arme Kerl. Ich hab ihm lauter faustdicke Lügen erzählt und er konnte seine Augen nicht von all diesen Puppen abwenden, aber er nannte mich Euer Gnaden und wird uns die Kutsche besorgen und wird ihr nichts sagen. Aber jetzt brauch ich eine Pappschachtel!«

Die Vorhänge bewegten sich, als der Herzog durch eine Tür über einen Flur in einen anderen Raum eilte, in dem ein langer Tisch stand. »Ah!«, sagte der Herzog und stürzte auf einen Stapel von Schachteln an der Wand zu. Die Schachteln enthielten Weingläser. Der Herzog stellte die Gläser mit fieberhafter Eile auf den Tisch.

»Was soll denn das?«, fragte Tonino.

»Wir brauchen eine Schachtel«, erklärte der Herzog. »Wir können eure Familien doch nicht hier lassen und der Rache dieser schrecklichen Frau ausliefern. Jetzt bin ich einmal energisch! Ich werde in die Kutsche steigen und wegfahren. Und wehe, wenn sie mich daran hindern will!« Mit diesen Worten stürmte er mit der leeren Schachtel zum Empfangsraum zurück und kniete dort nieder, um die Puppen einzusammeln. Angelica wurde aus der heftig schwingenden Rocktasche geschleudert.

»Verzeihung«, sagte der Herzog und setzte sie behutsam wieder hinein.

»Heben Sie die Puppen vorsichtig auf«, sagte Tonino. »Es tut weh, wenn Sie hart zupacken!«

Hastig, aber sanft legte der Herzog die Puppen in die große Pappschachtel. Dabei kamen Montanas zwischen Petrocchis zu liegen, aber das war kaum zu vermeiden. Der Herzog und die Kinder erwarteten, dass jeden Augenblick die Herzogin hereinkäme. Der Herzog warf unentwegt nervöse Blicke zur Tür und murmelte: »Energisch bleiben!« Er murmelte es noch immer, als er aufstand, die Pappschachtel ungeschickt in den Armen. »Eigentlich lustig zu denken«, bemerkte er, »dass ich hier fast sämtliche Spruchzauberer von Caprona in der Schachtel habe!«

Stiefel quietschten. »Ihre Kutsche wartet, Signore«, sagte die Stimme des Majors.

»Energisch bleiben!«, murmelte der Herzog. »Ich meine, ich danke Ihnen. Ich werde im Himmel an Sie denken, Major, ich glaube nämlich, die meisten von uns werden bald dort sein. Könnten Sie bis dahin noch zwei Dinge für mich erledigen?«

»Euer Gnaden?«, sagte der Major dienstfertig.

»Also, erst einmal: Wenn Sie an den Engel von Caprona denken, was fällt Ihnen da ein?«, fragte der Herzog.

»Meinen Sie das Lied oder die Engelsfigur, Signore?«, fragte der Major, nun eher wachsam als eifrig.

»Die Engelsfigur.«

»Also …« Der Major schien zu glauben, dass der Herzog doch verrückt war. »Ich – ich denke an den goldenen Engel an der Kathedrale, Euer Gnaden.«

»Guter Mann!«, rief der Herzog. »Ich auch! Und jetzt das Zweite: Würden Sie diese Schachtel da nehmen und in meiner Kutsche für mich verstauen? – Sollte irgendjemand nach der Schachtel fragen«, fuhr der Herzog fort, »es sind Geschenke drin für das kriegsmüde Volk. Um es aufzuheitern!«

»Jawohl, Euer Gnaden«, sagte der Major und seine Stimme klang gleichzeitig amüsiert und nachsichtig. Eindeutig machte er sich über den Herzog lustig. Dann hörten sie seine Stiefel davonquietschen.

»Gott sei Dank«, sagte der Herzog. »Jetzt kann sie mich nicht mehr mit der Schachtel erwischen. Ich spür sie kommen.«

Tonino schielte unter der Taschenklappe hervor und erblickte den großen, marmornen Eingang. Hastig schloss er die Klappe, da hörte er auch schon die kalte Stimme der Herzogin. Sie klang atemlos, aber voll Triumph. »Der Feind ist bei der Neuen Brücke, mein Herr Herzog. Du wirst umgebracht, wenn du jetzt fortgehst!«

»Ich werde auch umgebracht, wenn ich hier bleibe!«, sagte der Herzog. »Ich begebe mich hinunter zu meinem Volk.« Die Worte klangen ein wenig unsicher. »Ich werde ihm seine letzten Stunden verschönern.«

»Sentimentaler Narr«, sagte die Herzogin. Sie war überhaupt nicht ärgerlich.

Der Herzog plusterte sich auf. »Ich verstehe vielleicht nicht viel vom Regieren«, sagte er, »aber jetzt tue ich genau das, was ein guter Regent tun sollte: Ich werde – ich werde die Köpfchen von Kindern tätscheln und mit dem Volk singen.«

Die Herzogin lachte.

»Das wird gut sein, besonders wenn du singst«, sagte sie. »Ausgezeichnet. Du kannst dich wirklich auch dort unten umbringen lassen anstatt hier oben. Lauf und tätschle Kinderköpfchen!«

»Vielen Dank, meine Liebe«, sagte der Herzog bescheiden. Er ging weiter, die Marmorstufen hinunter. Die Kinder hörten das Geräusch von Pferdehufen auf dem Kies und spürten, wie der Herzog erzitterte. »Fahr gleich los, Carlo«, sagte er. »He, was jetzt? Wo zeigst du hin? Ach ja. Ein Greif. Wie bemerkenswert! Aber jetzt fahr doch endlich!« Er schwankte in die Kutsche.

Wagenräder ächzten und eine Tür schlug zu. Der Herzog saß. »Endlich«, sagte er. Die Kinder hörten, dass er die Pappschachtel tätschelte, die auf dem Sitz neben ihm stand. Dann fuhr die Kutsche mit Rädergekreisch und Hufgeklapper über den Kies. »Ihr könnt herauskommen!«, sagte der Herzog.

Sie kletterten vorsichtig auf seine dicken Knie. Der Herzog hob sie freundlich zum Fenster, damit sie hinaussehen konnten. Und das Erste, worauf ihr Blick fiel, war ein eiserner Vogel Greif. Ganz verkrümmt und verbogen lag er in einem kratergroßen Loch im Hof des Palastes.

»Ihr wisst hoffentlich«, sagte der Herzog, »wenn mein Palast nicht von Pisanern oder Sienesen oder Florentinern zerdroschen wird, krieg ich den Schaden von euch ersetzt! Ein Vogel Greif hat zwei tiefe Furchen in die Fassade gekratzt!« Er lachte und betupfte sein glänzendes Gesicht mit dem Taschentuch. Er war noch immer nervös.

Als die Kutsche den Palasthof verließ und auf die Straße rollte, hörte man Schüsse. Ein Geratter von Gewehrschüssen drang vom Fluss herauf und klang bedrohlich nah. Zumeist hörte man es von weit entfernt, als dumpfes Gedröhn von den Hügeln her. Die Einschläge folgten kurz aufeinander, unterbrochen von einem ständigen Klak-klak-klak.

»Trommelfeuer«, sagte der Herzog unglücklich. In all dem Lärm vernahmen sie die Stimme des Kutschers: »Ich fürchte, die Neue Brücke steht unter Feuer, Euer Gnaden. Wo genau wünschen Sie hinzufahren?« Die Kutsche verlangsamte ihre Fahrt und der Herzog stieß das Wagenfenster auf. Der Lärm schwoll an. »Zur Kathedrale! Fahr flussaufwärts und schau, ob wir bei der Alten Brücke hinüber können!« Er zog das Fenster zu. »Puh! Ich beneide Carlo auf dem Kutschbock wirklich nicht!«

»Warum fahren wir zur Kathedrale?«, fragte Angelica besorgt. »Wir wollten doch zu den Engeln an unseren Casas!«

»Das geht nicht«, sagte der Herzog. »Sie glaubt sicher, dass wir zu den Casas wollen. Und deshalb hab ich dem Major die Fragen gestellt. Ich glaube, der einzige Ort, an dem die Worte des Engels immer in Sicherheit und immer unsichtbar sind, *muss* bei dem Kathedralenengel sein.«

»Aber der Engel ist ja irrsinnig hoch oben«, sagte Angelica.

»Aber er hat eine Schriftrolle«, sagte Tonino. »Und diese Schriftrolle sieht weiter abgerollt aus als die über unseren Häusern.«

»Dies ist der einzige Ort, den sie vielleicht vergessen hat«, sagte der Herzog. Sie klapperten eilig dahin und umfuhren einen Granattrichter.

»Braver Mann, dieser Carlo«, sagte der Herzog nach einer Weile. »Ziemlich der einzige ehrliche Diener, den sie nicht losgeworden ist.«

Der Lärm ebbte ab, als die Kutsche zum Fluss hinunter und auf die Piazza Martia fuhr – zumindest vermuteten Angelica und Tonino, dass sie sich jetzt dort befanden. Sie waren zu klein, um auf größere Entfernung etwas deutlich erkennen zu können. Dass sie über die Alte Brücke fuhren, bemerkten sie am dumpferen Rattern der Kutschenräder. Der Herzog reckte mehrmals den Hals, stieß einen überraschten Pfiff aus oder schüttelte den Kopf, aber sie konnten nicht erkennen, warum. Sie sahen die Kathedrale erst, als die Kutsche über die Pflastersteine direkt darauf zurollte. Ihre große Glocke schlug immer noch. Eine riesige Menschenmenge, meist Frauen und Kinder, bewegte sich langsam auf das Tor zu. Als die Kutsche vorfuhr, konnten Tonino und Angelica den Erzbischof von Caprona in seinen weiten Gewändern sehen. Er besprengte jeden Einzelnen mit Weihwasser und segnete ihn murmelnd.

»Das ist ein tapferer Mann«, sagte der Herzog.

»Ich möchte sein wie er. Gebt Acht, ich lasse euch jetzt beide durch diese Kutschentür hinaus, und selber werde ich aus der andern Tür steigen. Ich werde alle Augen auf mich lenken und so könnt ihr ungesehen den Dom hinaufklettern. Meint ihr, das wird gehen?« Er hielt ihnen die Tür auf.

Tonino und Angelica kamen sich verloren und hilflos vor. »Aber was sollen wir jetzt tun?«

»Hinaufklettern und die Worte lesen«, antwortete der Herzog. Er beugte sich vor, umschloss die Kinder mit seinen warmen, feuchten Händen und setzte sie hinaus auf das kalte Pflaster. Dort standen sie bibbernd neben dem ungeheuren Kutschenrad. »Ihr müsst vernünftig sein!«, flüsterte ihnen der Herzog zu. »Wenn ich den Erzbischof bitte Leitern aufzustellen, würde sie alles merken!« Sie hörten, wie er zur anderen Kutschentür schwankte und sie krachend aufstieß. »Er macht immer alles so heftig«, sagte Angelica.

»Volk von Caprona!«, hörten sie den Herzog brüllen. »Ich bin gekommen, um bei euch zu sein in dieser eurer Stunde der Sorge. Glaubt mir, ich habe nicht gewollt, was da geschehen ist.«

In der Menge erhob sich Gemurmel und sogar Hochrufe. »Er macht das sehr gut«, sagte Angelica.

»Wir sollten jetzt auch unseren Teil der Aufgabe erledigen«, meinte Tonino. »Wir sind schließlich die Einzigen in der Familie, die übrig geblieben sind und etwas tun können.«

Fünfzehntes Kapitel

Tonino und Angelica trippelten verzagt hinüber zu der riesigen Marmorklippe der Kathedrale und näherten sich einem steil aufragenden Strebepfeiler. Er war das Einzige weit und breit, woran sie vielleicht hinaufklettern konnten. Als die Kinder näher kamen, merkten sie, dass es gar nicht so schwer sein würde. Der Marmor sah glatt aus, aber für so kleine Leute, wie sie es jetzt waren, erwies er sich als rau genug ihren Händen und Füßen Halt zu bieten.

Behände wie Äffchen kletterten die Kinder hinauf. Die kalte Luft erfrischte und belebte sie. Sie hatten an diesem Tag schon viel erlebt, aber sie hatten sich in den Taschen des Herzogs auch ein wenig ausruhen können. Federleicht wie sie waren, kamen sie kaum ins Schnaufen, als sie sich den hohen, kalten Steilhang der niedrigsten Kuppel hinaufhangelten. Aber oben angelangt wuchs die Kathedrale noch immer fast in ihrer gesamten Höhe vor ihnen empor wie ein Steingletscher aus rosa, weißem und grünem Marmor. Von ihrem jetzigen Standort aus konnten sie den Engel nicht einmal sehen.

Keiner von beiden wusste, wo sie weiterklettern sollten. Sie hielten sich an einem goldenen Kreuz fest und starrten hinauf. Und da – kamen ein braunschwarzer und ein weißer Pelz auf sie zugestürzt. Ein Paar goldfarbene und ein Paar blaue Augen blickten sie an. Eine schwarze und eine rosa Nase stupsten sie.

»Benvenuto!«, brüllte Tonino. »Wie bist du –«

»Vittoria!«, schrie Angelica und schlang ihre Arme um den Hals der weißen Katze.

Aber beide Katzen schienen sehr beunruhigt zu sein. Den Kindern schwirrte der Kopf von dem Durcheinander von wirren Andeutungen über Paolo und Renata, Marco und Rosa, das Benvenuto und Vittoria von sich gaben, bis sie klar und deutlich vernahmen: *Würden Tonino und Angelica bitte jetzt endlich kommen und sich beeilen!?*

Von den Katzen geführt kletterten sie lange, bleifarbene Rippen hinauf, über Schwindel erregende Strebebögen-Brücken, die sich wie Regenbogen zu höher gelegenen Kuppeln spannten, immer höher, immer höher. Wieder und wieder flehten die Katzen sie an sich zu beeilen und immer waren sie zur Stelle, wenn es schwierig wurde. Eine Hand in Benvenutos drahtiges Rückenfell geklammert, stieg Tonino Marmorgletscher hinauf; er kroch durch schmale Rohre überhängender Wasserspeier und hastete gewölbte Kuppeln hinauf, wo die grünen Marmorrippen wie Wände neben ihm aufragten. Selbst als sie den langen Aufstieg zur größten Kuppel hinauf begannen, hatte keines der Kinder Angst. Einmal stolperte Angelica und rettete sich mit einem Griff nach Vittorias seidigem Schwanz; einmal nahm Benvenuto Toninos rotes Nachthemd zwischen die Zähne und hob ihn über eine tiefe Abflussrinne. Hier oben war alles gebogen und rund und alles Leben war weit, weit weg. Nicht einmal den Kanonendonner konnten sie hier hören. Das einzig Vertraute waren der blasse Winterhimmel über ihnen und der sausende Wind.

Endlich kletterten sie zwischen dicken Marmorsäulen hindurch auf eine Plattform ganz oben auf der höchsten Kuppel. Und hier schwebte der goldene Engel über ihnen. Seine ungeheuer großen Füße ruhten auf einem goldenen Sockel, der höher war als Tonino in seiner normalen Größe. Auf dem Sockel befand sich ein Muster, das Tonino geistesabwesend aufnahm. Es war ein Muster goldener Leoparden, die mit geflügelten Pferden verflochten waren. Aber Tonino blickte zu den wehenden Gewändern des Engels empor, betrachtete die riesigen, zu einer Weite von mindestens fünf Metern ausgebreiteten Schwingen, sah die mächtige, hoch über den Kopf zum Segen erhobene Hand und die andere Hand, die die große Schriftrolle hielt. Noch höher war des Engels mächtiges, stilles Antlitz zu erkennen, sorglos leuchtend sandte es seinen Segen über Caprona.

»Das ist ja ein Riese!«, sagte Angelica. »Wir kommen nie, nie bis zu der Schriftrolle hinauf, und wenn wir den ganzen Tag klettern!«

Die Katzen stupsten und drängten die Kinder weiter. Neugierig gingen sie ein Stück um die Rundung des Sockels, bis sie fast unter der Schriftrolle des Engels standen. Und da tauchte Paolos Kopf über der Balustrade auf, mit windzerzaustem Haar und unnatürlich blassem Gesicht. Er hatte einen Arm über das Marmorgeländer geschlungen, den zweiten hielt er nach unten ausgestreckt. Tonino spähte zwischen den Marmorsäulen der Balustrade hinunter und sah jemanden wie ein Häufchen Elend an Paolos Arm hängen.

»Aber ihr wird doch so leicht schwindlig!«, sagte Angelica. »Wie ist sie überhaupt bis da heraufgekommen?«

Vittoria ließ Angelica wissen, sie würde Renata sogleich hochziehen. Es hat seine Vorteile, wenn man klein ist. Entfernungen, die Renata und Paolo ungeheuerlich schienen – für Angelica waren sie so unübersehbar weit, dass sie sich darüber nicht aufregen konnte.

Paolo sagte: »Ich kann dich nicht länger halten, Renata. Traust du dich wieder weiter?« Renatas Antwort war ein Schluchzen.

»Renata!«, brüllte Angelica.

Renatas Gesicht hob sich langsam. »Angelica! Bist du's? Du siehst so klein aus!«

»Ich *bin* klein!«, schrie Angelica.

»Alle zwei sind so klein«, sagte Paolo und starrte auf Tonino hinunter.

»Zieh mich schnell hinauf«, sagte Renata. Angelicas und Toninos Winzigkeit verwirrte Renata und Paolo derart, dass sie vergaßen, wie hoch oben sie sich befanden. Einander ziehend und stemmend kletterten die beiden über die Marmorbrüstung.

Aber dann blickte Renata zu dem riesigen goldenen Engel hoch und brach plötzlich zusammen.

»Ohhh-ohhhh«, wimmerte sie und sank neben dem goldenen Sockel nieder.

Tonino und Angelica kuschelten sich an sie. Bei der Kletterei war ihnen warm geworden, aber jetzt fühlten sie den Wind schneidend durch ihre dürftigen Nachthemden blasen.

Tonino spähte zwischen den marmornen Säulen hinunter, in die Wölbung der Kuppel. Sie sah aus wie ein Eisfeld mit grün und golden schimmernden Graten. Da kam plötzlich eine leuchtend rote Uniform in Sicht, darüber karottenfarbenes, matt gelbliches Haar. Es war Marco, der zu ihnen heraufstieg. Gleich darauf erschien Rosas vom Wind gerötetes Gesicht. »Ich schaff das schon. Pass lieber auf dich selber auf«, keuchte sie.

Benvenuto stand plötzlich dicht neben Tonino. Die beiden da unten sollten sich beeilen, es sei wichtig!, ließ der Kater den Jungen wissen.

»Rosa und Marco sollen sich beeilen!«, rief Tonino Paolo zu. Er wusste nicht, ob er nur die Bemerkung der Katze weitergab oder ob er es selbst gedacht hatte – aber er war sicher, dass Rosa und Marco in Gefahr waren.

Paolo ging widerwillig zur Brüstung und wich vor dem Abgrund zurück. »Sie klettern uns nach!«, sagte er. »Hierher! Schnell!«, schrie er Marco und Rosa zu.

»Besten Dank!«, schrie Marco zurück.

»Geht es Renata gut?«, schrie Rosa gellend. Angelica und Tonino guckten zwischen den Balustradensäulen durch.

»Beeilt euch!«, schrien sie.

Ihr Anblick wirkte auf Rosa und Marco, wie er auf Renata und Paolo gewirkt hatte. Sie starrten die beiden puppengroßen Gestalten an, dann kletterten sie eilig näher, um Tonino und Angelica eingehend zu betrachten. Marco taumelte über das Geländer, zog auch Rosa hinüber und sagte: »Ich hab meinen Augen zuerst nicht getraut! Wir sollten vielleicht einen Püppchen-streck-dich-Zauber sprechen, bevor ...«

»Duckt euch!«, schrie Paolo. Benvenutos Botschaft war so überwältigend dringend, dass sogar er sie begriffen hatte. Beide Katzen pressten sich gegen den Boden und Benvenutos flache Ohren wurden noch flacher. Rosa ging in die Hocke. Marco ließ sich widerwillig auf die Knie nieder. »Sieh mal, Paolo«, begann er.

Eine wütende Sturmböe fuhr in die Kuppel. Eiswind pfiff über die Plattform, heulte zwischen den Marmorsäulen und durch die Schwingen des Engels. Der Wind schleuderte Eisnadeln und warf Tonino zu Boden. Paolo deckte Tonino mit seinem Körper zu. Renata krabbelte zu Angelica und zog sie an einem Arm in Deckung. Jeder, der jetzt noch versucht hätte auf der Kuppel herumzuklettern, wäre vom Sturm weggefegt worden.

Plötzlich verwandelte sich das Geheul des Sturmwindes in das Gewinsel eines Wolfs. Marco und Rosa sahen zum Himmel auf. Die Sonne schien. Und mit einem Mal stand die Herzogin auf der Plattform. Schmelzendes Eis blinkte und tröpfelte aus ihrem

Haar und aus jeder Falte ihres marmorgrauen Gewandes. Das Lächeln auf ihrem wächsernen Gesicht glich einer Grimasse.

»Oh nein!«, sagte sie. »Der Engel wird keinem von euch helfen.«

Marco und Rosa blickten zu der großen Rolle empor, die der Engel hielt. Hätten sie es nicht schon gewusst, nun hätten sie es begriffen. Tonino konnte deutlich sehen, dass sie an Sprüchen gegen die Herzogin arbeiteten.

»Nicht!«, schrie Angelica. »Sie ist eine Zauberin!«

Die Lippen der Herzogin verzerrten sich. Ihr Lächeln war jetzt noch furchterregender.

»Die Worte«, sagte sie und wies hinauf zum Engel, »die Worte sollen von der Schriftrolle verschwinden ...«

Von der großen goldenen Statue kam ein Klicken und Knacken, gefolgt von einem Laut, als wäre ein Federmechanismus ausgelöst worden. Der Arm, der die Schriftrolle hielt, bewegte sich sanft und stetig hinunter und machte dabei ein leises, leierndes Geräusch. Sie konnten es gut hören trotz des Gewehrfeuers am anderen Flussufer.

Der Arm des Engels bewegte sich tiefer und tiefer, bis er mit einem leisen »Klick« innehielt. Auf der Schriftrolle standen große Buchstaben. *Angelus* lasen sie. *Capronensi populo.* Es war, als hielte der Engel ihnen die Schrift hin, damit sie sie lesen konnten.

»Das hab ich erwartet«, sagte die Herzogin. Sie zeigte mit einem langen weißen Finger, der wie ein wächserner Bleistift aussah, auf die Rolle. »Verschwinde!«, sagte sie. »Wort für Wort!«

Alle Köpfe wandten sich besorgt den Schriftzeichen zu. Das erste Wort war *Carmen.* Und der erste goldene Buchstabe, das C, sank langsam in den metallenen Hintergrund. Paolo machte unwillkürlich eine Bewegung. Er musste etwas unternehmen! Die Herzogin starrte ihn bloß an – ein geringschätziges Zucken ihrer Augenbrauen – und Paolo fand sich wie auf der Stelle festgenagelt.

Aber reden konnte er noch. Ohne es zu wagen, Atem zu holen, schrie er, so laut er konnte: *»Chrestomanci!«*

Es begann wieder zu stürmen und Chrestomanci stand plötzlich neben Renata und den Katzen. Auf der Plattform war so wenig Platz, dass er taumelte und sich schnell an der Marmorbalustrade festhielt. Er trug noch seine Uniform, sie war ganz verdreckt, und er sah völlig erschöpft aus.

Die Herzogin wirbelte herum und zeigte mit ihrem langen Finger auf ihn. »Du! Ich hab dich doch irregeführt!«

»Das hast du in der Tat«, sagte Chrestomanci.

Wenn sie gehofft hatte ihn zu Fall zu bringen, hatte sie den richtigen Augenblick versäumt. Chrestomanci stand nun sicher auf beiden Beinen. »Es war wirklich eine richtige Hetzjagd!«, sagte er und schob eine Hand vor, die Handfläche gegen ihren ausgestreckten Finger gerichtet. Der lange weiße Finger bog sich und Tropfen fielen von ihm ab, als wäre er aus Wachs. Die Herzogin starrte ihren Finger an, dann blickte sie fast flehend auf Chrestomanci.

»Nein«, sagte Chrestomanci. Es klang sehr müde. »Du hast genug angestellt. Erscheine in deiner wahren Gestalt!« Er winkte ungeduldig, als hätte er es satt, zu warten.

Im selben Augenblick begann der Körper der Herzogin zu brodeln und zu schäumen. Seine bisherige Gestalt verformte sich. Die Arme krümmten sich einwärts. Ihr Gesicht zog sich in die Länge, aber es war immer noch das gleiche wächserne, hämische Gesicht. Auf ihrer Oberlippe sprossen Schnurrbarthaare und ihre Augen leuchteten rot. Ihre marmorgrauen Röcke verblassten, sie schwollen und wogten und legten sich dann an ihre Knöchel. Sie enthüllten die Füße, lange, rosa bekrallte Pfoten. Und die ganze Zeit über wurde sie kleiner. Zwei spitze Zähne wurden in ihrem Gesicht sichtbar. Ein nackter rosa Rattenschwanz, gekerbt wie ein Regenwurm, schlängelte sich hinter ihren Röcken und peitschte zornig den Marmorboden. Und noch immer wurde sie kleiner.

Endlich sprang eine riesige weiße Ratte mit roten Kugelaugen auf das Marmorgeländer, duckte sich und gab pfeifende Laute von sich.

»Der Weiße Teufel!«, sagte Chrestomanci. »Derselbe, den aus Caprona zu vertreiben der Engel seinerzeit gesandt wurde. Benvenuto und Vittoria, sie gehört euch. Sorgt dafür, dass sie nie mehr zurückkommt!«

Benvenuto und Vittoria hatten sich bereits angeschlichen und starrten sie reglos an. Nur ihre Schwänze schlugen. Dann sprangen sie los. Auch die Ratte machte einen Satz. Mit einem Quieken stürzte sie von der Brustwehr und sauste die Kuppel hinunter. Benvenuto und Vittoria rasten ihr nach, die Nasen dicht an der rosa Peitsche des Rattenschwanzes. Von der Plattform aus konnte man sehen, wie die Ratte sich plötzlich umwandte und versuchte, die Katzen zu beißen. Und dann wimmelten plötzlich um die drei ein Dutzend kleinerer Ratten und alle verschwanden in der Tiefe der marmornen Kuppel.

»Das waren ihre Helfershelfer aus dem Palast!«, sagte Chrestomanci.

»Wird Vittoria nichts passieren?«, fragte Angelica.

»Sie ist die beste Rattenfängerin von ganz Caprona. Das stimmt doch, oder?«, sagte Chrestomanci. »Abgesehen von Benvenuto natürlich, der bekanntlich der beste Rattenfänger Capronas ist. Sobald der Teufel und seine Freunde unten ankommen, sind ihnen alle Katzen Capronas auf den Fersen.«

Tonino bemerkte, dass er seine natürliche Größe wiedererlangt hatte. Er klammerte sich an Rosas Hand. Auch Angelica war so groß wie früher. Sie zitterte und fasste nach Marcos Hand und zerrte ihr zartes blaues Gewand über die Knie. Der Wind war viel schlimmer, wenn man groß war. Aber es war nicht nur der Wind, der Tonino nach Rosas Hand greifen ließ. Die Hügel um Caprona waren jetzt klar zu erkennen: Tonino konnte Flammenblitze sehen und rennende Gestalten. Die Neue Brücke war voll Rauch, und es war ihm, als höbe sie sich bis in die Wolken. Rauchwolken rollten zwischen den Hügeln und wirbelten aus den umgestürzten Häusern an der Alten Brücke. Das Schlimmste aber war das Gedröhn und Geratter der Kanonen und Gewehre, es klang nun ohrenbetäubend laut. Tonino hatte das Gefühl, er würde in den tödlichen Sog des Kriegs hineingewirbelt.

Er klammerte sich an Rosas Hand und blickte verzweifelt zu dem Engel auf. Die Schriftrolle, die er ihnen noch immer geduldig entgegenhielt, war fast so groß wie eine Hauswand.

»Nun«, sagte Chrestomanci, »das Beste, was ihr tun könnt, ihr alle miteinander: diese Worte zu singen. Und zwar schnell!«

»Was, ich auch?«, fragte Angelica.

»Ja, alle!«, sagte Chrestomanci.

Die sechs versammelten sich an der marmornen Brüstung, blickten auf die goldene Schriftrolle und begannen etwas unsicher, diesen Text zu der Melodie des Engelliedes zu singen. Der Text passte genau. Sobald sie das merkten, sang jeder von ihnen frisch und erleichtert mit. Angelica und Renata hörten auf zu zittern. Tonino ließ Rosas Hand los und Rosa legte einen Arm um seine Schultern. Und sie sangen, als hätten sie die Worte immer schon gekannt. Es war nur eine Version der gewohnten Worte auf Lateinisch, aber sie waren genau das, wonach die Melodie immer schon verlangt hatte:

Carmen pacis saeculare
Venit Angelus cantare,
Et deorsum pacem dare
Capronensi populo.

Dabit pacem eternalem,
Sine morbem immortalem,
Sine pugna triumphalem,
Capronensi populo.

En diabolo albata
De Caprona expulsata,
Missa pax et virtus data
Capronensi populo.

Als sie geendet hatten, herrschte Stille. Kein Laut war von den Hügeln zu hören, auch nicht von der Neuen Brücke oder von den Straßen unten. Aller Lärm war zum Schweigen gebracht. So erschraken sie umso mehr über das blecherne Geräusch, mit dem der Engel langsam die Schrift zusammenrollte. Die schimmernden, gespreizten Flügel falteten sich und legten sich an die goldene Schultern des Engels, der sich leicht schüttelte, um die Federn zu ordnen. Dieser Laut klang wie das sanfte Geknister echter Fittiche. Ein Hauch von solcher Süße wehte von ihnen, dass es einen Augenblick lang ihre Sinne benebelte.

Da flog der Engel auf. Als die riesigen goldenen Flügel über ihnen schlugen, erklang Gesang. Es schien, als sängen Hunderte die Melodie des »Engels von Caprona«, es klang wie ein mächtiger, vielstimmiger Chor. Sie wussten nicht, ob der Engel allein es war, der sang, oder jemand anderer. Sie schauten hinauf und sahen die goldene Gestalt höher steigen, bis sie nur mehr ein goldener Lichtschein am Himmel war. Und immer noch herrschte außer dem Singen völlige Stille.

Rosa seufzte. »Ich glaube, wir sollten hinunterklettern.«

Bei diesem Gedanken begann Renata sogleich zu zittern.

Chrestomanci lächelte. »Mach dir keine Sorgen!«

Im Nu waren sie alle unten auf dem Platz vor der Kathedrale. Alle Häuser standen unzerstört. Die Menschen rannten umher, um den Engel sehen zu können, der blitzend in der Sonne dahinsegelte. Der Erzbischof war tränenüberströmt und auch der Herzog weinte.

Und es geschah noch ein Wunder. Die gefederte Kutsche des Herzogs begann zu schwanken. Beide Türen sprangen auf. Aus einer quoll Tante Francesca und hinter ihr stolperte Guido Petrocchi heraus. Aus der anderen Tür taumelten Rinaldo und die rothaarige Petrocchi-Tante, und dann kamen sie alle durcheinander, Montanas und Petrocchis, immer noch welche und noch welche und noch welche. Die Kutsche konnte unmöglich eine solche Anzahl von Leuten enthalten haben. Das Volk hörte auf nach dem Engel zu blicken und drängte sich um die Wunderkutsche des Herzogs.

Rosa und Marco sahen einander an und wollten sich in die Menge zurückziehen. Aber Chrestomanci legte die Arme um beider Schultern. »Es wird schon alles gut gehen!«, sagte er. »Und wenn nicht, verschaffe ich euch eine Anstellung in einem Zauberformel-Erzeugungshaus in Venedig.«

Antonio und Guido eilten auf Tonino und Angelica zu. »Alles in Ordnung?«, fragten sie beide. »Habt ihr die Greifvögel geholt?«

»Ja«, sagte Tonino. »Es tut mir Leid, dass ihr in Puppen verwandelt worden seid!«

»Sie war stärker als wir«, sagte Angelica. »Aber seid froh, dass ihr eure eigenen Gewänder zurückgekriegt habt. Schaut uns an. Wir ...«

Sie wurden von Tanten und Cousins und Cousinen beiseite gezogen, als hätte das Kind der jeweils anderen die Pest. Von den Onkeln bekamen sie eilig Mäntel und Pullover übergeworfen. Tante Maria zerrte Paolo von Renata weg. »Komm ihr nicht zu nahe, Liebling!«

»Also danke«, rief Renata über die Schulter, als auch sie weggeschleppt wurde, »danke, dass du mich die Kuppel hinaufgezogen hast, Paolo!«

»Einen Augenblick!«, rief Chrestomanci. Alle wandten sich ihm zu, respektvoll, aber gereizt. »Wenn jedes Zaubererhaus«, sagte er, »darauf besteht, zu behaupten, dass die anderen Bösewichte sind, wird Caprona in Kürze wieder erobert werden. Das kann ich euch versprechen!«

Montanas wie Petrocchis starrten ihn entrüstet an.

»Was reden Sie da für Mist!«, sagte Rinaldo angriffslustig.

»Ich rede über den Engel von Caprona«, sagte Chrestomanci. »Als sich der Engel zur Zeit des Ersten Herzogs von Caprona auf der Kathedrale niederließ, um über die Sicherheit Capronas zu wachen, bestimmte der Herzog zwei Männer, und zwar Antonio Petrocchi und Piero Montana, zu Hütern der Worte des Engels und damit zu Hütern der Sicherheit von Caprona. Zum Gedächtnis daran hat jede Casa einen Engel über ihrem Tor. Der Große Engel steht auf dem Sockel mit dem petrocchischen Leoparden und dem montanaischen geflügelten Pferd – beide zu einem Muster verflochten.« Chrestomanci zeigte nach oben. »Wenn ihr mir nicht glaubt, holt Leitern und steigt selber hinauf und seht es euch an. Antonio Petrocchi und Piero Montana waren Freunde und befreundet waren auch die Familien nach ihnen. Es gab ständig Heiraten zwischen den beiden Casas. Und Caprona wurde eine große Stadt und ein starker Staat. Capronas Abstieg begann mit dem lächerlichen Gezänk zwischen Ricardo und Francesco.«

Gemurmel erhob sich. Montanas wie Petrocchis behaupteten, der Streit sei *nicht* lächerlich gewesen.

»Natürlich war er lächerlich«, sagte Chrestomanci. »Ihr seid alle von der Wiege an belogen worden. Zwei Jahrhunderte lang habt ihr euch von Ricardo und Francesco an der Nase herumführen lassen. Worüber sie damals wirklich gestritten haben, werden wir wohl niemals erfahren. Aber ich weiß, dass sie beide ihren Familien die gleichen Lügen erzählt haben. Und ihr habt diese Lügen geglaubt und seid tiefer und tiefer entzweit worden. Bis der Weiße Teufel tatsächlich imstande war, Caprona wieder zu betreten.«

Wieder gab es Gemurmel. Antonio sagte: »Die Herzogin *war* der Weiße Teufel, aber …«

»Ja«, sagte Chrestomanci, »und im Augenblick ist sie fort, weil die Worte gefunden sind und der Engel erweckt wurde, und zwar von Mitgliedern beider Familien. Ich glaube, dass das nur von Montanas und Petrocchis zusammen vollbracht werden konnte. Die übrigen Mitglieder eurer Familien hätten die richtigen Worte – jede Familie für sich – singen können, bis ihr alle blau im Gesicht geworden wärt – und nichts wäre geschehen. Denn der Engel lässt nur Freundschaft gelten. Aber die Jugend beider Casas ist glücklicherweise weniger voreingenommen als der Rest. Marco und Rosa haben sich sogar ineinander verliebt und inzwischen auch geheiratet.«

Bis dahin hatten beide Familien widerstrebend zugehört, denn es war nicht angenehm, vor einer solchen Menge von Mitbürgern mitsamt dem Herzog und dem Erzbischof belehrt zu werden. Sie hatten jedoch immerhin zugehört. Aber nun ging es zu wie in einem Hexenkessel.

»Verheiratet!«, schrien die Montanas.

»Sie ist eine *Montana*!«, schrien die Petrocchis. Beleidigungen gegen Rosa und Marco wurden laut. Alle zehn Tanten fluchten und heulten zugleich. Rosa und Marco waren sehr bleich. Rinaldo trat finster blickend auf Marco zu. »Dieser Auswurf, dieser Abschaum!«, sagte er zu Rosa. »Er hat mich niedergeboxt, hat mir den Kopf blutig geschlagen. Und so einen heiratest du!«

Chrestomanci drängte sich zwischen Marco und Rinaldo. »Ich habe gehofft, irgendeiner würde Vernunft annehmen«, sagte er zu Rosa. Er sah sehr müde aus. »Ich glaube, ihr solltet euch für Venedig entscheiden.«

»Aus dem Weg, du doppelzüngiger Hexenmeister!«, sagte Rinaldo zu Chrestomanci.

»Bitte, treten Sie beiseite, Herr Zauberer«, sagte Marco. »Vor einem Trottel wie dem muss man mich nicht beschützen!«

»Marco«, sagte Chrestomanci, »hast du nie bedacht, was zwei mächtige Zaubererfamilien dir und Rosa antun können?«

»Natürlich haben wir das überlegt!«, sagte Marco zornig und versuchte, Chrestomanci beiseite zu stoßen.

Da legte sich die seltsame Stille, die Stille des Engels, über den Platz. Der Erzbischof kniete nieder. Ehrfürchtig drängte sich das Volk vor der Kathedrale. Der Engel kehrte zurück. Er kam von fern, den Corso herunter kam er, zu Fuß. Seine Flügelspitzen streiften das Pflaster und der Gesang schwoll an, während er näher kam. Als er über den Platz vor der Kathedrale ging, war zu sehen, dass überall dort, wo eine seiner Federn die Steine berührt hatte, kleine goldene Blumen wuchsen. Duft überströmte alle, als der Engel vor der Kathedrale stehen blieb.

Dort wandte er jedem, der da stand, sein himmlisch lächelndes Gesicht zu und ließ seine Stimme ertönen:

»Frieden für Caprona. Achtet unseren Vertrag!« Damit breitete er die Flügel aus. Der Blütenduft nahm zu. Gleich darauf sah man den Engel hochfliegen, über kleinere und größere Kuppeln, und endlich seinen Platz auf der größten wieder einnehmen, um Caprona auch in Zukunft zu schützen.

Eigentlich ist die Geschichte von den Zauberern von Caprona damit zu Ende. Aber einiges soll doch noch berichtet werden.

Marco und Rosa mussten ihre Geschichte immer wieder erzählen, mindestens so oft wie Tonino und Angelica die ihre. Unter den Ersten, die sie zu hören bekamen, war der Alte Niccolo, der ruhelos im Bett lag und nur darin blieb, weil Elizabeth die ganze Zeit neben ihm saß. »Aber es geht mir doch schon ganz ausgezeichnet, ich bin völlig gesund!«, sagte er immerzu. Um ihn im Bett zu halten, hatte Elizabeth zuerst Tonino und dann Rosa und Marco geholt, die ihm alles von Anfang an berichteten.

Rosa und Marco hatten einander bei den Arbeiten an der Alten Brücke kennen gelernt. Sie hatten sich ineinander verliebt und sich entschlossen zu heiraten. Die Schwierigkeit war, dass jeder sich eine Familie erfinden musste, die nichts mit der Casa zu tun hatte, aus der sie stammten. Rosa erfand ihre Familie zuerst. Sie gab vor Engländerin zu sein. Sie freundete sich mit dem englischen Mädchen in der Kunstgalerie an, mit eben der Jane Smith, die Rinaldo so gut gefiel.

Jane Smith hielt die Sache für ungeheuer spaßig

und gab vor Rosas Schwester zu sein. Sie schrieb auf Englisch lange Briefe an Guido Petrocchi, die angeblich von Rosas angeblichem englischen Vater stammten, und besuchte selbst die Casa Petrocchi an dem Tag, da Rosa dort vorgestellt werden sollte.

Rosa und Marco planten alles sorgfältig. Sie benutzten den Birnbaum-Zauber, den sie zusammen ausgearbeitet hatten, in beiden Casas, was Jane besonders lustig fand. Den Petrocchis hatte der Birnbaum zwar auch gefallen, aber sie waren zunächst nicht besonders freundlich zu Rosa gewesen, ja, einige Tanten benahmen sich anfangs so unhöflich, dass Marco wirklich zornig war. Deshalb hatte Marco auch so überzeugend heftig auf Antonios Frage antworten können, ob er die Petrocchis hasse. Die Tanten gewöhnten sich jedoch mit der Zeit an Rosa, Renata und Angelica waren von ihr begeistert. Die Hochzeit fand kurz nach Weihnachten statt.

Marco konnte lange niemanden finden, den er den Montanas als Mitglied seiner Familie hätte präsentieren können. Er war verzweifelt. Dann aber, nur wenige Tage vor der Hochzeit, sandte sein Vater Marco mit einer Nachricht zu Mario Andretti, dem Baumeister. Und Marco fand heraus, dass die Andrettis eine blinde Tochter hatten. Als Marco Näheres wissen wollte, sagte Mario Andretti, er würde alles für den tun, der seine Tochter heilen könnte.

»Wir hatten wenig Hoffnung«, sagte Marco. »Wir wussten ja nicht, ob wir sie heilen konnten.«

»Und außerdem«, sagte Rosa, »war die einzige

Zeit, zu der wir wagten gemeinsam hinzugehen, der Abend unseres Hochzeitstages!«

Die Hochzeit wurde in der Casa Petrocchi gefeiert. Jane Smith hatte Rosa beim Nähen ihres Brautkleids geholfen und war Brautjungfer. Auch Renata, Angelica und eine von Marcos Cousinen waren Brautjungfern. Jane genoss die Hochzeit sehr und sie schien, wie Rosa trocken bemerkte, Marcos Cousin Alberto mindestens genauso anziehend zu finden wie Rinaldo. Rosa und Marco aber konnten die ganze Zeit an nichts anderes denken als an die kleine Maria Andretti.

Sobald die Hochzeitsfeierlichkeiten vorüber waren, liefen die beiden zu Andrettis Haus.

»Ich hab noch nie zuvor etwas so Schwieriges gemacht«, sagte Rosa. »Die ganze Nacht waren wir dort und arbeiteten –«

Elizabeth konnte sich nicht mehr beherrschen. »Und ich hab nie auch nur bemerkt, dass du weg warst!«

»Wir haben uns sehr angestrengt, dass du nichts merkst«, antwortete Rosa. »Jedenfalls – so etwas wie diese Heilung hatten wir noch nie gemacht. Wir mussten dazu erst auf der Universität Sprüche heraussuchen. Siebzehn Sprüche haben wir ausprobiert und keiner half. Wir mussten selber einen fabrizieren. Und die ganze Zeit musste ich daran denken: Wenn es nicht wirkt, bleibt das arme Kind blind. Und außerdem sind dann alle Hoffnungen der Andrettis dahin.«

»Und unsere eigenen auch«, ergänzte Marco.

»Aber dann wirkte unser Spruch! Die kleine Maria schrie plötzlich auf, sie könne Farben sehen und überall seien Bäume – sie hielt die Menschen in dem Zimmer für Bäume – und wir sprangen alle vor Freude im Zimmer herum und fielen einander um den Hals. Andretti hielt sein Wort. Er spielte seine Bruderrolle so gut, dass ich ihm vorschlug zur Bühne zu gehen.«

»Er hat sogar mich hereingelegt«, sagte der Alte Niccolo erstaunt.

»Aber irgendwann einmal musste doch jemand herausfinden, dass ihr geheiratet habt«, sagte Elizabeth. »Was hättet ihr dann gemacht?«

»Wir hofften«, sagte Marco, »wir dachten, vielleicht könnten die Leute sich daran gewöhnen …«

»In anderen Worten, ihr habt euch wie ein junges Paar Idioten benommen«, sagte der Alte Niccolo. »Was ist denn das für ein grässlicher Gestank?«

Er sprang aus dem Bett und eilte auf die Galerie hinaus. Elizabeth, Rosa und Marco liefen ihm nach.

Der Gestank kam aus der Küche. Die Insekten waren verschwunden, jetzt roch es nach Senkgrube und Kanal. Den ganzen Tag lang strömte die Küche Gestank aus und gegen Abend wurde er noch stärker. Das war besonders unangenehm, weil ganz Caprona sich darauf vorbereitete, zu feiern. Caprona hatte Frieden. Die Truppen von Florenz, Pisa und Siena waren abgezogen und nach Hause zurückgekehrt – verwirrt und ratlos, wie und warum sie geschlagen worden waren. Das Volk von Caprona aber tanzte auf den Straßen.

»Und wir können nicht einmal kochen oder gar feiern!«, jammerte Tante Gina.

Da kam eine Einladung von der Casa Petrocchi. Würde die Casa Montana ihnen die Ehre geben, das Fest im Hause Petrocchi mitzufeiern? Das klang ein wenig steif und förmlich, aber die Casa Montana war bereit, ihnen die Ehre zu erweisen. Was hätte schon gelegener kommen können? Tonino und Paolo hatten freilich den Verdacht, dass die Einladung Chrestomancis Werk war. Die einzige Schwierigkeit war, den Alten Niccolo daran zu hindern, sein Krankenlager zu verlassen und mit der Familie feiern zu gehen. Da tauchte, ebenso gelegen, Onkel Umberto auf und mit ihm der alte Luigi Petrocchi. Beide behaupteten, sie wollten dem Alten Niccolo Gesellschaft leisten. Sie würden bei ihm sitzen und – wenn nötig – auf ihm. Sie seien zu alt, um tanzen zu gehen.

So wanderten alle anderen zur Casa Petrocchi und es wurde ein Fest, an das man sich noch lange erinnerte. Auch der Herzog war dort, Angelica hatte darauf bestanden. Der Herzog war so dankbar, dass man ihn eingeladen hatte, dass er Wein und Kuchen mitbrachte, so viel in seine Kutsche hineinging, und sechs Diener in einer zweiten Kutsche, die servieren sollten.

»Im Palast ist es grässlich«, sagte der Herzog. »Niemand ist da außer den Hanswursten und Margaritas. Und ich bin gar nicht mehr so begeistert von ihnen wie früher!«

Dank Wein, Kuchen und dem guten Essen aus der Petrocchi-Küche wurde der Abend sehr fröhlich. Jemand fand einen Leierkasten und alle tanzten dazu im Hof.

Die sechs Bediensteten vergaßen, Kuchen zu servieren, und tanzten mit den anderen, und keiner wies sie zurecht. Der Herzog tanzte mit Tante Francesca – ein wirklich bemerkenswerter Anblick.

Tonino saß mit Paolo und Renata neben einem Holzkohlenfeuer und sie sahen dem Tanz zu. Und als sie so dasaßen, tauchte plötzlich Benvenuto aus dem Schatten, setzte sich neben den Grillrost und begann sich heftig zu waschen.

Die Katzen von Caprona hätten ein gutes Werk getan, teilte er Tonino mit, während er eine Pfote hoch über sein pelziges Haupt reckte. Die weiße Ratte würde nicht wiederkommen.

»Geht's Vittoria gut?«, wollte Renata wissen.

Ausgezeichnet, war Benvenutos Antwort. Sie hatte sich schon zur Ruhe begeben. Sie würde übrigens Junge bekommen. Und es würden besonders schöne Kätzchen werden, weil nämlich er, Benvenuto, der Vater sei. Tonino sollte auf jeden Fall eins für die Casa Montana erbitten.

Tonino bat Renata auf der Stelle um ein Kätzchen und Renata versprach, Angelica darum zu bitten. Woraufhin Benvenuto, der beide Hinterbeine fertiggeleckt hatte, mit einem leichten Sprung auf Toninos Knie wehte, wo er schwer und bewegungslos einschlief.

»Ich wollte, ich könnte verstehen, was er so redet«, sagte Paolo. »Er hat versucht mir zu erklären, wo ihr seid, aber ich hab immer nur ein Bild von der Vorderseite des Palastes gesehen!«

»Aber genau so redet er doch immer!«, sagte Tonino. Er war überrascht, dass Paolo das nicht gewusst hatte. »Du musst nur seine Bilder lesen!«

»Was sagt er jetzt grade?«, fragte Renata.

»Nichts«, sagte Paolo. »Schnurr schnurr.« Und sie lachten alle drei.

Einige Zeit später, als Benvenuto aufgewacht und fortgegangen war, um sein Glück in der Küche zu versuchen, wanderte Tonino in das nächste Zimmer ohne recht zu wissen, warum er das tat.

Aber kaum hatte er das Zimmer betreten, wusste er, dass das kein Zufall war. Denn hier saß Chrestomanci mit Angelica und Guido Petrocchi und Antonio war auch da. Antonio sah schon wieder so bedrückt aus, dass Tonino sich auf neuen Ärger gefasst machte.

»Wir haben über dich geredet, Tonino«, sagte Chrestomanci. »Du hast Angelica geholfen die Greifvögel zu holen, nicht wahr?«

»Ja«, sagte Tonino. Er erinnerte sich der Verwüstungen, die die Vögel angerichtet hatten, und erschrak.

»Und du hast auch bei diesem Küchenzauberspruch mitgeholfen?«, fragte Chrestomanci.

Tonino sagte wieder ja. Jetzt war er sicher, dass es Ärger geben würde.

»Und als du die Herzogin am Strick hattest«, sagte Chrestomanci, »wie hast du das gemacht?«

Tonino hätte gern gewusst, ob er sich auch in dieser Angelegenheit Sorgen machen musste, aber er antwortete: »Ich hab getan, was ein Hanswurst auf einer Bühne eben tun muss. Ich konnte ja nicht aus der Rolle heraus. Ich musste einfach weiterspielen, wissen Sie!«

»Ich verstehe«, sagte Chrestomanci und wandte sich triumphierend an Antonio. »Begreifst du? Sie war der Weiße Teufel! Was mich interessiert, ist, dass jedes Mal noch jemandes Spruch dabei war.« Chrestomanci wandte sich wieder an ihn. »Tonino«, sagte er, »mir scheint, dass du ein außergewöhnliches und sehr nützliches Talent hast. Du bist vielleicht nicht imstande, selber viele Sprüche herzustellen, aber du scheinst die Zaubersprüche anderer zu deinem Nutzen verbiegen zu können. Ich glaube zum Beispiel, dass die Alte Brücke in einem halben Tag repariert gewesen wäre, wenn sie dich hätten mithelfen lassen! Ich habe deinen Vater gefragt, ob du mit mir nach England reisen darfst. Damit wir herausfinden, was dein eigentliches Talent ist.«

Tonino blickte seinen Vater an. In seinem Kopf schwirrte es. »Doch nicht für immer?«, fragte er.

Antonio lächelte. »Nur für ein paar Wochen!«, sagte er. »Wenn Chrestomanci Recht hat, werden wir dich hier sehr brauchen!«

Tonino lächelte gleichfalls. »Dann bin ich einverstanden«, sagte er.

»Aber«, meinte Angelica, »eigentlich war ich es, die die Vögel geholt hat.«

»Was hast du wirklich herzaubern wollen?«, fragte Guido.

Angelica ließ den Kopf hängen. »Mäuse!« Sie schaute ganz kleinlaut drein und ihr Vater brach in brüllendes Gelächter aus.

»Ich wollte auch über dich reden, Angelica«, sagte Chrestomanci. Er wandte sich an Guido. »Angelicas Sprüche wirken immer, nicht wahr? Es scheint mir, dass ihr von ihr etwas lernen könnt!«

Guido kratzte sich den Bart. »Wie man Väter grün hext und Greifvögel loslässt, meinst du?«

Chrestomanci nahm sein Weinglas. »Natürlich gibt es immer Risiken bei Methoden, wie Angelica sie anwendet. Aber ich wollte sagen: Sie kann euch zeigen, dass man, damit etwas klappt, nicht immer nur auf alte Weise vorgehen muss. Ich glaube, sie wird mit der Zeit ein ganzes Buch von neuen Sprüchen herstellen. Beide Häuser können von ihr lernen.« Er hob sein Weinglas und prostete Angelica zu. »Auf dein Wohl, Angelica! Und auf deines, Tonino! Die Herzogin dachte, sie hätte die schwächsten Mitglieder beider Casas gefangen, aber es hat sich herausgestellt, dass genau das Gegenteil der Fall war!«

Antonio und Guido hoben gleichfalls ihre Gläser. »Ich möchte nur Folgendes sagen«, erklärte Guido. »Ohne euch zwei, Kinder, würden wir heute Abend kein Fest feiern!«

Angelica und Tonino blickten einander an und zogen Grimassen. Sie waren beide sehr verlegen und sehr, sehr froh.